古典文獻研究輯刊

二六編

曾永義 主編

第15冊

民國以前學者對《山海經》的解構與重釋(上)

鄭芷芸 著

國家圖書館出版品預行編目資料

民國以前學者對《山海經》的解構與重釋（上）／鄭芷芸 著 --
初版 -- 新北市：花木蘭文化事業有限公司，2022〔民111〕
目 6+208 面；19×26 公分
（古典文學研究輯刊 二六編；第 15 冊）
ISBN 978-626-344-005-0（精裝）
1.CST：山海經 2.CST：研究考訂
820.8   111009921

ISBN-978-626-344-005-0

9 786263 440050

古典文學研究輯刊
二六編　第十五冊   ISBN：978-626-344-005-0

民國以前學者對《山海經》的解構與重釋（上）

作　　者　鄭芷芸
主　　編　曾永義
總 編 輯　杜潔祥
副總編輯　楊嘉樂
編輯主任　許郁翎
編　　輯　張雅淋、潘玟靜、劉子瑄　美術編輯　陳逸婷
出　　版　花木蘭文化事業有限公司
發 行 人　高小娟
聯絡地址　235 新北市中和區中安街七二號十三樓
　　　　　電話：02-2923-1455／傳真：02-2923-1452
網　　址　http://www.huamulan.tw 信箱 service@huamulans.com
印　　刷　普羅文化出版廣告事業
初　　版　2022 年 9 月
定　　價　二六編 23 冊（精裝）新台幣 62,000 元
　　　　　　　　　　　　　　　　　版權所有・請勿翻印

民國以前學者對《山海經》的解構與重釋(上)

鄭芷芸　著

作者簡介

鄭芷芸，臺北大學民俗藝術研究所碩士、輔仁大學中國文學系博士。現任致理科技大學、宏國德霖科技大學兼任助理教授，曾任教於輔仁大學、警察專科學校。長年遊走產學之間，標準的斜槓青年，除了教學工作外，亦身兼寫手、活動企劃、編輯、文創開發、策展廣宣等數職。在學術上，致力於神話學、敘事學、民俗學等議題的研究。著有《中國花神信仰與其相關傳說之研究》、《民國以前學者對《山海經》的解構與重釋》。

提　　要

　　本論題以「解構與重釋」為核心，代表所關注的研究對象乃是後人閱讀《山海經》文本後，所產生的再理解過程。「重釋」一詞在大多情況，可以表示一種「詮釋」，是西方文藝思潮下的重要產物。雖然，中國過去並沒有現代意義下的「詮釋學」（解釋學），但並不表示中國傳統學術中不存在著與「解讀」或「理解」、「衍伸」等等的相關閱讀行為，且古代文人持續著進行經典詮釋的傳統，創作大量而豐富的經典注疏作品，更是中國詮釋方式的展現。然而，自古及今的學者對於「經學」的解讀還是最為大宗，在自有的傳統學術背景之下（如「儒家」），當將對「經學」的闡釋轉移至類似《山海經》這類的書籍時，透過書中怪異的敘事模式，讓他們皆不得不跳脫了原本的解讀視域，分別擁有屬於自己獨領風騷的詮釋特色。

　　在現代從事中國神話學研究的學者眼裡，《山海經》的確具有身為神話文本的價值；但在古人面對充斥「語怪」的《山海經》內容時，卻沉浸、游移於這些「虛」與「實」的文字間徘徊。在過去那段還不知道「神話」為何物的歲月裡，《山海經》作為先秦典籍的重要文獻資料，那樣零碎式的詭譎神話情節可能才是歷代研究者眼裡最為困惑難解之處，此乃緣於中國文人於傳統學術上的務實個性、追求合理的生活經驗與道德價值所使然。《山海經》經劉歆校定成書於漢際以降，歷來學者紛紛對其進行各種詮釋與解讀，累積千年的研究辯證，到了清代臻至鼎盛。筆者歷數自西漢以來，輾轉流傳於魏晉南北朝、唐、宋、元、明、清代共二十位學者對《山海經》神話進行詮釋的特色，分析「神話文本」與「詮釋神話文本」的關係，藉以窺探傳統學術視域下，他們如何重新梳理《山海經》神話情節的深層意義。

　　本文開篇除了分析論題核心之外，亦剖析古代文人解經方法中含有敘事語境、結構重組與神話詮釋的技巧。爾後，以清朝為度，將全文分成「清代以前」與「清代」上下二篇，據此探討歷來文人學者的神話解讀，以及當代政經社會背景、學術思潮、風俗民情的關連性。包含：漢代《淮南子》與《論衡》對《山海經》神話文本比較及應用、魏晉文人對《山海經》神話寄託美感經驗和情懷、宋代疑經學術風氣下對《山海經》神話的思辨、明代學者對《山海經》神話的多元化詮釋，以及清代考據與詮釋的激盪磨合卻開啟《山海經》神話研究的學術風潮。正因為有他們不斷地從事「解經」工作，讓《山海經》文本意義顯得更為多元，並且，看似彼此承先啟後的理念繼承或推翻，卻又帶有超越時空的存在意義，透過解讀神話與神話文本的對話，呈現精彩絕倫《山海經》神話文本中「語怪」與「紀實」的探索。

目次

緒　論

　　肇因於中華民族自古以來尊經世致用、重合理實利的性格所致，對於著
重經史的民族而言，神話本身具有的虛構性似乎是一種原罪，歷來加以撻伐
或駁斥者眾多，某些即便肯定神話內容的學者，除多以歷史史觀進行詮釋與
解讀之外，更多是應用於文學的創作。這或許也是身為古老文明國度之一的
中國，其神話卻呈現出零散、片段，甚至頗有殘缺之感的原因所在。然而，神
話內容往往展現聖性與俗性的連結，其源頭來自於先民的生活經驗，透過不
同時代人民的詮釋，轉譯成符合當代的接受型態。是以，中國古代看似沒有
神話研究，事實上卻也在潛移默化之下接受了神話文本的洗禮。馬昌儀於
〈中國神話學發展的一個輪廓〉一文中，曾針對中國神話學的議題提出了些
許看法：

> 在我國的古代典籍中，儘管沒有「神話」這個詞兒，但歷代學者對
> 於古時候稱之為「怪異」、「虛妄之言」、「神鬼之說」、「古今語怪之
> 祖」的神話現象卻表現出濃厚的興趣。從東漢流行的讖緯學說，秦
> 漢以來盛行不衰的搜神述異、志怪稽古傳統以及流傳下來的大量鬼
> 神志怪書，就可以看出此風之盛。這種「異乎經典」的「詭異之辭」
> 甚至還出現在正統的經、史、子、集之中。〔註1〕

依其所見，由於民國以前尚未有「神話學」的學思，故古人多以「虛妄」、「神
鬼」、「怪異」等諸說而概括論之。長久以來，中國傳統學術思想雖總以經學
為旨歸，然而常民喜談玄怪奇異之舉依舊，屢屢風行當世，至今不絕。因此，

〔註1〕馬昌儀：〈中國神話學發展的一個輪廓〉，《中國神話學文論選萃·編者序言》
　　　　（北京：中國廣播電視出版社，1994年2月），頁8。

若概略瀏觀歷來所言語怪內容，不難發現這些故事在情節上，往往互有連結性或擴展性的關係，可以說是古人對於玄怪內容的理解不但與時下民間意識、思維相結合，更常以古事喻今事，繼而承襲轉引或記載著這些怪異奇聞之文本，使其得以流傳不輟。

基於此，一場對故事文本的「理解」與「再說」，導致所流傳的故事情節終將歷經種種變形、延伸的洗禮。當我們看到歷代前人學者不斷反覆地或訴說著、或翻轉著這些屬於神話性質的故事時，實際上，一種神話視野下的研究論述已然成立了，他們紛紛各自透過解讀文本與詮釋文本的行動，進行名為「釋義」的翻轉行為，為每個時代的「語怪」留下足跡。當然，這之中包含了「相信」與「駁斥」的眼界，但不論對神話肯定與否，都是為了試圖自圓其說，追求自我對神話解讀的合理性，使後繼閱讀者信服。

我們對於事物再進行理解之前，都已存在某種個人既定的觀點與視域〔註2〕。從先秦至清末，這樣的神話研究視域貫穿數千年之久，歷來學者看似脫離神話的蛛網，卻不自覺地仍陶醉於其中。鍾敬文、楊利慧兩位學者於上世紀90年代提出精闢的看法，即認為——此乃中國文人學者普遍具有的「合理主義」現象，並約略可分類為二：其一，是將神話視為歷史事實且信以為真，主張神話皆受「輾轉傳訛而流於怪誕」，遂進行合理化的詮釋，這類學者可稱為擁護「神話史實說」者；其二，是習於以「後世流行的倫理制度」，或民眾生活經驗中將日常事物的自然判斷，用以作為對神話進行考察與批判的標準，與之不合者，便視神話為虛妄之語、無稽之談。若持此否定態度，便可將其歸為「神話虛妄說」的擁護者。據此，鍾敬文與楊利慧兩位學者得出了一個思考總結：

> 從根本上看，這種史實說和虛妄說的認識論根源，正可概括為「合理主義」，即用一定時代條件下，人們所認識和理解的、有關自然和人類社會的各種物理、事理、倫理，去推斷、衡量神話，因而一方面對其中「不合理」的部分加以排斥或完全否定，另一方面又試圖給予合理的解釋或論證。因此我們要說合理主義是中國古代神話研

〔註2〕 所謂「視域」（Horizont / horizon），是指意識一定被某個觀點所限制後，往外理解其他事物。在詮釋學中，理解自己或他人的視域就是理解當時的詮釋學處境，亦即傳統中留下來的觀點或方向，再進而檢討思考，藉以得到文本的意義。參考自陳榮華，《高達美詮釋學：真理與方法導讀》（臺北：三民書局，2011年9月），頁158～159。

究史上的一個重要觀點。〔註3〕

可以說，不同朝代的人會因為各自時空變遷而移風異俗，並且重獲新的神話思考。換言之，中國古人對神話進行諸多想像釋義，試圖使之合乎「生活常理的合理性」，過於荒誕不經者，退而求其次，至少能不違背「道德寓意」或「人生哲理」。但這樣的再詮釋，更是造成神話產生變異的主要原因之一。

　　對筆者而言，觀察「文本」與「閱讀者」之間的關係，一向是保有高度興趣的，《山海經》亦是如此。這部被眾人公認非一人一時一地的作品，幾乎可以視為「沒有作者」的一個客觀的文本。意思是說，作者的無解，使得當它被拋置於市面時，無論後人怎麼看它、理解它、轉述它，都不用過於在乎該「原作者」的創作原意何在。我們大概只能揣測《山海經》成書的可能原因，並從這個基礎上，闡釋個人所觀察的結果。

　　《山海經》經西漢劉歆（？～23）校定成書於漢際，晉朝郭璞（276～324）作《山海經傳》開《山海經》注本之濫觴後，歷來學者紛紛對其進行各種詮釋與解讀。批判者如持道統之儒學者，縱使這類型的文本大多不受其推崇，但就站在作為資料徵引之用時，仍是廣受學者文人的青睞。從《山海經》甫出世，除了成為歷來學人研究史地的重要參考之外，更常見於研究經學義理探源的傳疏釋文中；除此之外，即使是宋代盛行的疑經思想，雖對《山海經》的來歷與真實性進行批判，卻也同時肯定《山海經》作為先秦古籍中「窮神辨物」的價值〔註4〕；至於，近世明清二朝對《山海經》的重視更打破前人學者以往的研究視野，從唯心的自我詮釋釋義，到全面性的考證，我們可以看到古人對於《山海經》的研究不但是一種歷時性的延續與突破，在不同的時代間，各自秉持著該代學風的背景；甚至，是超越時空於理解上發生互補或呼應的情形，不論是「歷時性」或「共時性」，他們透過各自身後的學術前見，彼此或串連，或承接，交織出錯綜複雜的《山海經》神話詮釋網絡。

〔註3〕鍾敬文、楊利慧合著：〈中國古代神話研究史上的合理主義〉，見王秋桂、李亦園合編《中國神話傳說學術研討會論文集》（臺北：漢學研究中心，1996年3月），頁33～34。

〔註4〕如宋人薛季宣（1127～1194）曰：「要之《楚辭》之學，在《山海經》為所本，君子窮神辨物，此書有不可廢者。」又宋人尤袤（1134～1173年）亦曰：「是書所載，自開闢數千萬年，遐方異域，不可結知之事。蓋自〈禹貢〉、《職方氏》之外，其辨山川草木，鳥獸所出，莫備於此書。」參見南宋・薛季宣：〈敘山海經〉，《全宋文》第257冊（上海：上海辭書出版社，2006年8月），頁333～334；南宋・尤袤〈山海經・跋〉，孝宗淳熙七年池陽郡齋刊本。

第一節　論題說明與研究目的

　　筆者最初，於探索歷來研究《山海經》之學者及其相關作品文獻時，便興起了一個問題意識，即是——「在未有神話學觀念或理論的時代，古人如何看待或理解《山海經》中那些荒誕不經的語怪敘事？」並且，比對歷來傳統學者為《山海經》進行經典釋義的過程與結果，所表現出來的是極具高度的差異性，有些甚至跳脫出一般傳統經學的研究框架，得出頗有個人或該時代特色的創意思考。

　　《山海經》既然能被現代學術界視為保存中國神話的重要文本，那麼所載的內容，就有其「敘事」行為，當中應包含了「原作者」的記述和「傳播者」的再敘述，而這個「再敘述」的過程，本身便具有開放性，從點對點的傳播路徑，到點對面向的傳播空間，敘述形式逐漸擴散之下，致使故事往往產生繁雜不一的解釋現象。《山海經》文本中的「神話」內容就此自「原作者」（未詳）以下，透過傳播者、編纂者的再敘述，不斷地將自我理解放入傳播的過程裡，使之神話情節產生變異。然而，在歷來傳播者的敘述當下，對神話內容的角色、情節亦各自有其著重之處，使得流傳版本眾多，雖龐雜卻也散亂。當神話從早期口傳階段，到由書寫而成的文本紀錄後，因「時間的距離」讓傳播者愈來愈難以理解最初的神話文本。因此，在歷史演進的洪流中，每個時代的神話傳播者都是站在屬於他們「當代」立場的理解時間帶，即為一種「詮釋」行為。換言之，要瞭解閱讀者所得出的文本結果，便需要透徹地認識闡釋者、理解他們當時可能的創作心態。當然單就神話而言，永遠是難解之謎，畢竟《山海經》的最初流傳（原始口傳神話與最早的文字圖像紀錄者）並無所謂真正的撰寫作者可考實，歷來學者文人只能從隻字片語間，揣測上古先民的行為與思想，以此得出各自所能接受那些荒誕不經敘事的真相。

　　基本上，神話從口傳至進入文字載體的時空，一旦神話透過書寫留存後，神話文本儼然而生，我們便可思考撰寫者在提筆記錄的當下，是想留給後人什麼樣的訊息？什麼樣的意識？甚至是什麼樣的歷史？

　　於是，我們可以試想這段作者、文本與閱讀者三方在神話傳播裡的關係：

　　　　最初的原始神話概念（模糊的想像）→講述者（口述傳播）→詮釋
　　　　者（首位記錄者）→文本→閱讀者（進行理解）→詮釋者（閱讀後
　　　　的講述／撰述）→新文本→閱讀者（進行新的理解）……∞。

如此一來，在三者彼此間的推波助瀾之下，可以發現「傳播」行為與「理解」行為在這樣的過程中不斷地演示出現，可見我們對於神話進行理解之前，都已存在某種個人既定的觀點與視域，才能對它進行認識（例如：最初口傳者對原始神話早有一定的認識與想像），之後的認識，又形塑了我們新的理解經驗，這樣不斷地相互型塑，透過過去與現在的交互循環，事實上，對於神話的「理解」行為，可視為是一個動態的歷程，而這正是歷來許多西方文藝思潮學者所常探討的「詮釋循環」現象。言簡意賅，「詮釋」就是一種解釋。所以，在這個「古人如何理解《山海經》的語怪敘述」的問題思考上，研究目的便是要考察古代學者如何去解釋神話文本、詮釋神話的意義。

　　在高達美（1900～2002）〔註5〕所認定的詮釋學概念裡，認為詮釋的主要工作不在於作品的真理為何，而是要說明人如何去做詮釋：

> 詮釋學的目的不是為了保證詮釋者能得到作品的真理，而僅是描述
> 詮釋者的「理解是什麼」？〔註6〕

詮釋不僅僅是為了重建文本的意義，更要闡釋出它於當代的新意。對此，在進行有關「民國以前學者對《山海經》的解構與重釋」的議題時，所欲進行觀察的是過去傳統文人學者對《山海經》理解下所產生的「可能原意」。所謂的「原意」雖然多少指的仍是神話原型中的初民思維，但因時間障礙的存在，能著重探討的將會是撰錄者眼中的神話，然後經後續解經者的認知、解釋後，使之再流傳，並隨時空的推移與演進，則繼續陷入無限的詮釋循環中。因此，後人所解讀的《山海經》神話都將會是個人理解下帶著有點自恃的「可能原意」，那是來自於個人的學術視域或解經時代的學術環境所影響，最終將神話合理化，成為後來面對《山海經》的人們在自我觀念下所能接受的解釋版本。在神話的來源和起始皆不可考究的情況下，每一項後人所推測出來的《山海經》文本「理解」之結果都成為延續、豐富了該文本中具有神話情節的生命能量，使之更能恆久流傳，並且散發出它應有的深刻影響力——對文學、文化與思想的綜合影響，故吾人欲釐清、處理神話文本與後人解讀的諸多問題時，不論是單純的釋義分析，抑或是解經者的思想，或是擴及當時社會文化

〔註5〕又譯伽達默爾（Hans-Georg Gadamer），德國哲學家，其代表論著為《真理與方法》（"Wahrheit und Methode"）。

〔註6〕參見陳榮華轉引《Wahrheit und Methode: Ergänzungen Register》（Tübingen: Mohr, 1986）一書之說法，陳榮華：《高達美詮釋學：真理與方法導讀》，頁5。

的環境探究，除文本對象的選定思索外，研究角度的定位取捨更成為撐起本論述於神話文本詮釋上重要的秤鉈。

據此，筆者將此研究面向命名為「民國以前學者對《山海經》的解構與重釋」，是以《山海經》文本的閱讀與認識活動為論述核心，談及一種站在「現代」的立場，重新審視過去中國傳統文化底蘊下的學者文人們，如何以他們的思想前見，去觀察他們所面對的《山海經》。這當中包含了面對《山海經》的態度、理解《山海經》的過程，以及對《山海經》闡釋結果的文化體現。它並非是「《山海經》學術史」的框架視野，更非單純的「歷來《山海經》注本研究」。因此，經中「類物」的考證、古代音韻探究等等的各家注疏方式與特色皆非筆者首重之處，反而著重於創作者的成長背景、生活環境、學思涵養和所處時代的政經局勢，其目的便是想透過「閱讀者」—「文本」—「世界」的關係，來探究作為奇書的《山海經》於傳統學術上所產生的激盪現象。筆者在進行相關文獻的爬梳過程中，亦發現古人對《山海經》進行理解時所產生的特殊現象，歸結於二項：

1. 以《山海經》的神秘性，使得它不同於一般古代「經典釋義」的學術傳統，擁有自己的解經系統。

2. 古人眼中《山海經》具有「語怪」與「紀實」的判別差異，影響著他們的解經結果。

過去，特別是對經、史之學的治學理念，歷來諸家學者莫不是以還原本義為問學目標，不同的時代有不同的考察方法，但大多不脫離嚴謹的研究態度，紛紛留下他們解讀過後的注疏作品。然而，《山海經》雖作為珍貴的古代文獻，也的確曾被視為「經典」對象，但因其來歷不明的現實，使它雖身為先秦古籍之一，卻因其身為「開放性文本」，使得各家學者擁有更為自由且不受拘束的解釋空間。即使處於同一時代下，在共同的時代學術氛圍與政經局勢裡，他們各自理解的《山海經》彼此間顯然是大異其趣的。例如：清朝，樸學風氣極盛，那種共處於「辨章學術・考鏡源流」的學術視域下的學者，對《山海經》進行重釋的結果更是不盡相同，各家的詮釋特色更顯見於當他們為經中所記的「語怪」之處進行闡釋與解讀的時候，有時甚至跳脫嚴謹的治學，或運用想像，找尋著神話源頭的真相。

當然，《山海經》書中的詭譎，古今看法不同。在現代從事中國神話學研究的學者眼裡，《山海經》的確具有身為神話文本的價值；但在古人面對充斥

「語怪」的《山海經》內容時，卻沉浸、游移在這些「虛」與「實」的文字間徘徊，在過去那段還不知道「神話」為何物的歲月裡，古人如何闡釋他們眼中的《山海經》，才能在解釋文本的同時，讓閱讀者認同其說？甚至，他們又如何將自恃的學問，一同帶入釋經的理解過程中？他們紛紛各自秉持著什麼樣的態度和立場去重新認識《山海經》呢？除此之外，若觀察《山海經》於民國以前在傳統學術上的研究與展現，是極為多元的。從歷代不論官修奉敕或私修編整的目錄所著錄之情況來看，該書本身在分目類別上具有不定性：視為史地者，將其作為辯證古史地理的參考資料；視為博物者，成為探索天上地下、瞭解方輿物產的百科全書；視為文學創作者，有單純欣賞其故事的雅士，亦有藉該書內容抒發寄情而作比興的文人；治學者，多爬梳剔抉，參互考校，以求推本溯源，進而立書作注；創作者，則多徵引其說，所求不過是為了更加充實自己作品的廣博和深度。傳統學者治學《山海經》，目的是為了「徵實」，然而卻在尋找合理性時，其中卻有些學者漸漸地走向了「虛妄」，反之亦然。即使是「注疏」，也是他們理解「虛妄」，辯別「語怪」的過程。當他們在進行注疏立說時，那種合理化的意圖，不論是視為上古聖賢的「紀實」之作，或是相信其「神異」，在這個層面上應可視為一種詮釋《山海經》活動，亦是屬於解經者面對「語怪」而產生的詮釋行為。這完全根源於該書不見原創者、無確切的來歷，使得歷來學者如何看待、理解和運用《山海經》的「語怪」情境，成為現代剖析神話情節多方視角的前行探索。

回過頭來說，將《山海經》視為神話文本是毋庸置疑的。自清中葉以來，西學東漸的局勢益熾，到了晚清時相關的西方神話學說如雨後春筍般浮現，特別是 20 世紀以來將該書視為神話文本而進行相關的神話論述，幾乎已成為定見，特別是民初的學者，如魯迅（1881～1936）、聞一多（1899～1946）、呂子方（1895～1964）、茅盾（1896～1981）、袁珂（1916～2001）等學者，他們回溯、檢視其他中國古籍裡可能存在的神話內容，很輕易地便發現《山海經》的神話含量是相當高的，遂成為近期研究神話的眾學者們所無法忽視的文本存在。更何況神話學又是一門跨越領域的綜合研究，也造成民國以後對《山海經》進行研究的論著數量，比起民國以前所有相關著作的加總數量，甚至還要多上了數倍。所牽涉的領域，除了文本來源以及結構以外，文學性、宗教性的、民俗性的、歷史性的、自然科學性的、地理性的、政治社會性的、哲學思維性，甚至是藝術性等等之研究思考的角度，都突顯《山海經》多元豐

富的內涵,並且藉由《山海經》,更得以回溯過去人類行動的時光軌跡。然而,如同前文所言,在民國以前那些為《山海經》進行研究卻尚未有完整西方神話學概念的古代學者們,在他們游移於「史實說」與「虛妄說」之間,是如何看待這本書?當他們遇到詭譎難辨的神話情節時又該如何解釋?這樣的議題至今仍較不受學者們青睞,反而大多把古人解經釋義的結果,當作重新解讀神話的徵引資料或作為佐證的依據。據此,筆者甚有所感,遂以探索中國古代傳統封建制度下的「《山海經》解經史」為志,並聚焦於那些荒誕不經、悖於常理的「情節」上,觀察著不知「神話」為何物,卻仍闡釋出極具想像又頗合乎其理,完全可媲美現代學識領域的神話詮釋結果。

如此,為何不以「詮釋」作為命名主題,而是以「解構」與「重釋」入題?

由於《山海經》是一部文類屬性難定的古籍,因此歷來學者不光是單純的對「語怪」進行詮釋,甚至對其作者的推測、寫作的用意、文本的屬性定位等等,皆與本來的釋義工作建立起緊密的關連性。因此,有些時候可能超出了「詮釋」的範疇,故以較為宏觀的命題方式:「民國以前學者對《山海經》的解構與重釋」,觀察他們對該書的態度和視野,統整歸納傳統學術視域下對《山海經》經典釋義的閱讀歷程。再更直觀的說,「解構」與「重釋」也可作為經典理解過程中兩種面向的路徑:其一,是某些閱讀者不斷的拆解文本字句,以探求真相,所展現的是一種「解構性的閱讀態度」;其二,另有一批閱讀者放任自我去進行自由的聯想,以尋求符合個人透過閱讀行為,或重新解釋而達成目的性之需求,這不啻是一種「重釋性的閱讀態度」。據此,這裡並不談複雜的理論或體系(並非指西方解構主義或後結構主義),單純以「解構」與「重釋」字面上的意義,來表現古代學者面對《山海經》的閱讀行為。他們紛紛透過自有而獨特的一套分析方式,重新拆解、組合《山海經》中怪異的語言敘述。而筆者將透過他們如何從「認識→理解」(包含修正的詮釋)的解經過程。以期最終建立「《山海經》神話解釋史」的脈絡,窺探古人極富創意的想像,以及對神話進行解謎式的思考。故以「民國以前學者對《山海經》的解構與重釋」為題,進行博士論文的開展。

第二節　前人研究芻議

晚清以降,西方神話學的研究與應用方法逐漸傳入東亞中土,使得《山

海經》原本帶有的神話文本特色，也逐漸引起前賢學者們的關注。關於《山海經》的研究論著，由於該書的性質極為多元，使得歷來學者從最初的考訂地理、志異，到還原神話為上古史的探索，或回歸文本敘事結構的剖析，甚至探究其社會文化的人類學科等等議題，皆多有所著墨闡釋，研究成果極為豐富。然而，若針對於歷來傳統學者對《山海經》的注疏、筆叢與論著等等的神話詮釋或解讀研究，則較少人關注。實際上，這方面的研究仍是多以「作者與其著作」的角度為觀察點，例如某某注本研究，則分析該作品的注本特色，以及作者的學術背景，較少關注於「文本」與「作者」之間的連結關係。即便如此，學界前輩們針對古代學者理解《山海經》的深入分析研究，依然給予筆者莫大的參考價值，特別是在初入論題時受惠良多。是以，他們不論是關注於《山海經》的瑰奇，抑或是延伸其汎思，回顧過去的諸本研究，對其論述議題仔細推敲，釐清彼此的問題意識，以開啟作為本文研究議題文獻回顧的梳理與剖析。

一、考察古代文人對《山海經》研究面向的學術論著

回顧過往中國傳統文人注疏和闡釋《山海經》研究為議題的重要著作中，以陳連山撰寫的《山海經學術史考論》〔註7〕可謂箇中翹楚之作。該論著針對《山海經》的學術史進行了全面的探索。《山海經學術史考論》是陳連山依其2004 年發表的博士論文的基礎上，再做增定修改而成，全書不含緒論（對山海經成書性質等等議題綜說）共分成七大單元，按歷時性的推演進程，首先以《山海經》的著作年代和性質做了詳細的考證，之後依序分別考察了自漢代、魏晉、宋、明、清等時代的《山海經》研究，直至末章以整理近現代神話學與《山海經》的相關學術研究作為總結。《山海經學術史考論》透過文獻考察，認為《山海經》的成書時間應於夏代，並且秉持此思考下，一一辨析了各代學者對《山海經》的看法與評論。例如，陳連山於探索胡應麟對《山海經》的成書推論時，就直接否定胡氏認為「《山海經》乃援《楚辭·天問》所作」的說法，這些較為主觀的個人研究見解，經常見於論述之中，這對於寫「學術史」議題來說，似乎就較難以客觀而全面了。然秉此以外，作為一部學術史的寫作模式，陳連山不僅是針對《山海經》文本於各家說法的剖析，他更注意到時代背景與學術風潮的影響，可以說非常完整的探討了《山海經》與

〔註7〕陳連山：《山海經學術史考論》（北京：北京大學出版社，2012 年 3 月）。

時代風氣潮流的緊密關係。甚至，注意到各朝代對《山海經》的理解差異、評價不一的情況。他認為，由於「歷代學者對《山海經》的不同評價首先和《山海經》本身的條件有關。」〔註8〕誠如其說，這個「本身的條件」便是《山海經》流傳年代已久遠，使得史料極度缺乏，再加上該書的作者、成書時代與背景皆不明的情況下，使得它帶有巨大模糊解釋空間的文本特性。因此「人們對它的闡釋活動就存在著相當巨大的自由空間——各種彼此不同、乃至相反的解釋都可以堂而皇之、名正言順地以一家之言而存在。《山海經》為人們提供了一個巨大的、具有相當自由度的『闡釋場』。」〔註9〕是以《山海經》可以反映出經學、史學、地理學、文學、自然科學等等各領域的專家學者在其文本身上找尋的文獻資料，或詮釋自己的見解。這個說法，也是引領筆者欲進行「民國以前學者對《山海經》的解構與重釋」的靈感之一，《山海經》的闡釋活動是具有高度自由性的，他們如何面對荒誕不經的神話，以及如何詮釋神話，是一種跨界於神話學、歷史學、地理學、自然科學的思考。總的來說，《山海經學術史考論》對筆者而言是非常重要的一部參考論著，得之於陳連山為讀者打開《山海經》在各個領域的隔閡，從歷史的脈絡之下，綜合的述說過去傳統文人的《山海經》研究史觀。

事實上，除了前述陳連山關注到過去兩千年來古代文人對於《山海經》學術的研究之外，近期注意到傳統解經學的學者，則大多針對單一朝代、單一注疏本、單一文人的議題來進行相關研究，其中較多人關注的注疏本，首當以晉朝郭璞《山海經傳》為最。謝秀卉於碩士論文《山海經郭璞注研究》〔註10〕是一部綜合郭璞注《山海經》的文獻整理，雖以郭注為主的題目，論述內容卻往前跨自漢人理解《山海經》文本開始說起，概略式考察了郭璞於地理和博物方面上的訓詁方式、梳理《山海經圖讚》的版本與其特色，以及從玄學角度觀察郭璞釋《山海經》的詮釋趨向。然而，實際上針對其議題核心「郭璞注文的研究」分析上反而篇幅著墨不大，較為鬆散；而這個面向終於在衣淑艷的博士論文《郭璞山海經注研究》〔註11〕中頗為完整的呈現出

〔註8〕陳連山：《山海經學術史考論》，頁5。

〔註9〕陳連山：《山海經學術史考論》，頁6。

〔註10〕謝秀卉：《山海經郭璞注研究》（臺北：政治大學中國文學研究所博士論文，2008年）。

〔註11〕衣淑艷：《郭璞山海經注研究》（長春：東北師範大學文學院博士論文，2013年）。

來。該論文為郭璞所作的《山海經注》的注文研究相當深入，衣淑艷分別從訓詁學、文獻學、神話學等不同角度對郭璞《山海經注》進行全方位研究，並且，他亦從郭璞注釋的體例、考證的方式，以及徵引文獻的特殊性，具體的呈現郭璞注《山海經》的特色，認為《山海經》中所描繪的自然世界內容，對於郭璞而言是「體道」的對象，是展現郭璞學術思想與人生觀的代表作品之一。

　　而專門以郭璞理解《山海經》的神話思維來作為研究議題的研究論作相對較少，較具代表的是李欣復於 1994 年發表於中國大陸重要期刊《學術月刊》的一篇論文──〈試論郭璞的神話學思想〉〔註 12〕。該文認為，郭璞的神話學思想是融合在其〈序〉與注文當中，並且不屬於訓詁考證，而是屬於文藝美學之範疇。在觀察郭璞解讀《山海經》神話中，提出「（郭璞）以萬物出於自然的玄學世界觀闡釋《山海經》神怪的蘊義內涵和形象化表現特徵，批駁和否定了儒家對神話長期以來的否定和懷疑態度」〔註 13〕之看法，郭璞是否特意或有意識到他欲與儒家抗衡的學術思考，但至少在其顯現的注文特中，的確是不墨守傳統經學的理解方式。然而，李欣復卻於文末結語之處產生了自相矛盾的觀點情況。他認為郭璞、楊慎、畢沅、郝懿行等人皆遵守「注不破經‧疏不破注」的經學傳統，縱然畢、郝二氏因同為乾嘉考據學者，考校經學時確有「注不破經‧疏不破注」之實，然世傳《山海經》之傳注本，皆以郭璞為濫觴，李欣復若真有仔細考察《山海經新校正》與《山海經箋疏》二書，便會輕易發現二人多有反駁郭璞之實例（畢沅尤甚），更何況，楊慎的《山海經補注》更是附會甚多，斷然無「注不破經‧疏不破注」的現象。

　　除了針對郭璞注《山海經》的研究論著之外，關注其他歷代《山海經》注疏本或筆叢評論等等的研究，就更加少數了。吳郁芳於〈元曹善《山海經》手抄本簡介〉〔註 14〕一文中，除梳理了元代書法家曹善的《山海經》版本之外，他更將其與今本《山海經》（郝懿行《山海經箋疏》）做比對的工作，一共校勘了〈南山經〉、〈西山經〉、〈北山經〉三卷的內容，並得出郝本郭注比起元曹善《山海經》手抄本，竟高達有四十條的注文增益，除少數為補注、批註

〔註 12〕李欣復：〈試論郭璞的神話學思想〉，《學術月刊》（上海：上海市社會科學界聯合會出版，1994 年），第 8 期，頁 72～78。
〔註 13〕李欣復：〈試論郭璞的神話學思想〉，《學術月刊》第 8 期，頁 73。
〔註 14〕吳郁芳：〈元曹善《山海經》手抄本簡介〉，《古籍整理研究學刊》（長春：「古籍整理研究學刊」編輯部出版，1997 年）第 1 期，頁 9～11。

外，全似後來校書人之語，提出今本《山海經》中的注文很多顯然非郭氏手筆之看法；王巧巧的碩士論文《畢沅山海經新校正研究》〔註15〕則關注清代乾嘉時期考據學者——畢沅所作的《山海經新校正》，該研究聚焦畢沅為《山海經》所做的注解內容特點，並談到對後來《山海經》研究的影響。然而，雖於該論文中有提出畢沅解讀《山海經》神話的事例，但卻未深入分析畢沅如何去理解神話的釋義過程和詮釋視域的連結，頗有輕描淡寫、過場之遺憾；孫建偉的碩士論文《山海經箋疏研究》〔註16〕將研究核心聚焦於郝懿行為《山海經》分析其訓詁方式、考證以及校勘等注本考察上。同畢沅一樣，郝懿行亦是清代乾嘉時期的著名學者，在經學、訓詁學、史學、博物學以及文學等方面均有很深的造詣，特別是郝氏對社會的觀察更是細膩，他的成就是多方面的。因此，針對《山海經箋疏》只注意到郝懿行的訓詁、校勘方面仍是有些可惜的。

　　上文所評列的研究論著，是以回溯中國封建時期文人對《山海經》理解下的綜合研究，也就是民國以前那段還深受傳統儒家經學的限制下，面對詭譎不明的神話情節的當下所作的理解過程。與「關於《山海經》神話學的綜合研究」相比，其論著數量的差距極大，我們可以想見「古人對《山海經》的研究視域」仍宛如新生處子之地，有其深入探究的高度價值。

二、關於《山海經》神話的綜合研究

　　將《山海經》視為神話文本來進行研究的學者與論著，其發端概自於上世紀初，也就是清末民初之交。最早將西方「神話學」的概念引入的一批學者，幾乎曾經留學於日本。而將《山海經》作為神話文本來進行全面性研究的，茅盾與其作《中國神話研究 ABC》（後改名為《中國神話研究初探》）〔註17〕是《山海經》神話研究綜論的早期代表論著。他反對過去傳統學者將《山海經》視為地理書，也不同意明代胡應麟（1551～1602）與其後來的四庫館臣們將它作為「小說」類，他甚至為神話提出一個定義：「所謂『神話』者，原來是初民的知識的積累，其中有初民的宇宙觀，宗教思想，道德標準，民族歷史最初期的傳說，並對於自然界的認識等等。」〔註18〕茅盾特別將西王

〔註15〕王巧巧：《畢沅山海經新校正研究》（蘭州：西北師範大學文學院，2016 年）。
〔註16〕孫建偉：《山海經箋疏研究》（廣州：暨南大學文學院碩士論文，2011 年）。
〔註17〕茅盾：《中國神話研究初探》（上海：上海古籍出版社，2011 年 8 月）。
〔註18〕茅盾：《中國神話研究初探》，頁 2。

母神話、開天闢地神話、自然神話、古代帝王英雄神話以及昆侖神話等等，
他另外評議了傳統歷史派的史觀，甚至探討了〈五藏山經〉可能的寫作時代，
等等極富開創性研究，成為後來研究《山海經》者不得不先行研讀其說的基
本學術論著。

　　鄭德坤（1907〜2001）於〈《山海經》及其神話〉〔註19〕一文中，他除了
細究《山海經》的成書問題之外，後又將該書神話籠統的分為五類，分別是：
哲學的、科學的、宗教的、歷史的和社會的神話，〔註20〕並依序分析古代初
民的思想和信仰，並歸納了《山海經》神話演化的可能過程。他對於神話是
這麼解釋的：「原人對於自然界的現象及歷史上英雄的功績，由好奇而求知，
而造出許多解釋他們的神話來。」〔註21〕此外，他更認為研究《山海經》不
應過度的以今觀古，而是應該要把視野投射在遠古時代，在另一論文〈《山海
經》及騶衍〉中提到：「在古人的眼光中，這些怪誕的記載都是實的，至少他
們也信以為實，我們現在看這種材料，應當用古人的眼光論之才是。古人的
描寫方法未精，要描寫一種罕見的東西，不能不用普通的東西來作形容比
擬。……我們不能因其描寫方法及其信仰之幼稚而菲薄之。」〔註22〕譬之如
種種觀點，在試圖理解該書神話和探源真相時，都是令後人值得深思、學習
的研究視野。

　　除了前述的茅盾、鄭德坤二人對《山海經》研究用力甚深之外，事實上
經過活躍於上世紀學者前輩們的努力和深耕，擴大了《山海經》的研究面向，
並引領後人踏入神話瑰麗的迷幻世界，他們不僅關注於文本本身的問題，也
將視野放置於比較文化的領域裡。除了前述的茅盾、鄭德坤之外，同時期的
衛聚賢（1898〜1990）、容肇祖（1897〜1994）、鍾敬文（1903〜2002）等先生
也都曾對《山海經》進行深入的研究，甚至除了原有探究《山海經》的來源
歷程之外，也有不少主題式的研究。如衛聚賢在其論著〈《山海經》的研究〉
〔註23〕中，以戰國中期的神話的流傳作為劃分，並與同時間北歐、希臘、印

〔註19〕鄭德坤：〈《山海經》及其神話〉，《中國歷史地理論文集》（臺北：聯經出版，
　　　　1981 年 5 月）。
〔註20〕鄭德坤：〈《山海經》及其神話〉，《中國歷史地理論文集》，頁 13。
〔註21〕鄭德坤：〈《山海經》及其神話〉，《中國歷史地理論文集》，頁 25。
〔註22〕鄭德坤：〈《山海經》及騶衍〉，《中國歷史地理論文集》（臺北：聯經出版，1981
　　　　年 5 月），頁 45〜46。
〔註23〕衛聚賢：〈《山海經》的研究〉，《古史研究》第 2 冊（上海：商務印書館，1934
　　　　年 10 月），頁 1〜313。

度、埃及等等歐洲、北非或西南亞地區的神話相互比較，再與《墨子》之說對
照，最終得出《山海經》是戰國中期作品，並且非漢人所作，而是印度人遊歷
紀實之作品。衛氏的這種說法大致也是因襲於清末以降探討中國人種與文化
來自西方的思潮（參見本文第七章）。此見甫提出，便引起學術界一片譁然。
縱使，今日學界對《山海經》的定見已是道地出產於古中國時人所撰所傳，
然而，卻不需因此全盤否定此論述之時代意義與價值。我們可以說，他提醒
了後人《山海經》神話與其他世界神話的比較的研究議題，提供我們文化與
文化間的故事類型、母題與人類思維上另一層面的探討；容肇祖對於《山海
經》的研究，多設定一個主題來探索，例如他曾撰寫了一篇〈《山海經》研究
的進展〉〔註24〕，探討民國前期學術界對於《山海經》的研究情況與發展。
此外，容肇祖又發表另一篇專論《山海經》諸神的關係——〈《山海經》中所
說的神〉〔註25〕，從一一陳述《山海經》的神人形象姿態，並探討先民「儀
式」與其緊密的相關性，認為《山海經》是一部研究古代祭禮的重要文獻古
籍。容氏可以說從文化視野的角度，來重新審視《山海經》神話的意義，在早
期亦是一篇頗具影響力的論著；鍾敬文於〈山海經神話研究的討論及其他〉
〔註26〕以及〈山海經是一部什麼書〉〔註27〕中，大致建構了他對《山海經》
性質和內容的看法。鍾敬文將人類學、民俗學和神話學等等近現代西方學術
方法帶入《山海經》的考察之中。並且，也歸納中國封建時代以來的各家注
疏與評論，大致認定《山海經》為東周時期之書以外，也提出了「這部書，是
集合著各時代性質不同的作品而成的。其中，有釋圖像或繪畫的，有些光是
記載事物之詞。因為他陸續寫於東周及秦漢，而所記又多是民間的傳說、習
俗、信仰，故保存了許多我國古代的文化史料。至於山川、草木、禽獸、金玉

〔註24〕 容肇祖：〈《山海經》研究的進展〉，《中山大學民俗週刊》第 18 冊（臺北：東
方文化書局，本刊原為廣東中山大學出版，於 1918 年至 1923 年間共出版 123
期，1970 年），第 116～118 期，頁 12～26。

〔註25〕 容肇祖：〈《山海經》中所說的神〉，《中山大學民俗週刊》第 18 冊（臺北：東
方文化書局，本刊原為廣東中山大學出版，於 1918 年至 1923 年間共出版 123
期，1970 年），第 116～118 期，頁 27～38。

〔註26〕 鍾敬文：〈山海經神話研究的討論及其他〉，《中山大學民俗週刊》第 13 冊（臺
北：東方文化書局，本刊原為廣東中山大學出版，於 1918 年至 1923 年間共
出版 123 期，1993 年）第 92 期，頁 49～51。

〔註27〕 鍾敬文：〈山海經是一部什麼書〉，《鍾敬文民間文學論集》下冊（上海：上海
文藝出版社，1985 年 6 月），頁 329～341。

等記載,是有一部份可以相信的,雖然理想及無稽的也著實不少。」〔註 28〕因此,鍾敬文揭示《山海經》背後具有文化和神話思維的同時,也並不忽視從知識論的角度分析這些富有「博物」之學記載的知識價值,算是顧及傳統與現代學術之見的神話研究學者。

當然,這個時期對《山海經》的研究,更多仍是關注於該書的撰寫年代與目的。如前文已有稍作提及的幾位學者:身為疑古派核心人物——顧頡剛於〈五藏山經試探〉〔註 29〕中認為「〈山經〉作者之地理智識偏於西部,而〈禹貢〉作者則兼綜東西者也。……可證此書未嘗受齊魯學者之潤色,故得保存其內地之地理觀念,以迄立於儒家經典之外,其可貴蓋有甚於〈職方〉諸篇者。」〔註 30〕據此得出〈五藏山經〉為春秋周秦之地為了行山神祭祀所集結而成的巫覡之書;蒙文通先生於〈略論《山海經》的寫作時代及其產生地域」〉〔註 31〕一文裡以《山海經》所記內容不但被《史記》、《淮南子》和《呂氏春秋》所徵引,更值得注意的是該書裡並未提及於儒家神話標誌的「三皇」與「五帝」系統的完整性神話,此乃是《山海經》內容中大部分編輯時間必完成於西元前 4 世紀中葉以前的強而有力之證據,在在顯示與中原文化思想的差異處,進而提出《山海經》中具有巴蜀文化的性質,乃出於該地區之作。其中以〈大荒經〉最為古老,當是在西周以前的作品,此說與一般多認為〈五藏山經〉最早的說法完全不同。

陸侃如於〈論《山海經》的著作時代〉〔註 32〕一文中聚焦於〈五藏山經〉中有關鐵礦的記載,他從歷史的現實角度互為對照,因為鐵的使用是直到戰國初期才開始有較大規模運用的金屬,因此,對於鐵的認識,並且視為國之重寶,必定也在戰國初期,而對照〈五藏山經〉對於鐵礦的記述,使得陸侃如判定應當是戰國時期的記錄。而其他各篇章,應於〈五藏山經〉之後,如〈海外〉、〈海內〉四經是依據《淮南子》內容而編纂成篇,為西漢時作品;〈大荒〉四經、〈海內經〉都是遲至劉歆校書後到郭璞注之間所附加於後而成,應當東

〔註 28〕鍾敬文:〈山海經是一部什麼書〉,《鍾敬文民間文學論集》下冊,頁 340。

〔註 29〕顧頡剛之說參見〈五藏山經試探〉,載於《史學論叢》,收入《中國期刊彙編》第 31 種(臺北:成文出版社,1985 年 3 月),頁 27～46。

〔註 30〕顧頡剛:〈五藏山經試探〉,《史學論叢》,頁 34。

〔註 31〕蒙文通之說,參見〈略論《山海經》的寫作時代及其產生地域〉,載於《中華文史論叢》第 1 輯(北京:中華書局,1962 年 8 月),頁 56～62。

〔註 32〕陸侃如:〈論《山海經》的著作時代〉,載於《新月雜誌》(臺北:東方文化書局重印(1988 年),景印本,1928 年 7 月),第 1 卷第 5 期,頁 1～3。

漢魏晉之作。總而言之，20 世紀上半葉的《山海經》學研究除了對神話內容的解讀與分析外，更多的仍然關心著它的身世之謎上。當然，不論是持哪種立場，這個時代對神話文本的仔細探究，已建立良好的文本、神話類型的分析基礎，為後來的學者提供研究途徑上的重要學術成果。

時序進入上世紀末開始，並不因為全球化視野的激盪而讓《山海經》歸於沈寂，反而對它的關注更勝於前。在這段時期，展開對《山海經》的綜合研究，猶如傾巢而出般。李豐楙所作的《神話的故鄉：山海經》〔註33〕中除了一一的列舉《山海經》中的物產、帝王世系、遠方異國、神話信仰等等內容之外，他更提出了「正式調查記錄（《山海經》）的，應該是周朝王官，或諸侯職官，其中史巫身份者為重要人物。其後歷經鄒衍及其後學，與史巫、方士之流秘觀、改編，應該與楚國有關。」〔註34〕強調了《山海經》是經由「巫」與「史」，以及出於官方之手而來的看法，頗引起學術共鳴，也似乎與學者袁珂之說有些許連接關係。袁珂，可稱得上是《山海經》神話研究上最具指標性的學者之一。任何研究中國神話或《山海經》的學者，幾乎無不避免參閱他於上世紀八〇年代初，所出版的《山海經校注》〔註35〕和《山海經校譯》〔註36〕，是繼清中葉郝懿行的《山海經箋疏》以來的近現代注本，其中除了陳述大量己見之外，並串聯郭璞、畢沅、郝懿行等注疏之說，為每字每句的原典內容，進行釋義與解讀。此外，另一神話研究專著──《中國神話史》〔註37〕中也有大量的篇幅在論述對《山海經》綜述之見，包含可能的成書來源、考察歷來《山海經》注疏本與該書神話的分析（圖騰、帝俊、西王母等等），可說對《山海經》神話有全面而深入的研究。袁珂開宗明義便是以「神話學」的學術視域作為《山海經》研究的開端，並兼以文化俗信、圖騰符號等等，作為考證的依據。他提出幾個很具代表的論點，例如：「《山海經》中的神話，從原始社會前期，即原始群的階段，就有零片的紀錄……主要記敘的，是從母系氏族公社到父系氏族公社這一段時期人們頭腦中幻想的反影。」〔註38〕同時，他亦贊同魯迅認為《山海經》紀錄祭祀神祇時多用糈，而認為

〔註33〕李豐楙：《神話的故鄉：山海經》（臺北：時報文化出版，1981 年 3 月）。

〔註34〕李豐楙：《神話的故鄉：山海經》，頁 9。

〔註35〕袁珂：《山海經校注》（臺北：里仁書局，1982 年 8 月）。

〔註36〕袁珂：《山海經校譯》（上海：上海古籍出版社，1985 年 9 月）。

〔註37〕袁珂：《中國神話史》（臺北：時報文化出版，1991 年 5 月）。

〔註38〕袁珂：《中國神話史》，頁 39。

該書是「古之巫書」之說，並加以補充認定：「《山海經》確可以說是一部巫書，是古代巫師們傳留下來，經戰國初年至漢代初年楚國或楚地的人們（包括巫師）加以整理編寫而成的。」〔註39〕更確切的強調了「楚地巫師說」的看法，於當時學界揚起不少迴響。最重要的是，袁珂更是提出《山海經》神話為「比較接近原始狀態，沒有經過多少塗飾和修改」〔註40〕的「原始神話」概念的學者，這個定論也讓學界多將《山海經》所記述的神話作為神話原型的形制，而展開闡述與議論。綜觀袁珂的神話研究，《山海經》至始至終都是他所關注的核心議題，他以個人所理解的神話學觀念去詮釋《山海經》裡的神話內容，可說是開創《山海經》里程碑之大成者。

　　近20年來《山海經》的研究進入了高峰期，它更涉及到各類型議題、跨學門領域的綜合研究。例如，於綜合整理研究《山海經》學的歷程，有張步天於〈20世紀《山海經》研究回顧〉〔註41〕一文中統整過去研究《山海經》的諸多論著，他依照探討的內容，大致區分成作者與成書背景、編纂版本、地理知識、天文科學等等的研究。也藉由這些研究論題的歸納，具體表現出《山海經》非一時一地一人之作的特性；張岩的《山海經與古代社會》〔註42〕以「小型部落社會的一種文化和制度」〔註43〕來作為分析《山海經》的圖騰文化及思考。並且，藉此提出「《山海經》的記錄對象，是創立於堯舜時代的五嶽政權結構」〔註44〕的論述，認定該書所記述的內容與中國古代原始部落文化有緊密的據實關係；葉舒憲、蕭兵、鄭在書合著的《山海經的文化尋蹤：「想像地理學」與東西文化碰觸》〔註45〕從「神話地理」的面向切入，進而提出了《山海經》為「神話政治地理書」的觀點，這比以往只單一針對「地理性質」、「神話性質」的屬性元素更加貼切。依其論述，書中從《山海經》的文化定位論起，擴展至方位與人類的俗信活動（祭祀、巫術、占卜）至神話文本的記述方式、再到後世的神話再詮釋的創作模式，皆有所深入探究，相當於

〔註39〕袁珂：《中國神話史》，頁38。
〔註40〕袁珂：《中國神話史》，頁38。
〔註41〕張步天：〈20世紀《山海經》研究回顧〉，《青海師專學報》（西寧：青海師專學報編輯部出版，1998年），第3期，頁56～59。
〔註42〕張岩：《山海經與古代社會》（北京：文化藝術出版社，1999年6月）。
〔註43〕張岩：《山海經與古代社會》，頁408。
〔註44〕張岩：《山海經與古代社會》，頁412。
〔註45〕葉舒憲、蕭兵、鄭在書：《山海經的文化尋蹤：「想像地理學」與東西文化碰觸》（湖北：湖北人民出版社，2004年4月）。

綜合文化人類學領域下對《山海經》的綜合研究；劉宗迪於其作《失落的天書：山海經與古代華夏世界觀》〔註46〕中，分別就《山海經》的時間觀（天文、曆法）以及空間觀（地域、封禪、昆侖）來回溯古代華夏世界先民們的時間傳統與人文地理的想像。

　　上述研究論著，蓋是筆者欲瞭解《山海經》所汎覽的研究資料。當然，《山海經》自五四運動以來，透過西學新學術的能量，累積了不論是質與量都相當驚人的研究成果。雖然，《山海經》之謎依然如入五里雲霧般，卻仍不減它神秘色彩。

三、日本漢學界的相關研究成果

　　在海外，《山海經》也並不乏人問津，關注該書的學者亦不在少數，特別是日本學者對《山海經》的高度興趣也反應於論述的數量篇幅上。最具代表人物，在早期有小川琢治（1870～1941）及伊藤清司（1924～2007）。小川琢治對於《山海經》的研究議題非常廣，在其《〈山海經〉考》（收入江俠庵編譯《先秦經籍考》）〔註47〕一文中涉及《山海經》性質和價值、篇目、作者、地理考證、校勘等方面，其中更以大篇幅考證、陳述他對於篇目先後及流傳版本的問題，提出〈五藏山經〉應當以東周洛陽為寫作中心向外擴展，而成書時間為漢代以前的戰國。此外，小川琢治，在面對所記神話的荒誕情結下，甚至以未開化民族無不以「圖騰」為信仰者為思考角度，提出《山海經》為紀錄原始社會圖騰崇拜下的產物，它的價值並不比〈禹貢〉低，這一論點影響後來從民俗學角度研究《山海經》者。

　　伊藤清司的《山海經中的鬼神世界》〔註48〕認為要探討中國古代對外部世界的想像，《山海經》是唯一不可或缺的文獻古籍。他更從古代的文明與野蠻社會的相互對立和依賴關係中，發掘上古時代人類生活的痕跡。在其論述中，發現《山海經》的神人怪物有著「善」和「惡」兩大對立面向，以此證明該書應是古代統治階級（帝王或聖賢）用來宣傳人民應對危險的外面世界而

〔註46〕劉宗迪：《失落的天書：山海經與古代華夏世界觀》（北京：商務印書館，2006年12月）。

〔註47〕〔日本〕小川琢治：《〈山海經〉考》，收入於《先秦經籍考》（臺北：河洛圖書出版，1975年5月），頁70～84。

〔註48〕〔日本〕伊藤清司著，劉曄原譯：《山海經中的鬼神世界》（北京：中國民間文藝出版社，1989年）。

作為分辨善物惡煞之紀錄文字。此方說法，也等於為《山海經》內容裡出現不少福禍徵兆的敘述語境之情形，可謂提供有力的研究成果。

　　除了早期日本漢學界大多仍關注於《山海經》的成書背景、版本、錯簡考證等等之面向，近年來日本漢學者則多注意到《山海經》與其他典籍之間的關係，大多站在比較文學的學術立場，來開啟文學視域下的《山海經》文本與敘事之研究，並且擴展至其他綜合領域的應用。松田稔是近年來日本漢學界研究《山海經》的主要學者之一，他撰寫了兩部專著，分別是寫於 1994 年的《『山海經』の基礎的研究》（中文暫譯：〈《山海經》的基礎性研究）〔註 49〕以及 2006 年出版的《『山海經』の比較的研究》（中文暫譯：〈《山海經》的比較性研究）〔註 50〕二書。前者雖是一部綜合議題的《山海經》研究，但除了涉及一般成書與流傳的說明、詳述所記神話的分析之外，於末章還以「《山海經》的接受」議題，觀察了郭璞的引書來源文本與《山海經》文本的比較，甚至也考察了日本文學作品中引用《山海經》的情況。事實上，即使只是單純的探討〈五藏山經〉的「山岳觀」，卻依然以《詩經》、《楚辭》的「山岳觀」作為比較，藉以釐清《山海經》神話觀念的可能來源。至於，另一著作《『山海經』の比較的研究》是一部專研《山海經》與先秦兩漢的古籍文獻互作比較的研究論著。松田稔將《山海經》分別與《尚書》、《列子》、《呂氏春秋》、《淮南子》與《楚辭》等文獻作為考察二者之間敘述語言異同的情況，來分析與各書籍可能存在的某些共同關係。例如，他比較《淮南子》與《山海經》的西王母神話，明顯展現二文本的敘述差異：「更に『淮南子』の崑崙山は、天上世界又不死の境地と強く結びついてるが、『山海経』大荒経は帝の下都とするだけの、至って神話的で、昇天・昇仙の語気はない。」〔註 51〕意即〈大荒經〉中僅有「帝之下都」的記述，而並未有如《淮南子》那般完整的神仙思想系統（昇天、昇仙的觀念），因此，他進一步認定：「『淮南子』の西王母の所在を言う『流沙之瀕』は、『山海経』大荒経から受容したものと見られることから、大荒経の成立は『淮南子』の前に置くべきであること。」〔註 52〕

〔註 49〕〔日本〕松田稔：《『山海經』の基礎的研究》（東京：笠間書院，1994 年 3月）。

〔註 50〕〔日本〕松田稔：《『山海經』の比較的研究》（東京：笠間書院，2006 年 1月）。

〔註 51〕〔日本〕松田稔：《『山海經』の比較的研究》，頁 130。

〔註 52〕〔日本〕松田稔：《『山海經』の比較的研究》，頁 133～134。

（語意：《淮南子》中談到西王母的所在地為「流沙之瀕」說法，是因其接受〈大荒經〉之說，因此〈大荒經〉於《淮南子》成書前就已經存世的情形是可以成立的。）先不論其判定結果是否正確，整體而言，這是以比較文學視域的觀察角度，所得出來篇目年代的考察結果，其資料羅列詳盡，論述頗具條理紮實，在研究《山海經》比較文學領域上，頗具有參考價值。

大野圭介亦關注《山海經》與先秦諸子學說的關係。於〈『山海経』五蔵山経と『管子』〉（中文暫譯：〈《山海經‧五藏山經》和《管子》〉）〔註53〕一文中，從〈五藏山經〉具有巫醫性質的敘事語言風格為開端，與《管子》的經濟思想互為比較，其中分析了山神祭祀的模式與經濟社會演進之間可能的密切關連性，最後提出「五蔵山経の情報は管仲学派の経済思想に必要な情報と重なり合うものがあり、五蔵山経末尾『禹曰』で始まる一文とほぼ同様の文が『管子』地数篇にもあることから、『禹学派』と管仲学派に交渉があったことは確実である。」〔註54〕認為〈五藏山經〉與《管子‧地數篇》中有極度類似描述山川地理物產的敘事語言，表示在先秦時代部分提倡「大禹」事蹟（例如治水、地理考察與紀錄等等）的學者們與管仲學派（或者可說是受管仲思想影響的部分「稷下學派」）的學者們在學術上是有相互接觸與流通的。其立論可謂新穎，提供欲研究古代《山海經》成書、流傳背景等等議題上另一種不同的觀點；此外，近期另有松浦史子所撰寫的《漢魏六朝における『山海經』の受容とその展開─神話の時空と文学‧図像─3》（中文暫譯：《關於漢魏六朝《山海經》的接受及其發展──神話的時空、文學和圖像》）〔註55〕，其論述內容則以郭璞和江淹（444～505）以及漢代畫像石作為主要的研究對象。松浦史子對於郭璞的關注在於其文學創作上，如遊仙詩、《山海經圖讚》等等；對於江淹的觀察，則以圍繞在江淹身上的五色筆傳說，以及其作品《赤縣經》、〈遂古篇〉和〈瑤草〉與《山海經》的比較關係。並且，全文以郭璞的作品與文思貫穿，與江淹、漢代畫像石展開對話，可以說是展現「接受文本」以及「詮釋文本」的共時空間研究，陳述著一段猶如愛好《山海

〔註53〕〔日本〕大野圭介：〈『山海経』五蔵山経と『管子』〉，《富山大學人文學部紀要》（富山：富山大學人文學部出版，2008年）第49號，頁340～313。

〔註54〕〔日本〕大野圭介：〈『山海経』五蔵山経と『管子』〉，《富山大學人文學部紀要》第49號，頁316。

〔註55〕〔日本〕松浦史子：《漢魏六朝における『山海經』の受容とその展開─神話の時空と文学‧図像─3》（東京：汲古書院，2012年2月）。

經》世界的漢魏六朝文人們，在共同接受與理解的情形下，紛紛開展擁有自我風格的神話詮釋並寄情其中，可以說是集極具文學藝術的美感時代。

　　從臺灣、大陸以至日本漢學界對《山海經》研究的情形，整體而言，可以很確切地認定是非常熱烈且蓬勃的。研究的質量是可觀的，並且所關注的依然放眼於《山海經》的神話理解上，換言之，在眾多議題的選擇上，對於破解《山海經》之謎的論述仍是最大宗的。可見《山海經》的神秘性不論歷時多久，它依舊炫目迷惑了現代人的視野，且不遜於其他經典，如研究《莊子》被稱之為「莊學」；研究《紅樓夢》被稱之為「紅學」，而今日《山海經》所帶來的大眾化或學術研究的熱潮，儼然成為一門「山海經學」。

第三節　研究方法：《山海經》的神話敘事與其解讀方式

　　原則上，神話構成的原因，不外乎是先民透過「想像」後，產生「信以為真」的意識。因「想像」產生思維，因「信以為真」而依奉為生活準則，神話藉此伴隨人類的生活經驗，踏入歷史的洪流之中。法國學者羅蘭・巴特（Roland Barthes，1915～1980）曾言：「神話都只可能具有歷史這一基石，因為神話是歷史選擇的言說方式：神話不可能從事物的『原始狀態』（天然狀態）中突然湧現的。」〔註56〕羅蘭・巴特這一說法，正揭露著神話產生之初與傳播的過程都含有歷史的軌跡。所以，我們可以將神話文本視為先民生活的歷史紀錄與意識闡述。基於此，作為神話文本的《山海經》，在文字的表達上所呈現的生活經驗、思想，可說是投射出該時代的人文世界，並帶有「歷史」的軌跡，所以喬巴蒂斯達・維柯（Giambattista Vico，1668～1744）說：「神話即歷史。神話是人類最初的藝術，各族人民的歷史都是從神話故事開始。」〔註57〕神話是語言，也是歷史，也是現象世界的表述，可見神話是堆疊式的敘述，即使是甚無情節的神話故事，也具體描述了眼觀或想像的世界。

　　過去傳統中國學者解釋神話的常用模式，就是在神話裡找出歷史可能存在的影子，進而排除了那些奇異、不合現實常理的故事情節。因此，不再去

〔註56〕〔法國〕羅蘭・巴特撰，屠友祥、溫晉儀譯：《神話修辭術／批評與真實》（上海：人民出版社，2009 年 8 月），頁 170。

〔註57〕〔義大利〕喬巴蒂斯達・維柯（Giambattista Vico）著，朱光潛譯：《新科學》（北京：人民文學出版社，1986 年 5 月），頁 425。

深入探討神的存有問題，而是採取直接轉化神格為人格的理解方式。如此一來，類似如《山海經》裡那種「有神」的敘述語境，便成為上古時代的聖王與賢人，至於經中那些妖怪兇惡形象的神人，則被轉化成叛逆聖賢，罪孽深重的「人」。這個現象，表現在儒家典籍中更是明顯，如《大戴禮記·五帝德》中記載宰我與孔子的對話：

> 宰我問於孔子曰：「昔者予聞諸榮伊，言黃帝三百年。請問黃帝者人邪？亦非人邪？何以至於三百年乎？」孔子曰：「予！禹、湯、文、武、成王、周公，可勝觀也！夫黃帝尚矣，女何以為？先生難言之」宰我曰：「上世之傳，隱微之說，卒業之辨，闇昏忽之，意非君子之道也，則予之問也固矣。」孔子曰：「黃帝，少典之子也，曰軒轅。生而神靈，弱而能言，幼而慧齊，長而敦敏，成而聰明。治五氣，設五量，撫萬民，度四方；教熊羆貔豹虎，以與赤帝戰于阪泉之野，三戰然後得行其志。黃帝黼黻衣，大帶黼裳，乘龍扆雲，以順天地之紀，幽明之故，死生之說，存亡之難。時播百穀草木，故教化淳鳥獸昆蟲，厤離日月星辰；極畋土石金玉，勞心力耳目，節用水火材物。生而民得其利百年，死而民畏其神百年，亡而民用其教百年，故曰三百年。」〔註58〕

又如《尸子·卷下》子貢問孔子古稱「黃帝四面」傳說之事：

> 子貢問孔子曰：「古者黃帝四面，信乎？」孔子曰：「黃帝取合己者四人，使治四方，不謀而親，不約而成，大有成功，此之謂四面也。」〔註59〕

從上述二例中，毫無疑問地有相當數量的神話敘事被作為上古歷史的史料。孔子在回答宰我的「黃帝三百年」與子貢的「黃帝四面」之事，分別用黃帝教化百姓的聖蹟遺風三百年來轉換唯神才具有的「萬壽無疆」；以「面」字的多義性，將從原意的「臉」、「面孔」，解釋成「方向」、「方位」、「方面」，使得轉化了原來神話傳說的荒謬成分，做出了符合常理經驗的新興詮釋。這是非常經典將神話歷史化的事例，往後的經學家，也大致維持這樣的學術傳統，使得要找尋最初的神話已然不易。然而，即便將神話作為歷史化的解釋佔了多

〔註58〕清·王聘珍：《大戴禮記解詁》（北京：中華書局，1983年3月），頁117～119。
〔註59〕戰國·尸佼著，清·汪繼培輯：《尸子》（上海：上海古籍出版社，與《商君書》合編成一冊，1989年9月），頁18。

數比例，但若只一味地將過去學者和文人對神話解釋的努力全當作為探詢歷史意義的思路，則是過於武斷而容易造成偏頗的。如古今中外的文人雅士所與生俱來的感性書寫，在個人的學術前見所掌控之下，有時僅作文學情感的抒發寄託、有時帶有點個人信仰上的堅持。我們應秉持著什麼樣的心態來面對「民國以前學者對《山海經》的解構與重釋」這樣的研究課題？誠如鍾師宗憲先生所提出的思考觀點：

> 中國神話很早就經過歷史化、合理化的過程，但是顯然中國上古神話的產生與存在並非單純只為歷史服務，更非單純只為了建構歷史。的確，上古史的建構與神話研究的結合，豐富了彼此的內涵，即便不是信史，但是具有時間完整體系傾向的上古歷史概念，協助了零散破碎的神話傳說片段的再聚合與再聯繫；同時也透過對於神話傳說的解讀，促使上古史系統獲得了再重組、再發現的可能。但是上古史與神話相混淆的結果，卻也對神話的學理研究造成傷害，迫使神話在詮釋上必須向歷史合理化傾斜，而重踏過去因合理思維使得我國神話難以保存的覆轍。〔註60〕

中國神話深受傳統儒學影響，使得今日呈現難以拼湊而零碎、散佚的神話拼圖。多年來研究《山海經》的論著大多仍以追尋探源該書原始神話的真相與意義，因此，他們常藉由爬梳歷代文人的注疏筆叢資料，來作為佐證各自所發掘的神話新意。然而，這些所謂的歷代注疏或筆叢文獻，往往已經過歷史化、合理化的過程，那是一種經過「詮釋而再詮釋」的解讀歷程，早已失去了神話的原意。

　　換言之，此種情況所形成的是「解釋文本」與「神話文本」之間的對話展現，在一定秉持某種觀點視域下去輯錄的神話佐證資料，除了顯示解釋者的社會環境、學術視域與個人思維之外，更能表現出一套具有層次性語意的人文思維。因此，當我們要運用這些古代文人解讀《山海經》的文獻資料，則必須要先好好釐清，他們為何最終得出這樣的詮釋結果。基於此，本論文對歷來面對《山海經》者的治學態度、考察思路和方法，大致分成三個研究面向，藉以一一抽絲剝繭他們猶如神秘糖衣（個人思想）包裹下的深層意蘊。此三個研究面向有時甚至具有次第性，它們分別是：第一，是敘事語境的觀

〔註60〕鍾宗憲：《中國神話的基礎研究》（臺北：洪業文化事業，2006 年 2 月），頁79。

察；第二，拆解神話：發掘神話的深層結構；第三，則是探古人對《山海經》的詮釋或思考歷程。茲便以上述所言及的三項研究方法與理路，繪製流程圖如下並行兼述之：

圖1：《山海經》詮釋文本的考察方式流程示意圖

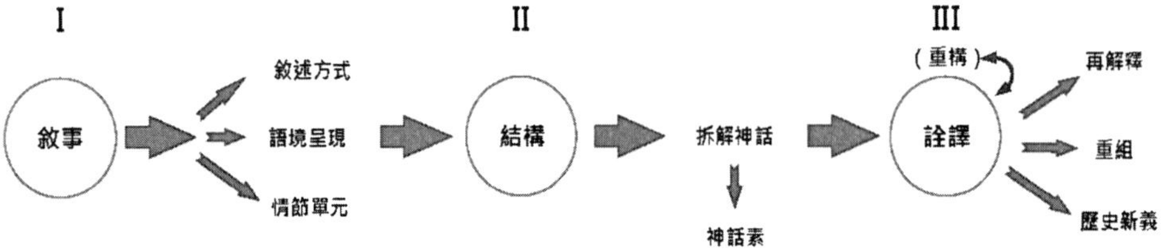

一、對「神話文本」與「解經者」於敘事語境的觀察

首先，來談談「敘事」（Narratology）這一詞在本文研究方法上的思考與呈現。「敘事」——作為方法學的應用，已在過去百年間蔚然成學。早年的敘事學主要關注在神話和民譚的「故事」結構與表達，近幾十年來遂將其視為所有文本敘述必要的一種存在。德國敘事學家曼弗雷德·雅恩（Jahn Manfred，1950～）認為認知學和敘事學的連結是必然的：「認知敘事學家探討敘事與思維或心理的關係，聚焦於認知過程在敘事理解中如何起作用，或讀者（觀者、聽者）如何在大腦中重構故事世界。」〔註61〕是以，當我們在解讀神話文本時，「認識敘事」的概念，成為進行判讀時應具備的前識與立場。

然而，敘事學觀念的闡發，仍不得不回歸最基本層面，——即是在西方傳統的文藝思潮及文學批評中，針對「內容」與「形式」的二分法探討，這也成為研究文學作品在表達方式上最容易被劃分的兩大區塊。於此兩者間，雖說傳統評論家的重視度隨社會文化的局勢變異而互有消長，但總的來說，二十世紀以前的文本敘事評論，往往偏重於作品本身的思想內容如何？以及是否具有社會作用與價值？因此，反而輕易地忽略作品文本敘事上的形式技巧。同樣的狀況，也發生在傳統的中國文壇。中國很早就有「敘事」一詞的說法，如《周禮·春官宗伯·馮相氏》曰：「辨其敘事，以會天位。」〔註62〕；又《周禮·春官宗伯·樂師》亦言：「饗食諸侯，序其樂事。」〔註63〕「序」

〔註61〕其說參考自申丹：《敘事學理論探賾》（臺北：秀威資訊科技，2014年9月），頁305。

〔註62〕清·孫詒讓：《周禮正義》（北京：中華書局，1987年12月初版），頁2103。

〔註63〕清·孫詒讓：《周禮正義》，頁1811。

同「敘」，清人孫詒讓注云：「……樂師當亦兼序燕諸侯之樂事。」〔註64〕可見敘事之概念於先秦以前便已有文本上的記敘作用。只是中國傳統文人大多在乎文本內容是否具備「文以載道」的內涵。這樣重視「內容」的潮流不斷地延續數千年，遲至近百年來因受西學影響，終能注意到敘事形式在分析文本過程中所具有的重要意義。

　　敘事，也可說是作者觀察現象世界後，將其書寫而成的文本創作。因此，世界是無可限量性，是多采多姿，那麼，所能敘事的範圍應當也難以狹隘。羅蘭・巴特肯定敘事範圍的多樣性，並且認為敘事是幾乎可以藉由一切傳達的材質或媒介表現出來，他於《敘事作品結構分析導論》曾說：

> 世界上敘事作品之多，不計其數；種類浩繁，題材各異。對人類來說，似乎任何材料都適宜於敘事：敘事承載物可以是口頭或書面的有聲語言、是固定的或活動的畫面、是手勢，以及所有這些材料的有機混合；敘事遍佈於神話、傳說、寓言、民間故事、小說、史詩、歷史、悲劇、正劇、喜劇、默劇、繪畫、彩繪玻璃窗、電影、連環畫、社會雜聞、會話。而且，以這些幾乎無限的形式出現的敘事遍佈於一切時代、一切地方、一切社會。〔註65〕

承羅蘭・巴特之言，舉凡神話、傳說、寓言及民譚等等的有聲語言，在最初可能的口傳行為發生時，便即刻產生具有敘事行為的故事型態。依此，在本文以「神話詮釋」為主要研究議題的框架下，既然被稱為「神話」，其本身便具有故事性，而故事的呈現與傳播，則需仰賴表達、闡釋的活動去進行。表達、闡釋即「表述」，若針對「故事」，則是表述該內容「敘述了什麼？」（這包含了事件、人物、背景等等），以及「怎麼進行敘述？」（這當中更包括各種描述形式的技巧）。所以，故事中的「話語」呈現方式，亦是敘事學研究方法上的觀察核心。而「神話」的傳播過程本來就會經歷一個或多個「口頭階段」，也就是所謂的「口頭敘事」。若要完成口頭敘事的行為，便總有某些人接力似地講述這些故事，話語的表達亦可能共存在這些故事當中。因此，若以一般書面為載體的敘事模式（如小說、劇本等文學類型）而言，雖然讀者是面對文字，但無論敘事者是否露面，讀者也常能感受到那些文字是真的由敘述者說

〔註64〕清・孫詒讓：《周禮正義》，頁 1811。
〔註65〕參考自〔法國〕羅蘭・巴特撰，張寅德譯：《敘事作品結構分析導論》，載於張寅德編選《敘述學研究》，北京：中國社會科學出版社，1989 年，頁 2。

出來的。因此，上古先民們針對某事物的觀察所進行的敘事行為，便造就了敘事話語的形成，即是文本的建立。

到這裡，我們似乎可以看到一個隱性的敘事關係。一般文學性質的文本，其敘事行為大致可以透過內容中的「話語」來推敲、反映敘述者與故事之間的聯繫。例如：投射出敘述者是何人？是否存在著多層次的敘述？〔註66〕畢竟，在訴說與傳播的過程中，便含有「口頭」與「書寫」的兩種敘述方式。然而，這在神話文本裡，第一敘述與第一受話者是否真的「面對面」進行敘事行為，以及如何進行？顯然是無可考究的，我們僅能模糊勾勒出敘述者（作者）與神話文本成立的輪廓，在經講述的口頭傳播、記錄而成的神話文本、閱讀者、解釋者、撰寫詮釋文本、解釋「詮釋文本者」……在這樣無限循環下，藉由敘事行為傳播的文本接受與詮釋行為，則讓最初單純的神話敘事罩上更多層次的模糊面紗。

圖2：《山海經》與其詮釋文本的接受與解讀關係示意圖

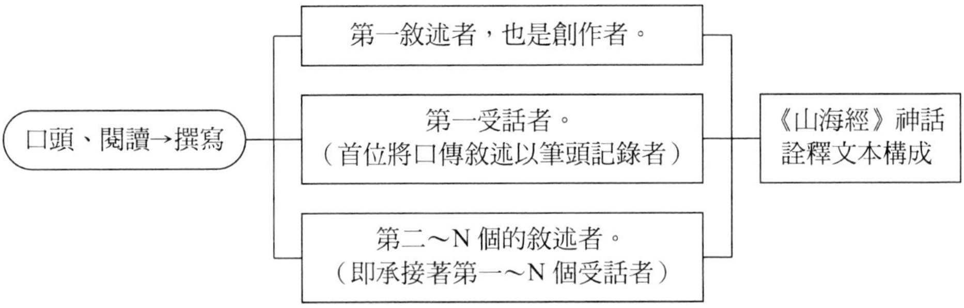

如上圖所示，由於《山海經》與歷來解經的各篇作者有所不同，使得觀察所描寫的神話物件在「讀」與「說」之間，進行神話文本釋義而產生猶如創作的角度亦不斷地被切換。簡而言之，這一段隱藏在神話文本中的「敘事行為」，是由「敘述者」與「受話者」〔註67〕共同建構起來的活動。因此，在神話文本取材來源不明的情況下，若要理解神話思維的深意或與之相映的真理，最基本的探索方法便是對該「敘事話語」的內容進行觀察——即觀察「敘述者」

〔註66〕所謂的多層次敘述模式，從敘事的角度來說是指文本中有不同層次敘述者的觀點，使得敘述過程中又含有另一層或數層敘述。換言之，一個文本中的人物行為是敘述的主要對象，可是反過來觀察，這個文本中的人物本身也可以是敘述另一個故事。這樣的「多層次敘事」大多發生在小說的敘述裡。
〔註67〕或稱「聽敘者」，一則敘事傳達給某人聽，某人便是敘述受話者（接受敘述的人）。

切入的「視角」〔註68〕。「在小說中，敘述者可以既是講故事的人又是聚焦者（觀察者）。當敘述充當聚焦者時，人物的視覺活動僅僅構成其觀察對象。」〔註69〕那麼，該如何去觀察或判斷？這時，「原神話文本」與「詮釋神話文本」二者內容中所呈現的敘述「語境」，便是非常適合進行判讀的偵察對象。

「語境」，顧名思義便是「語言的環境」。它可以是指語言文化的背景、情緒景象、時空環境等等。在不同學科上，大致可分為狹義和廣義兩種界定方式。狹義的語境指文本、書面的上下文或說話口語的前言後語所形成的言語環境，也就是「敘事語境」；後者是指進行言語表達時，所在的現場的環境（例如具體場合、社會環境等等），即是「社會歷史語境」，此二者，就進行敘事的闡釋與理解時，各自具有重要的演繹角度。客觀而言，敘事與語境通常互相依靠連結，縱然過去有特定幾位學者各自依恃己論模糊語境或敘事的角色，但不論在經典敘事或是在語言表達上，語境的制約作用仍是具有不可抹滅的存在現實。例如：《山海經・海外西經》：「女祭女戚在其北，居兩水閒。」〔註70〕中的「在」、「居……閒」的語境陳述，讓我們易於理解女祭女戚的居處與方位。換言之，神話在利用敘事表達時，語境便伴隨其側，可見其互為依存的關係。

除了需要注意「語境」的表達外，神話本身的敘事表達有時會嵌入後人（解經者）的補注說法，這亦是一項觀察的重點所在，致使敘事模式產生多層次性。若不稍做區分，神話的原意很可能經代代闡釋，而在視角上產生變異，可能導致無法判斷是原始文本敘述，還是解經者之看法。如《山海經・海外北經》對於「柔利國」的敘述，稍做拆解如下：

柔利國在一目東，為人一手一足，反膝，曲足居上。

一云留利之國，人足反折。〔註71〕

上段文字可以分兩個層次來看，第一，柔利國的「一手一足，反膝，曲足居上」；第二留利國的「人足反折」。很明顯的，「柔利」與「留利」音極相近，故所狀之事為同國。然而對於「反膝」的「有」與「無」之描述，客觀來說所

〔註68〕中文的「視角」一詞涵蓋面較廣，泛指敘述時的各種觀察角度，這也包含了「全知」的角度。說法參考見申丹，《敘事學理論探賾》，頁105。

〔註69〕申丹：《敘事學理論探賾》，頁107。

〔註70〕清・郝懿行：《山海經箋疏》，《四庫備要・史部》（臺北：臺灣中華書局，據郝氏遺書本校刊）。

〔註71〕清・郝懿行：《山海經箋疏》。

呈現的姿態應是不同的。但此時的「一曰」說，可能是經過後人的闡釋，而將足的反折與曲足劃上等號，而忽略了「反膝」之說。換言之，「反膝」是否可以完全等同於「足反折」的形象姿態，應是有疑義的。依此，僅以上述二例，單就將神話文本的故事內容作「敘事語境的觀察」來看，一字一句的的細探，便能發現過去的話語接受者容易因個人的認知經驗，而產生偏見（可視為一種自我的解讀，此情況於下文另行詳述），並且在不經意間的觀察之中走樣扭曲了，這樣曲解了原本觀察物（或所指的神話原型），或許亦是接受者呼應當代社會意識的一種普遍需求。

　　社會是具體存在的現實，想像卻往往徘徊錯置於虛實之間，幻想與真實的柔焦化，使得以往在進行神話文本的判讀時，因歷來人們對先民思維的解讀各有其差異的結果，致使故事內容的神秘性愈發濃厚。在經過以一種錙銖必較的「敘事語境觀察」的研究角度切入後，要如何比較《山海經》與其詮釋文本的神話解讀？接下來，筆者欲以透過解構神話的觀察視野，從神話敘事中最基本的單位元素，探析歷來詮釋文本於學術視域下各自組成的神話理解與想像。

二、解構歷來「解經者」的神話塑造：發掘《山海經》的多層性結構

　　世界怎麼被製造出來的？萬物怎麼來的？為什麼會有生有死？為什麼有時間循環？為何會有可怕的災異發生？神話真的只是單純的故事嗎？要發掘、剖析神話的深層結構以前，至少，我們應該要為神話的產生原因有些概念性的認知。

　　任何事物，背後都有所謂發生的原因。神話於最初的誕生期，即使是利用口傳方式傳播，便可視為一種語言傳達，也就是一種言說方式，而這樣的口語表達，大致只是人類用來解釋一些自然現象。遠古時代，在文明尚未開化的原始社會，初民在從事生產實踐或累積生活經驗的過程中，面對千變萬化，難以解釋的自然現象，產生了種種莫名的驚奇、困惑，甚至是恐懼的情緒反應。人類是具有高度集體社會化傾向的生物，然而，大自然中太多難以解釋的現象存在，衝擊著初民於所建立的原有社會秩序與規律。因此，他們將這些困惑的現象，通過想像，進行適當合理的解釋，最後幻化出各種超現實、超自然的神奇感官世界。自此以後，在原始人類的思維裡所勾勒的這個

世界，萬事萬物都有了與人類社會共同存在的合理條件——即「物我不分」的世界，再經由「神聖」與「俗世」的心理意識的區分，進而產生了或宗教崇拜，或風俗的文化民情。因此，如何從神話中還原古史真相？成為近現代神話學者們，試圖從神話敘事的層層迷團中找出答案。

圖 3：神話的產生與演變之簡圖

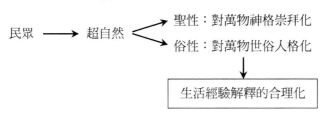

然而，縱使神話的出現與應用，是為了解答人類過去一直迫切希望理解的問題，但從世界上大部分的神話內容觀察，有的過於簡略，有的卻過於繁瑣。過於簡略的神話甚至沒有情節，例如《山海經》：「羽民國在其東南，其為人長頭，身生羽」〔註72〕如此這般單純的紀錄，卻也難以看出先民「解釋」神奇事物之說法；但有時又富有完整且具系統性的情節敘述，例如：伊底帕斯（Oedipus）的神話情節，便屬於龐雜的神話，其中內容更涉及到神話人物的七情六慾，而這樣的神話似乎不再是解釋自然或宇宙的現象，轉而去解釋人類社會與心裡層面的困惑。換言之，若要單純用「先民解釋現象世界」的說法來一言以蔽之說明神話的生成，可想而是難以全面的。

造成上述這種難以周全的狀況，是因為在神話世界裡什麼都可能發生，因此有些神話表面上看來是沒有邏輯性、沒有連慣性、不受時空限制的，但人類還是可以藉由自由奔放的意識與想像去連結其中的關係，而所使用的初期工具，即是「語言」。「語言」在經年久月傳話的過程中，會被一代一代的人們憑添新的思維連結，這樣層層的堆疊，組織了神話本身應有的深層結構。然而，神話雖是由語言構成，卻與一般個人創作的詩歌不同，「詩歌是一種不能翻譯的語言，除非嚴重地歪曲它的意義；可是神話的神話價值即使在最拙劣的翻譯中也被保留下來。」〔註73〕依此，我們欲理解神話的原始思維，就必須經過拆解，這些拆解出來的碎片，亦是歷來解經者的足跡。正因如此，

〔註72〕清・郝懿行：《山海經箋疏》。
〔註73〕〔法國〕克勞德・列維・斯特勞斯（Claude Lévi-Strauss）：《結構人類學：巫術・宗教・藝術・神話》（北京：文化藝術出版社，1989 年 12 月），頁 46。

神話才具有可轉換性，並且可以不斷自由地排列與重組，而不會盡失原始的神話思維，這樣的結構特徵不因神話發生時間是在遙遠的過去，而產生錯亂，它仍可以在過去、現在與未來產生長期穩定的結構。這與一般文學性質的詩歌難以翻譯的狀況是完全不同的。神話的描述重點與價值並非表現其敘事風格、形式、句法或是音韻上，而是其故事內容所透露出的「真理」。不論再怎麼失控的翻譯（轉譯），神話本質依然存在，即使是未來經過重新鑄造或詮釋出的新神話，依然保有它們的神話原型。那麼，神話種類如此浩瀚繁多，其中又有許多重複的情節或片段，該如何理解或運用其深層結構呢？列維‧斯特勞斯（Claude Lévi-Strauss，1908～2009）認為：

> 神話同語言的其他部分一樣，是由構成單位組成的。這些構成單位首先需要在語言結構中正常發揮作用的那些單位，即音素、詞素及義素。但是神話中的構成單位並不同於語言中的構成單位，就像語言中的構成單位也不盡相同一樣；神話中的構成單位更高級、更複雜。因此，我們將它們稱為大構成單位。我們怎樣才能識別分離出這些大構成單位或神話素呢？……我們應該在句子這一層次上尋找這些構成單位。〔註74〕

再具體的說，列維‧斯特勞斯的神話結構學方法，是基於語言學與觀察人類、社會活動而來，筆者整理其採取的步驟如下：

1. 對每個神話分別進行分析，把故事分解成盡可能短小的句子。
   → 此為前文所言的分離出神話故事的構成單位，即「神話素」。

2. 再把所有這些短小句子（神話素）按歷時、共時原則，分別加以排列和比較，使其它們在共同的主題下，產生關連性。事實上，神話的真正構成單位不是孤立的關係，而是一束一束的關係。
   → 簡言之，每一個大構成單位都由一種關係構成。因此，需找出它們共有的「關係集束」。

3. 把它們的重新放在它們的「自然」組合中，我們就能根據一種新型時間來進行參照、重組這個神話了。因此，同時具備歷時性和共時性，組織其中數個語言特點。
   → 據此，通過「關係集束」的觀察，最終可得出神話彼此間「對

〔註74〕〔法國〕克勞德‧列維‧斯特勞斯（Claude Lévi-Strauss）：《結構人類學：巫術‧宗教‧藝術‧神話》，頁46～47。

立」與「調和」的關係。〔註75〕

由上述可理出一個概念，神話通過結構創造事件，也因藉助這個結構，構成了一個組合體——即「對象＋事件」。所以列維・斯特勞斯的神話結構方法打破以往神話進行研究時地域與時間的限制，即使世上仍有眾多神話的形式並非皆具有複雜情節的系統內容，導致上述研究方法對於神話而言仍有無法全面囊括而受到些許異議。不過，像這樣將神話進行拆解、分析成最小單位（神話素）的研究思維，無疑開拓且提供了神話研究的新契機。以如此研究角度，來觀察在《山海經・大荒西經》中所載輯的一則神話：

> 大荒之中，有山名曰日月山，天樞也。吳姖天門，日月所入。有神，
> 人面無臂，兩足反屬于頭上，名曰噓。顓頊生老童，老童生重及黎，
> 帝令重獻上天，令黎卭下地，下地是生噎，處於西極，以行日月星
> 辰之行次。〔註76〕

在這則中國神話裡，敘述了很多片段的情節，有言及地名方位，亦有紀錄神人異事，更談到血緣之間的傳承。針對這則神話，歷來解經者多有其細究。例如，畢沅關注於顓頊帝系的傳承與重、黎是否同一人的問題〔註77〕；郝懿行著重探討「重」與「祝融」之間的關係〔註78〕；然而，仔細觀察這則神話，當中提到很多名字，若只從神話敘事的表徵觀察，概能理解「噎」是「顓頊」的玄孫，然後「噎」掌管日月星辰的運行，所以是一位「時間之神」。但「噓」是何人？在這個神話裡好似天外飛來一筆般，與其他描述似無關連。僅依文本敘述可能一時難以窺探，這時若將此則神話稍做拆解，大致可得與原述相較深層的構成補述，呈現如下：

① 大荒之中，有日月山，是天樞，日月所入。→說明日月所入之處

② 有人面無臂，兩足反置頭上的神，名「噓」。→有神居日月所入之處

③ 顓頊生老童。→陳述血緣關係

④ 老童生重及黎。→陳述血緣關係

〔註75〕此處關於列維・斯特勞斯「神話結構研究」的說法，主要整理其作《結構人類學：巫術・宗教・藝術・神話》，頁47～48；以及李醒塵：《西方美學史教程》（臺北：淑馨出版，1996年10月），頁615～617。

〔註76〕清・郝懿行：《山海經箋疏》。

〔註77〕清・畢沅：《山海經新校正》（臺北：新興書局，1962年8月），頁131～132。

〔註78〕清・郝懿行：《山海經箋疏》。

⑤ 帝命令重獻於上天，命令黎卬於下地。→兄弟分隔＝血緣分隔

⑥ 下地是生噎，居處在極西之地。→陳述血緣關係·說明噎之居處

⑦ 噎掌管司職日月星辰的運行。→說明日月運行的原因

如此，大致可分得七項「神話素」。從每項排比（最小情節）中，可以理出一個子題，即上文中，每個箭頭後面所補述的文字。比如「老童生重及黎」與「下地是生噎，居處在極西之地」所講述的是一種血緣關係，而這兩層血緣關係，又與天、地、人產生連結。換言之，這則神話，藉由「血緣」聯繫了「神」與「人」的世界，並各自產生「管理」的行為。所以，居住在「大荒之中，有日月山，是天樞，日月所入」的「噓」與⑥所描述的「噎居處極西之地」情節已看得出些許關連性，因「日月所入」之處可視為極西之地，至少可以確定「噎」與「噓」都居處在西方。若再進行拆解，並轉換成列表，跳脫歷時跟共時的限制，另可得下方結果：

表 1：《山海經》神話文本的原型結構

聖性的空間	神聖的血緣關係（神人關係）	形象與行為	符號與象徵
大荒之中有日月所入之山	顓頊生老童　　　Ⅰ	人面無臂兩足反置頭上的神，名叫「噓」	1. 大荒＝無人所到之地 2. 日月所入＝極西 3. 生＝誕生＝生命起始 4. 神＝人面無臂兩足反架於頭上 5. 兄弟分隔，上天下地 6. 下地＝下帝＝人帝＝黎＝穀之物＝農業 7. 極西之地＝日月所入 8. 掌管天體運行＝觀察天體運行＝司曆法覡侯之職
Ⅱ	老童生重及黎　Ⅳ　Ⅲ	帝命令重獻於上天 （帝）命令黎卬於下地　Ⅵ	
（噎）居處在極西之地	下地是生噎　　　Ⅴ	噎掌管司職日月星辰的運行	

將七項神話素經轉換後，直覺式地把這個神話文本歸納成具有描述「聖性的空間」、「神聖的血緣關係」、「形象與行為」三項主要的情節類型。透過散開的排列，從箭頭Ⅰ與箭頭Ⅱ的指向可以輕易看出「大荒之中日月所入之山」其實就是「極西之地」。所以，同樣居處在極西之地的有「噓」與「噎」；箭頭Ⅲ與Ⅳ分別指出了「黎」與「噎」的父子血緣關係，以及「黎」跟「下地」間的符號指涉；箭頭Ⅴ表示了噎處極西之地的必要可能與日月星辰的運

行的某種行為有關。因為，若是單純行使物換星移之力，居處任何方位其實並無差別（甚至居「地之中間」更有居處尊位之感），會強調居極西之地，可能是需要進行「觀察」，觀察著天體東升西落的軌道運行。若再多所細究，將此神話的最小單元情節拆解成如上表左邊「符號與象徵」欄位所示，更能發現：

（1）「大荒」是個凡人難以到達的地方，日月所入便是極西之地；而西地亦是周王朝發源之地。

（2）對於「重上天」、「黎下地」的符號意象，象徵了「上天下地」→「天地分隔」的概念。重黎兄弟雖分隔天人兩端，但也象徵了兄為天人，弟為地人。是以「下地」象徵「人帝」、「人王」或「部落之主」，幫助原來洪荒先民進入社會秩序的文明世界。〔註79〕

（3）「下地」之人名喚「黎」，《說文》曰：「黎，履黏也。從黍物，省聲。作履黏以黍米。」注云：「釋詁曰：黎、眾也。眾之義行而履黏之義廢矣。」〔註80〕可以見得「黎」字除了有「眾」之外，最初的原意指的是具有黏著性的黍物。然而，如解經者袁珂則將「下地」解讀為象徵土地的司職與管理〔註81〕，「土地」與「黍物」的連結，似乎也暗示著進入所謂的農業文明。

（4）至於「噓」的形象——「人面，無臂，兩足反屬於頭上」的形容，是一種身體變形而成為「非人」，故言神，此「神」即指神異之物，並未有職司之舉。

歸結前四項說法，箭頭 V 中「噓」是「掌管天地時間之神」說法並非是

〔註79〕此說亦可參照《國語・楚語下》之載：「昭王問於觀射父，曰：『《周書》所謂重、黎實使天地不通者，何也？若無然，民將能登天乎？』對曰：『非此之謂也。古者民神不雜。民之精爽不攜貳者，而又能齊肅衷正，……于是乎有天地神民類物之官，是謂五官，各司其序，不相亂也……及少昊之衰也，九黎亂德，民神雜糅，不可方物。夫人作享，家為巫史，無有要質。民匱于祀，而不知其福。烝享無度，民神同位。民瀆齊盟，無有嚴威。神狎民則，不蠲其為。嘉生不降，無物以享。禍災薦臻，莫盡其氣。顓頊受之，乃命南正重司天以屬神，命火正黎司地以屬民，使復舊常，無相侵瀆，是謂絕地天通。』」見徐元誥：《國語集解》（北京：中華書局，2002 年 6 月），頁 512～515。
〔註80〕東漢・許慎撰，清・段玉裁注：《說文解字經》（臺北：藝文印書館，2007 年8 月），頁 333。
〔註81〕如《山海經・海內經》曰：「后土生噎鳴」，袁珂認為噎即「噎鳴」，而且〈大荒西經〉又言「黎邛下地」，且「下地生噎」，故黎即「后土」。此言有理遂採其說。見袁珂：《山海經校注》，頁 404。

神話的真相，而是表面的偽裝。由於「重上天」、「黎下地」的關係，象徵著天人隔絕，黎已屬地上人界，所生之子應該也是人類。而黎與農業的連結，更需要教民敬授天時，是以身為其子的噎，雖言「行日月星辰之行次」，卻並非指管理日月星辰的時間運行，真相應是上古時代負責觀察天候的曆象之官。故要待在極西之地，每日觀察或記錄日落的位置，以定播種收割的季候時節。此外，「噓」與「噎」應不同人，因神人已分，「噓」僅是一位處於日月山上觀測日月西落情況之記錄者，並可能具有某些神異性。然而，對照晉人郭璞的解釋：「古者人神雜擾無別，顓頊乃命南正重司天以屬神，命火正黎司地以屬民。重寔上天，黎寔下地。獻、邛，義未詳也」〔註82〕，則可以發現筆者與郭璞的解讀結果是有所差異的，郭璞注文以「南正」、「火正」來解釋重與黎的神格特徵，在他的觀念裡，不但添入了方位與屬性的「語素」，並且帶入神的存在是必然的；而在筆者的觀念裡，接受了西方神話結構學方法的概念，進而影響了詮釋重黎神話的結果。同樣的，郭璞的解釋又影響了後來學者的看法，如前文所提及的畢沅與郝懿行，他們紛紛沈浸於「南正」、「火正」到底為何人的議題判讀中。郝懿行提出疑問，重、黎應分屬二人，甚至其祖系可能分別來自於不同血統，甚至分析郭璞重黎與南正、火正之說，提出其說有歧異之處；畢沅最後則跳脫「南正」、「火正」的神人思考，將之轉化為「官職」，故最後得到「主察日月星辰之度數次舍也」〔註83〕，即重、黎兼職觀察天象與管理地面的官職，而黎之子噎，則於地面觀測每日太陽與月亮運行的位置，故判定皆為人官。綜合來說，畢沅對重、黎的看法不啻是結構神話所得來的詮釋成果。

　　歸結而論，透過神話結構學的方法，讓我們從另一種角度剖析這則載於〈大荒西經〉中「噎」與「行日月星辰之行」的深層結構與思維的連結：看似荒誕不經的自然神話，實際上極可能是講述過去一段上古黎民初入農業社會的歷史軌跡與文明的進程。在古代傳統學者的解釋過程中，有些人自由心證，有些人的確具有拆解原型神話的解讀模式。《山海經》所記述的「語怪」內容雖然大多簡短、散亂，難以如西方神話那般的完整或情節的複雜度，去大肆結構出不同的神話表現型態。但當中國古代文人學者陷入迷團時，他們試圖透過一一列舉相似的神話情節，找出其中關係，並且重組這些語怪情節，更

〔註82〕清・郝懿行：《山海經箋疏》。
〔註83〕清・畢沅：《山海經新校正》，頁132。

呼應了「重構」的研究意義，提供後人研究思考的另一路徑。

三、提出新解：探古人對《山海經》的詮釋或思考歷程

　　「詮釋」（Hermeneutics）是一種再敘述的過程，因此，並非完全為了理解文本的原意，而是注意到它於當代所闡釋出的新意。若依照高達美為《哲學歷史辭典》（Historisches Wörterbuch der Philosophie）所撰寫的「詮釋學」詞條的說法，則認為「詮釋」的字根概念源自於希臘神話中的信使神「赫爾墨斯」（Hermes）這個名字。的確，我們可以理解作為諸神的信使神，「赫爾墨斯」的主要工作便是傳遞希臘神話中眾神的訊息，並透過自我的表達，轉譯成人類可理解的話語。換言之，「赫爾墨斯」在希臘文中便存有三個概念：即「敘述」、「表達」與「轉譯」。〔註84〕而這三項共存的概念，就是要借用一個敘事的過程，使得理解後的訊息達到傳遞的效果。所以，詮釋學的理解範圍不應只限於文字資訊，而是應該直接由人類活動為出發點，進行探索與理解。簡而言之，面對《山海經》中諸多「語怪」的描述，所使用的詮釋的角度不僅是要看出後人如何解釋神話文本，甚至如何藉由其他當代思潮或文化的媒介，進而應用於原來的神話特徵。

　　事實上，早期詮釋學研究的方法，主要應用於對《聖經》內容涵意的解讀，即所謂的「解經學」（Biblical Exegesis）。歐洲繼啟蒙運動以後，當時的神職學者，或因於宣揚教義的需求，或為了更瞭解上帝，或為了修道、溝通等情況，遂進行宗教經典的義理與闡釋等工作。相似的情況，放在一般的文本作品時，當作者與閱讀者相隔遙遠的時空、環境與政經氛圍之下，閱讀這些文本作品，總因時間的隔閡，使得文字寓意間的理解更加困難。這時，為文本進行解釋的閱讀行為，則提供了處於不同時代的作者與詮釋者，即使是在相異的處境與思維時空，不會因此受到橫阻在眼前的「時間的距離」（Zeitenabstand），而產生閱讀理解上的障礙，甚至逐漸將理解文本的目標，逐漸轉向閱讀者的理解結果。回溯過去西方文藝的思潮，針對於「文本－作者－世界」這種三角鏈的對應關係的討論非常熱烈，發展到最後形成重要的

〔註84〕原出處載於 Hans-Georg Gadamer,「Hermeneutik」in: Historisches Wörterbuch der Philosophie, Bd.3, 1976, S.1061~1062。此段論述參考：姜哲，〈中國「經學詮釋學」：怪獸抑或「事實」？──中西方詮釋學的匯通性研究〉，載於楊乃喬主編：《比較文學與世界文學輯刊》第 1 輯（臺北：秀威資訊科技，2014 年 9 月），頁 18。

「詮釋學」理論。簡而言之，詮釋學方法對於理解文本的作用與目的，並非為了理解當時的生活、更非重建作者的意向，詮釋者與作者之間也不需刻意做出連結上的直接關係，反而，原作者不再是詮釋者必須研究的對象，作者早已「淡出」（fade away）這場詮釋學的對話過程。

　　高達美認為歷代的詮釋者們，本來就處於不同的時代，所以對文本的理解當然超過原作者的理解。是以，拿中國儒學研究為例，中國歷來學者對於孔子所說的話不斷地去進行研究，發展了獨樹一幟的「訓詁解經學」。然而，不論是漢代的經學、宋明的理學，甚至是清代考據學，都是每個時代對孔子學說的不同解構與重釋。每個詮釋者都提出符合各自時代思維的說法，而孔子學說也因此不再受於狹義的限制，對於其道德的見解透過歷來的解釋，將構成更包容、更普遍於生活的儒學思想之視野。

　　今日，我們若回溯過去中國傳統學術研究的歷程，事實上的確存有與西方詮釋學相似的研究特徵，而這項特徵除了如前文所述表現在傳統儒家經典的詮釋上之外，其他對於經史子集的相關「注解」著作，亦是一種對原著文本的重新解讀。當然，中國古代學者對於文本的意義和理解的探究而撰注的目的，不外乎也是為了闡釋原作者的原意與真理，然而，往往因自己存在的「前見」與「視域」，最終形成新詮釋的狀況亦是在所難免，更何況過去的文人雅士為述作而用典，並延伸擴展其寓意之情形更是比比皆是。例如：載於《山海經》的「精衛填海」與「形天爭帝」的神話內容，原文分別輯錄於下：

> 又北二百里，曰發鳩之山，其上多柘木。有鳥焉，其狀如烏，文首、白喙、赤足，名曰精衛，其鳴自詨。是炎帝之少女，名曰女娃，女娃遊于東海，溺而不返，故為精衛，常銜西山之木石，以堙于東海。漳水出焉，東流注于河。（北次三經）〔註85〕

> 形天與帝至此爭神，帝斷其首，葬之常羊之山，乃以乳為目，以臍為口，操干戚以舞。（海外西經）〔註86〕

在這兩則神話裡，原本只是單純的敘述一件事情，卻到了東晉時代的陶淵明便對精衛填海與形天爭帝的神話故事詮釋成「精衛銜微木，將以填滄海。刑天舞干戚，猛志固常在。同物既無慮，化去不復悔。徒設在昔心，良晨詎

〔註85〕清・郝懿行撰：《山海經箋疏》。

〔註86〕清・郝懿行撰：《山海經箋疏》。

可待。」〔註87〕藉以比喻述說為意志堅定，不懼艱苦，卻不自量力，蹉跎光
陰之寓意。又如，有關火神祝融的說法，於《山海經》所描述的形象眾多
如下：

> 南方祝融，獸身人面，乘兩龍。（海外南經）〔註88〕

> 有芒山。有桂山。有榣山。其上有人，號曰太子長琴。顓頊生老
> 童，老童生祝融，祝融生太子長琴，是處搖山，始作樂風。（大荒西
> 經）〔註89〕

> 炎帝之妻，赤水之子聽訞生炎居，炎居生節並，節並生戲器，戲器
> 生祝融，祝融降處于江水，生共工，共工生術器，術器首方顛，是
> 復土穰，以處江水。共工生后土，后土生噎鳴，噎鳴生歲十有二。
> （海內經）〔註90〕

> 洪水滔天。鯀竊帝之息壤以堙洪水，不待帝命。帝令祝融殺鯀于羽
> 郊。鯀復生禹。帝乃命禹卒布土以定九州。（海內經）〔註91〕

可見，在先民的眼裡，祝融的形象顯明，雖未對其火神形象多作描寫，但仍
約略講述共工與祝融水火之戰的戰爭神話。總之，祝融是司南方之神，亦是
炎黃之後世，並且與大禹治水的神話內容亦有所牽連，是不需疑義的。所以，
《山海經》談的祝融，著重於外在的形象與職司、功績。然而，祝融卻在《淮
南子》中呈現了另一形象，這個形象有別於原型的祝融，是經由文人重新詮
釋的結果：

> 南方之極，自北戶孫之外，貫顓頊之國，南至委火炎風之野，赤帝、
> 祝融之所司者，萬二千里。其令曰：爵有德，賞有功，惠賢良，救
> 饑渴，舉力農，振貧窮，惠孤寡，憂疲疾，出大祿，行大賞，起毀
> 宗，立無後，封建侯，立賢輔。（時則訓）〔註92〕

〈時則訓〉裡對於祝融的敘述反而著重在人文意識上的闡述。先介紹所謂的
南方之極的範圍，藉以劃定祝融所管轄的區域。不僅如此，所謂「南到委火

〔註87〕龔斌校箋：《陶淵明集校箋》（上海：上海古籍出版社，1996 年 12 月），頁
　　　347。
〔註88〕清・郝懿行撰：《山海經箋疏》。
〔註89〕清・郝懿行撰：《山海經箋疏》。
〔註90〕清・郝懿行撰：《山海經箋疏》。
〔註91〕清・郝懿行撰：《山海經箋疏》。
〔註92〕劉文典：《淮南鴻烈集解》（北京：中華書局，1989 年 5 月），頁 185。

炎風之野」也算是暗喻了祝融與「火」之間的關係，那是一個溫暖之地。更特別的是提到「祝融」隨「赤帝」（炎帝）實施政令的宗旨，不但要依品德、論功而行賞，以期嘉惠賢良之士，還要關心賑救孤苦病弱與貧窮的百姓，更要協助耕民務農之作。在政治上，要振興可能面臨衰敗消亡的宗族，以避免絕後無嗣；以分封建立諸侯國之舉，以期確定賢能輔臣之士長存。整體看來，《淮南子》所詮釋的祝融，已不再只是單純地描繪神話人物的外在形象，而是對於祝融的存在賦予新意，即——一種天、地、人三方界域配四時概念的連結。正所謂原《淮南子・時則訓》所言：「天為繩，地為准，春為規，夏為衡，秋為矩，冬為權。」〔註93〕天、地、四時是人與萬物可以仿效依循的行事規矩和權衡。換言之，天地（空間）與時（時間）的相交，為所有生存物的活動提供了不可違逆的規範，萬物唯有順此而行，才是不偏不倚，依正道而生活。透過《淮南子》的詮釋筆法，祝融不再是神話原型中那位簡單敘述下的「南方」、「溫暖」與「火」的符號形象，而是與四季的「夏」的意象相結合，而產生出屬於當代人文思考面向下新的內化意識與轉譯：

圖4：南方祝融的神話演變流程圖

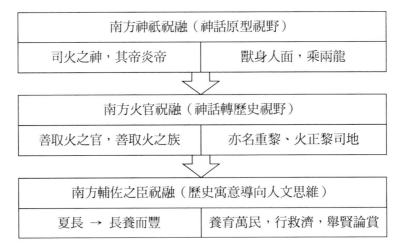

由上文之流程圖所示，這裡雖僅以祝融為例，但仍可以想像《淮南子・時則訓》的作者欲透過五方之位與季候連結，成為施政的規範，漢時興盛的「刑德」之說，即是「先德而後刑」（春夏行賞，秋冬行刑）。當把祝融與夏季劃上等位關係時，「南方＝溫暖之地＝四季中的夏天＝五行火＝五色赤」這樣的意

〔註93〕劉文典：《淮南鴻烈集解》，頁188。

象連結，也無怪乎漢初文人詮釋成施以「德化行賞」的政治理想。從這裡，更能觀察到漢人為祝融賦予的新意，視其為有德之輔神，並藉以警惕世人學習而順應自然天道之理，完全超出《山海經》原有記載的祝融形象。

　　是以，依前文兩種神話文本的詮釋事例裡，便能輕易發現所謂詮釋學方法論，基本上皆會牽涉到三個問題面向：其一，「詮釋者的歷史性」，意即詮釋者及其思想都受到特定的歷史條件所制約〔註94〕；其二，「問題意識的自主性」，指文本中的問題意識具有自主發展的生命性；其三，「詮釋的雙重循環」：由於每個人有自己的「前見」，所以進行文本解釋時，便會落入「認識→理解→修正→再理解……∞」的無限循環。值得一提的是，這不僅發生在理解與被理解者之間，也發生在被理解中作品的部分與全體。歸結而論，我們可以說西方的詮釋學自有它的高度觀察性，然而，針對西方經典的文本詮釋，雖在過去仍然受到基督神學的傳統釋經概念所限，不過從18世紀中葉以來，因文藝思潮的解放，各家學說推波助瀾之下，當代的詮釋觀念已獲得更自由且較不受侷限的狀況。因此，我們得以在解釋「聖性」或「俗性」的文本內容過程當中，透過詮釋方法去探討欲觀察的文本對象。我們從這些神話中如何在歷時性的解經脈絡洪流裡，進行人文寓意的延伸與發展，甚至產生「完全變態」的轉譯變化？當然，我們更有可能在觀察的過程裡，釐清歸納出另一種新的詮釋經驗，這也表示了身為後輩的我們即將進入詮釋循環中，為求得神話原意的過程裡，隨之開展的新詮釋活動。

　　歸結前文對於「詮釋」方法論的思考，當將之推移至本論題對象「《山海經》與古代的傳統文人們」之閱讀活動裡去觀察，則會發現在某些狀況下，並未有完整的詮釋過程。其原因在於《山海經》的定位劃分、敘述語境的凌散錯亂所導致，也使得只能針對其中特定而完整的故事情節，會存在後人給予的詮釋活動。另外，雖較不完整，卻依然利用其他傳統研究方法，來達到重新闡釋的目的；此外，更有依憑自我創作的需求，將釋義過後的特殊情節，納入自己的文學理解中。雖未經完整的詮釋過程，卻不能忽略它們仍有明顯的重新解釋的行為。故本文以「重釋」二字來代換作為西方重要學術研究方法的「詮釋學」，藉此概括本論題所有涵蓋的討論對象與其作品。相信這也將呼應到原型神話因不受時空限制而不斷擴大其內涵，任何時代的人們都會面對這樣重新理解的經驗，希望透過對歷史的、心理的、社會的、文化的解讀，

〔註94〕即是所謂的「前見」或「視域」。

產生符合當代的闡釋應用。解讀這些神話,有助於我們對神話進行更深層的認識,進而為先人所觀察的現象世界做適度的理解與整理。據此,本論文將於各章研究的進行步驟如下:

(一)認識:從詮釋者與其時代背景的認識開始

閱讀者個人的家庭生活、學習生涯、官場環境以及所處的社會文化都是影響進行文本釋義的關鍵。

(二)觀察:尋找詮釋者與其作品的思想脈絡

觀察為《山海經》重釋而成的作品產物。特別是面對「語怪」時所流露的態度是什麼?他們的閱讀歷程脈絡是如何?通過釋經作品的文獻考察,進而找出古代學者觀察《山海經》的思想特色之所在。

(三)分析:詮釋者面對「語怪」的解讀特色

通過理解《山海經》而成的作品產物,檢視分析與原經文敘事的差異。如何去詮釋「語怪」的敘事?最終得出什麼樣的解謎真相?

(四)投射:反映當代社會的省思與對後世的影響

不同時代的學者,各自有面對各自時代的矛盾和問題。因此,在面對《山海經》時,多不自覺得將自身的感性與理性一併放入經典詮釋當中。有時反省、有時藉以對時事的批判、有將個人情志寄託其中;當然,也對後代試圖探索《山海經》者,產生應有的影響力。

最後,若論《山海經》的存世影響,在作者未詳、年代不定的情況下,想要探索它的本質與原意是相當困難的。例如,當我們在閱讀記載於〈海內東經〉的一則「漢水出鮒魚之山,帝顓頊葬于陽,九嬪葬于陰,四蛇衛之」時,首先映入腦海的問題可能是「鮒魚之山具體位置在哪裡?」那麼,顯然我們便踏入地理性質的理解思考中;又或者我們直覺反應是「九嬪的真實身份?」、或再細究「『帝陵』與『后妃陵』不同葬而遙遙相隔於山陽山陰之間的儀制來由與特色為何?」如此,便進入歷史與文化的想像空間;甚至再天馬行空一些,「什麼是四蛇?」、「身為動物的蛇如何能守衛巨大的陵寢?」這樣的問題意識,便會連結到為「語怪」找尋合理性,而這個合理性於今日的學術領域裡便是神話學的剖析,更是人類學的溯源。然而,歷來學者為了要找出劉歆定本前的《山海經》(32篇)、為了要解答書中記述內容的真相,最終得到的答案卻難有確切的證據來證明這就是真相,但他們所留下來的釋義結

果都成為後人理解《山海經》的踏石，不論古今中外，不論用了什麼方法，估計皆無法避開參酌前人的釋義結果。據此，更可以說在這場理解與被理解的過程中，取決於我們將《山海經》所述的內容紛紛看作了什麼？在我們徵引這些古人說法與相關注疏資料時，是什麼原因讓他們進行重新釋義的工作，並且得出截然不同的詮釋結果。未曾親眼見過的奇物或怪獸、無法親臨現場的聖境或異域，都在「語怪」與「紀實」之間求得最佳註解。《山海經》文本釋義的重塑歷程，不僅來自於某個普羅大眾的奇思妙想，更涉及到各個時代下社會背景的投射與思考。

第四節　研究範圍與對象

　　承如前文所言，《山海經》的內容形式多元，有記述山川地理、自然物產內容的純粹記事；亦有雖呈現斷簡殘篇、語意不明，卻仍多少展現神話情節於敘述鋪成上的特徵。《山海經》文本內容的特性，不論從「真實」到「虛假」、或從「虛假」到「真實」，都是人們透過個人的閱讀活動，並經最初對文字詞義間的接受與否的理解之下，「拆解剖析」出自我所能認同的合理結果，甚至再次的投入詮釋循環當中，最終造成「眾說紛紜」的局面。值得注意的是，《山海經》文本在這個詮釋循環中，所開啟的釋義變化關鍵的主因，除了該書久經流傳產生散佚、錯簡的情況之外，更多的時候是來自於閱讀者的學術視域及其他們各自所處的環境和世界。

　　本文以《山海經》於傳統學術視域下的理解與思考為議題核心，觀察自《山海經》確切存在的時代起，古代文人學者面對詭譎而不具邏輯性的敘述語言時，如何去重新闡釋該文本內容的具體「真相」，特別是其成書目的之推敲，建立「神話文本」可能的存世立場，並剖析古代文人解經方法中含有類似於現代西學方法論中敘事語境、結構重組與神話詮釋的技巧，並且古人又是如何運用，使之符合說者所認同的合理答案。在研究對象的時間跨度上，則從西漢司馬遷言「《山海經》所有怪物，余不敢言之也」起，近百年後劉歆完成《山海經》定本，直至清代中晚期的這段歷經魏晉、唐宋、元明的歷程，各朝代對《山海經》的內容進行重新解構、重新認識，最終整合出他們所闡釋出的新意，並從中探索《山海經》文本性質的嬗變及與社會文化互涉的關連性。藉以窺探傳統學術視域下，他們如何重新梳理《山海經》神話情節的深層意義。

　　然而,《山海經》既非四書五經之流,它於社會上的影響力,自然無法與經學比擬。但細數與《山海經》相關的作品,卻依然多如繁星,要一一唱名而論述,除了工程艱鉅外,恐過於雜散失焦。因此,對於研究對象的取決,是首要必須建立的。依照本論文的議題,其研究對象的選擇標準與研究範圍如下:

(一)《山海經》之注疏本

　　將注疏本列入考察的對象的主要原因可謂不言即明的。作為注疏本,它的創作動機便是為了解釋原文本而存在。「古籍注釋源於春秋戰國時期用口語對前代典籍作注解。注釋後來發展為解析闡發,追求闡釋和理解作品的意義。」〔註95〕這類型的文本不少,郭璞的《山海經傳》、王崇慶的《山海經釋義》、畢沅的《山海經新校正》以及郝懿行的《山海經箋疏》都屬於《山海經》注疏本之屬。然而,由於本論題核心主要聚焦在古人如何看待《山海經》的「語怪」之處,故若整部注疏中完全不涉及此部分者,便暫不在討論之中。例如:晚清學者吳承志(1844～1917)所作的《山海經地理今釋》,是一部《山海經》地理考證的專著專論,吳氏對所經中所列的各山均進行詳細的調查,並且也於按語中校正經文錯簡,考辨了物產分布、遺跡等等的工作。但是,《山海經地理今釋》並不涉及經中大量的語怪敘事,是以不列入本論文研究的對象。同理,南宋末年劉辰翁的《評山海經》,不若注疏形式的嚴謹,而是以評點的方式為《山海經》進行補述,祇不過因目前筆者所見的輯佚版本中,劉氏的評點依然聚焦於「物類」與「地理」的補充,故僅於本論文中簡述之,不另行開篇探討。

(二)以《山海經》為觀察主體的筆叢論著

　　即使如散篇的筆叢論著這類型之作品,只要它們的撰文焦點仍以《山海經》為主要論述對象者,亦是本論文探討的重心。這類型的作品,最常表現出他們面對《山海經》的態度,以及為經中相關的議題提出分析與解釋,甚至各自將《山海經》做了立場與定位上的評判。例如:南宋薛季宣的〈敘山海經〉、朱熹的〈記山海經〉、明代胡應麟於《少室山房筆叢》中針對特定的《山海經》詭譎的情節敘述的雜談辯論、清人陳逢衡的《山海經彙說》以及俞樾的〈讀山海經〉等等諸篇專作,都是本文重要的研究對象。事實上,也由於並

〔註95〕張步天:〈《山海經》地理今釋簡論〉,《福建師範大學福清分校學報》(福州:福建師大福清分校學報編輯部,2010年7月),第100號,頁4。

非正式的注疏之作，反而更能明顯看到這些文人學者對《山海經》凡言「語怪」時的主觀理解。

（三）從《山海經》所記的神話原型延伸而來的文學創作

　　這是一個在數量上極其廣大浩瀚的文本對象，是以要全面的一一探討，是難以窮盡的。然而，依本文的研究議題，將《山海經》的神話情節作徹底的詮釋，在文學創作表現上是最淋漓盡致、精采絕倫之處，這種感性的抒發，與對神話人物的美感想像，反而是讓原有簡單的「語怪」敘事，在民間文化中造成神話變異的主要舵手之一。此外，對《山海經》「語怪」的文學想像，更往往來自於作者與當時社會風氣的連結，並投射於神話詮釋之中，故不應完全忽視。據此，研究對象的取材仍以聚焦於《山海經》為主題的文學作品。這個部分，以陶淵明的〈讀《山海經》十三首〉最為代表性。我們透過該組詩的第一首得知，此乃陶淵明讀了《山海經》之後，心有所感而寫下的一系列詩作，可以說是一場極具完整性的，經由閱讀後重新釋義的文本理解活動，這與其他僅取其中某則典故來作為文學創作的徵引是不同的。換言之，本論文的研究對象所必備的先決條件，是重釋者要有展現出實際閱讀《山海經》的行為，也正因如此，他們常於不自覺間為《山海經》下一個立場或定位，並依此界定展開他們眼中所見的《山海經》，進而解構、重釋他們所感興趣的議題或神話。

（四）相異文本之間的互涉與徵引

　　既然稱「相異文本」，則代表是與《山海經》截然不同的作品。然而，雖是完全不同的作品，兩者之間卻存在極大的關連性，這是其一；另外，以徵引《山海經》的內容為自己的創作進行考辨和證據，這是其二。前者最具代表性的便是西漢劉安獻於武帝的《淮南子》，該書內容雖未明言《山海經》任何隻字片語，但在今本《淮南子》的全書篇幅約 17 萬餘字裡，與《山海經》內容共通者竟高達 344 例，其中與〈五藏山經〉共通者有 41 例，其餘則出於〈海經〉以下各篇中，共 172 例。〔註96〕這樣的高比例，要說《淮南子》的作者完全沒有接觸過《山海經》等相關文獻，是難以置信的。當然，這裡涉及到一個基本問題，即是劉安進獻《淮南子》於武帝初年（見本論文第二章第一節），也代表這部書的完成便可能於景帝晚年，相較於劉歆校定《山海經》

〔註96〕參見日本學者松田稔的統計簡表。〔日本〕松田稔：《『山海經』の比較的研究》
　　　　（東京：笠間書院，2006 年 1 月），頁 81。

的完成時間，足足早了百餘年。如此觀之，難道就不存在《淮南子》詮釋神話的事實嗎？實際上，我們無從得知劉歆校定前的《山海經》（32 篇）到底是什麼樣子，但從劉歆〈上《山海經》表〉一文中得知「山海經者，出於唐虞之際」又言：「孝武皇帝時嘗有獻異鳥者⋯⋯問朔何以知之，即《山海經》所出也。」〔註97〕據此劉歆對《山海經》的披露，至少在武帝以前便已經存在，甚至若是遲至漢景帝以後才出現的話，學問淵博的劉歆，則不可能會認定《山海經》是出於「唐虞之際」的作品。可以想見它的年代之久遠，連劉歆都無法考究，故劉安或其門下閱讀劉歆定本前所存在的《山海經》應當是毋庸置疑的。《山海經》內容所記的神話，大多過於片段，因此，觀察二者對於共通「語怪」的描述不同，可以觀察到《淮南子》如何為原型神話加以解構而重釋，以期符合它著書論說的目的，所重釋的結果，甚至帶給後世不論為《山海經》作注，或是相關研究議題，都有著極為深刻的影響。探討《山海經》與《淮南子》的文本關係，可以說是觀察《山海經》神話研究的混沌時期，更是開展劉歆以後，郭璞以前的《山海經》神話詮釋的前行研究，它的存在意義自然是無可取代的。至於，另一種徵引《山海經》的內容而為他書立論，當然源自於《山海經》內容本身的「博物」特性。這類相關的書籍更是族繁不及備載，筆者所選擇的文本對象標準，一樣基於該徵引者是否有透過閱讀《山海經》的過程，在論述或按語的當下，為該「語怪」作出重新釋義的工作。最典型的代表是東漢初年王充所作的《論衡》，他除了於〈別通〉篇中，提出他對《山海經》一書的看法之外，更分別在其中〈龍虛〉、〈說日〉及〈訂鬼〉三篇中徵引《山海經》的神話典故，作為他破除社會迷信，駁斥虛妄之風的立論依據，並且於其中透露出他重釋《山海經》的結果；又如南宋王應麟除了撰有〈禹山海經〉一篇，摘錄與《山海經》相關的說法外，更於利用於其他作品的按語中，表達某些《山海經》神話典故的看法，重釋出不同於前人的解讀，以及面對詭譎怪奇之事的態度。

（五）研究對象的年代限度

根據上述所劃入範圍內的研究對象，探討歷來文人學者的神話解讀以及當代政經社會背景、學術思潮、風俗民情的關連性，期望能藉由以「《山海經》與其閱讀者」為主體的研究主軸，在傳統學術視域下如何面對詭譎怪誕的敘

〔註97〕清・郝懿行：《山海經箋疏》。

事，他們又如何以自己解經的方法，重新鑄造，甚至影響後人對《山海經》所述神話的判斷和理解。因此，在探討研究對象的時代終點上，從《山海經》有史可徵的西漢開始，至清王朝結束為止的這段長達兩千年的時間幅度。由於民國以後，《山海經》的研究與西方神話學的學術理論逐漸結合，在茅盾、鄭德坤、衛聚賢、鍾敬文等人的帶領之下，以將《山海經》正式推向現代神話研究的大門，這與清末雖已受到西學的衝擊與影響，但仍尚未對《山海經》的「語怪」直接視為神話的角度來進行研究是有明顯的差異的。縱然，清朝最後的十餘年間已有學者以西方科學的角度，試圖理解《山海經》的所記內容；又或者光緒晚期蔣觀雲引入「神話」一詞的概念，所展現的是《山海經》由中國傳統學術視域走向西方神話學的混合時期，可以看到他們在傳統學術與西學的游離與掙扎，更是《山海經》於傳統學術視域下的境界線。故本論文以「民國以前學者對《山海經》的解構與重釋」為題，立意在此。

　　歸結上述所言，在古人面對充斥荒誕不經的《山海經》內容時，觀察他們如何在「紀實」與「語怪」之間，透過各自秉持的研究方法與學術前見，經解構分析後，展現他們對現代所謂的「神話」重新釋義，這是筆者的研究方向。從現在的學術視野回溯過去古代文人對《山海經》的看法，不論是否有著自覺性，正因為有他們不斷地從事「解經」工作，讓《山海經》文本意義存在更為多元且開放，並且，看似有著承先啟後的理念繼承或推翻，卻又帶有超越時空的限制。期待透過這場解讀神話與神話文本的對話，從側面觀察《山海經》神話文本於各界的流傳狀況，或許能有助於釐清神話變異的歷程，使之能更加精實「雅」、「俗」文化與神話之間的探索。

　　最後，關於本論文選用之底本，為清人郝懿行撰注的「《山海經箋疏》郝氏遺書本」，因其該版本皆經由乾嘉考據學者名家合力審定校勘（如阮元、孫星衍、王引之、嚴可均等人），又於光緒十七年（1891）受光緒帝推崇，刊印成《欽定郝注山海經》。故刊印精良，《箋疏》內容「精而不鑿，博而不濫，粲而畢著，斐然成章。」〔註98〕此外，郝懿行更兼以吳任臣《山海經廣注》和畢沅《山海經新校正》作校勘、補述之參考書目，並於卷末作《山海經》訂譌一卷。郝懿行《山海經箋疏》效仿東漢經學家鄭玄（127～200）不敢擅改文本原字，即使確認有原文誤字，仍沿用舊文。據此緣由，筆者選定《山海經箋疏》作為底本，以供《山海經》文本原文與其他校注筆叢文本的審查依據。

〔註98〕清・阮元：〈刻山海經箋疏序〉，收入於清・郝懿行，《山海經箋疏》。

上篇：清代以前對《山海經》神話的
　　　釋義與應用

導言：《山海經》的前行研究

　　世人所傳的《山海經》內容包羅萬象，除了地理物產、祭祀巫術、古史醫藥外，對於古代民族的分布與風俗也多有著墨，目前流通的《山海經》版本共有十八卷，大致分為〈山經〉、〈海經〉、〈荒經〉等三大部份。其中〈山經〉五卷（亦稱「五藏山經」），依序為南、西、北、東、中共五經；〈海經〉下又分〈海外經〉與〈海內經〉，各自包含南、西、北、東各四卷，共八卷；〈荒經〉以下包含〈大荒東經〉、〈大荒南經〉、〈大荒西經〉、〈大荒北經〉四卷和〈海內經〉一卷，共五卷。篇幅約 31000 字，記載了 100 多個邦國，500 多座名山，300 多條水道以及各地山水等。該書按照地區方位里程一一歷記而不按時間排序，所記事物除〈大荒四經〉、〈海內經〉之外，皆由南起筆，然後向西、北、東順時針的順序由外圍而內縮，最後到達中部，猶如旅人的足跡般，邊走邊記錄眼前所見的世界，兼於其間述說著我們所熟悉的中國古代神話故事。兒時記憶的夸父追日、黃帝戰蚩尤、共工怒觸不周山引洪水、鯀禹治水、精衛填海、羲和浴日等等耳熟能詳的故事皆有載及。先不論是否流於想像，但有許多可以與《詩經》、《離騷》等上古文學所提之物相互對應，可見其內含資料文獻是極為豐富的。

　　誠然，在進入本論文研究議題時，卻必須對《山海經》有個前行的認識，那就是——它的撰寫時空背景、撰寫目的以及其流傳狀況。事實上，該書與其他古籍文獻作比對時，確實存有不少連結關係上的歧異及合化現象，例如《楚辭》、《莊子》、《列子》、《穆天子傳》，甚至是漢初的《淮南子》，在歷來學者彼此對文獻的徵引過程中，難免有雜揉之處，「孰先孰後？」亦成為歷來注

疏釋義者關注的議題，也因此連結到《山海經》的屬性和定位的判定。換言之，這種所謂「文本撰寫背景」等等相關的諸多疑點，是進入本論題的解讀觀察前，必須要預先作神話文本對象的考察，尤其是與之校定成書時代甚為相近的《淮南子》，若不慎重處理或預先進行判讀與定位，則很可能形成研究障礙。基於此，筆者對《山海經》的前行研究主要釐清兩項關鍵問題：即《山海經》的可能來源與編纂動機。並且，藉此探究《山海經》所記神話於兩漢之際產生的深遠影響。

1.《山海經》的身世之謎

這包含了撰寫年代、作者、成書問題等面向。任何可視為神話文本的條件中，因經過長時間的流傳，使得這樣的「時間」因素，便拉大了讀者與作者之間的距離，而文本內容相對也擴充了其神秘性。在《山海經》的成書過程上，確實是存在了不少疑問，作者是誰？寫在何時？若無實際作者，匯整者又是何人？除了皆是歷來學界汲汲所欲尋求的解答以外，在神話敘事觀察的視野之下，更將反映出「時空差距」。是以，瞭解神話文本可能所產生的年代，則可視為進行議論的基石。

2.《山海經》的編纂動機

不同的編纂意圖，即使是內容與性質都相似的書籍，在進行陳述的當下，仍會產生歧異的情況實屬自然。況且，隨著創作動機的展開，作者透過文本闡釋的敘述途徑，將呈現給讀者自己新的詮釋與想像，甚至，透過傳播方式向外傳達新的思維，進而對後世造成新的影響。瞭解文本撰寫的「目的」，便能臆測最初編纂者在進行敘事描寫時，所隱藏在背後的深意。甚至，當遇到依然無解的成書年代問題時，更可藉由撰寫動機的差異，來從另一個角度切入觀察神話的流變問題。簡而言之，找出《山海經》的編纂「動機」，或將能顯現神話於歷朝間流傳時文人對該書產生的詮釋思維與應用之處。

因此，筆者先以約略試論《山海經》的創作背景，其中或有兼抒己見，並歸結他人綜述，就此開展「民國以前學者對《山海經》的解構與重釋」，以考察傳統封建制度下神話敘事的解讀視域議題時的論述依據：

一、神話文本問題綜述：探索《山海經》來源的千古難題

《山海經》的撰寫年代與作者總是眾說紛紜。它的問世，大致得先從西

漢劉歆（後改名劉秀〔註1〕）為其校定獻書之事談起。《漢書·楚元王傳》云：「受（漢成帝）詔與父向領校秘書，講六藝傳記，諸子、詩賦、數術、方技，無所不究。向死後，歆復為中壘校尉。」〔註2〕至漢哀帝劉欣即帝位，奉詔為侍中奉車都尉光祿大夫「復領《五經》，卒父前業」〔註3〕顯然地，先秦古籍在歷經秦火戰亂後的重建工作，成為漢代統治政權中非常重要的一環，在劉歆為其校定之前，其父劉向其實已為該書做了不少的整理工作，並應用該書於朝廷之中，使當時朝中人士多識得《山海經》一書。〔註4〕其後，劉歆便被授予了接續整理校定的重責大任，若非如此，在漢代重視經學的學術風潮下，以《山海經》的內容性質，通常是難以受到一般經學家的青睞而導致散失亡佚，幸得劉氏父子為其整理，後由其子劉歆校定上表，此書才能流傳至今，〔註5〕直至清末民初之際引進「神話學」學科一門後，《山海經》便被視為研究中國神話的重要書籍。但在此以前的學儒道人，對《山海經》的內容多以考究山川寰宇地理，兼論所載奇異事物的玄妙怪誕。而其書性質異議之多，可從歷來目錄圖書文獻的分類窺知一二〔註6〕。又承

〔註1〕劉歆，西漢時人。《漢書·楚元王傳》曰：「初，歆以建平元年改名秀，字穎淑云。」一說為避諱漢哀帝劉欣之名；另一說如東漢·應邵以符讖之說，讖其改名之舉。改名之記載見西漢·班固撰，唐·顏師古注：《漢書·楚元王傳》（北京：中華書局，1962 年 6 月），頁 1972。

〔註2〕西漢·班固撰，唐·顏師古注：《漢書·楚元王傳》，頁 1967。

〔註3〕西漢·班固撰，唐·顏師古注：《漢書·楚元王傳》，頁 1967。

〔註4〕其說據劉歆〈上《山海經》表〉云：「時臣秀父向為諫議大夫，言此貳負之臣也。詔問何以知之，亦以山海經對。其文曰：『貳負殺窫窳，帝乃梏之疏屬之山，桎其右足，反縛兩手。』上大驚。朝士由是多奇山海經者，文學大儒皆讀學，以為奇可以考禎祥變怪之物，見遠國異人之謠俗。」清·郝懿行：《山海經箋疏》。

〔註5〕其說見劉秀（歆）〈上《山海經》表〉：「侍中奉車都尉光祿大夫臣秀領校秘書……。」及《山海經》第九卷、第十三卷末署言：「建平元年四月丙戌待詔太常屬臣望校治，侍中光祿勳臣龔，侍中奉車都尉光祿大夫臣秀領主省。」等二例。清·郝懿行：《山海經箋疏》。

〔註6〕如《漢書·藝文志》將《山海經》置於〈數術類·形法〉；《隋書·經籍志》將其列於〈史部·地理類〉之首；宋本《道藏》所收《山海經》之舉，可認定將其視為宗教屬性；宋代《崇文總目》依然將其劃入〈地理類〉，然而，到了明初所寫定的《宋史·藝文志》卻將《山海經》列入〈五行類〉；至清代《四庫全書總目提要》將其歸類置〈小說家〉，僅是從上述屬官修書目分類屬性，便可知歷代對《山海經》的文本性質見解各不相同，更遑論一般民間學者之見。

《史記‧大宛傳》曰:「至《禹本紀》,《山海經》所有怪物,余不敢言之也。」
〔註7〕所言,雖各家見解殊異,但拜傳統經學文風思見所賜,大多視其為荒
誕不經之書,使得《山海經》從西漢劉歆為其校定問世後,遲至東晉郭璞作
注前,則少人問津專研是書,似乎是難登大雅之堂,僅作閒暇餘興觀覽已
矣。清人陳逢衡便曾言:「自郭氏注後雖有楊升庵補注,亦甚寥寥,大都不
出郭氏範圍,又加以胡應麟之攻擊,而此書直同於方朔之《神異》,郭憲之
《洞冥》,祖台之之《志怪》矣。」〔註8〕直至清朝,諸公為其注書,如:汪
氏之《山海經存》、吳氏之《山海經廣注》、郝氏之《山海經箋疏》、畢氏之
《山海經新校正》等等,爾後清末西學的傳入,終致民國以後《山海經》諸
研究日益興盛,才成為今日無人不曉的中國神話奇書。近人袁珂對於《山海
經》校注與其神話方面著墨甚深,為此更下了註語:「吾國古籍,瓌偉瑰奇
之最者,莫《山海經》若。《山海經》匪特史地之權輿,乃亦神話之淵府。」
〔註9〕對其推崇之情,可見一斑。然而,「以歷時久遠,編簡失次,字譌句
捝,向稱難讀。」〔註10〕又說明了《山海經》一書艱澀難懂,多語焉不詳,
且大多不具完整的故事情節。那麼,如何在不完整的情節裡探得先民對原
始思維的詮釋想像,長久以來一直是研究《山海經》學者們亟欲探知的核心
議題。

　　誠然,《山海經》的內文艱深晦澀,但與其相關的身世之謎更往往讓歷來
研究論述的結果充滿歧異。除前文所提及的書籍性質不定外,作者和撰寫成
書時間的未知更是研究《山海經》時最為難解之處。到底是何人所撰?最初,
早期學者多認為應由大禹、伯益、夷堅併作,如自西漢‧劉秀(歆)上奏稱
「《山海經》者,出於唐、虞之際。」〔註11〕一說起,《列子》稱「大禹行而
見之,伯益知而名之,夷堅聞而志之。」〔註12〕時,便可見作者為「禹益夷
堅說」之濫觴。所謂的「夷堅」,晉人張湛(生卒年不詳)注云:「夫奇見異

〔註7〕〔日本〕瀧川龜太郎著:《史記會注考證》(臺北:大安出版社,2013年8月
　　　2版4刷),頁1284。
〔註8〕清‧陳逢衡:《山海經彙說‧序》,道光二十五年(1845)刊本(維揚磚街青
　　　蓮巷內柏華陞刊)。
〔註9〕袁珂:《山海經校注‧序》,頁1。
〔註10〕袁珂:《山海經校注‧序》,頁1。
〔註11〕清‧郝懿行:《山海經箋疏》。
〔註12〕楊伯俊:《列子集釋‧湯問》(北京:中華書局,1979年10月),頁157。

聞，眾之所疑……夷堅未聞，亦古博物者也。」〔註13〕似乎影射了有一位博
學多聞謎樣人物（夷堅），聽聞後記錄之。有時夷堅這個角色會被益所取代，
東漢學者王充（27～約97）於《論衡‧別通》云：「禹、益並治洪水，禹主治
水，益主記異物，海外山表，無遠不至，以所聞見作《山海經》」〔註14〕之說
法中可作端詳。即便是《隋書‧經籍志》提到《山海經》時，也僅承前人說法
而言：「漢初，蕭何得秦圖書，故知天下要害。後又得《山海經》，相傳以為夏
禹所記。」〔註15〕將「禹益夷堅說」繼續推展，其寫作目的，不外乎皆肇因
於大禹治水而來。因為治水所需，所以必先探查山水地形，頗符合〈山經〉內
容之構成；或又因治水期間走訪各地，而記下所見所聞，故窮極邊荒之地，
而所欲未曾見過的奇形怪物、特異族群、奇花異草等等似乎也算合情合理。
但畢竟是夏朝開國前之事，過於久遠，要在那時就有所謂的書寫工具，並寫
下萬言篇幅的地理考察報告書，總總客觀條件之細究，我們只要回想殷商時
代製作一片甲骨時於刻辭上的費力，便可知這樣的說法仍是無法完全採信的。
再者，除了文字以外，歷來更有所謂的《山海經圖》的古圖存在。因此，在班
固《漢書‧藝文志》中不列作者名，也是對作者存疑之證。近年來，多推翻
「禹益夷堅所作」的說法，目前學界大致認定《山海經》非一時、一地、一人
之作。不論如何，從《山海經》成書開始，以往的口耳相傳、山水見聞，遂成
為文本而被流傳下來。基於此，比起「作者是誰？」這樣的無解問題，近來學
者更朝向致力於撰寫時代的諸多揣測，在非「一時」的認知框架下，各自所
產生的答案多有其自持的依據。關於《山海經》「撰寫年代」議題因不在本研
究論述主要範圍，僅將主要說法歸納簡列如下表，作為本論文研究時可參酌
之佐證資料：

〔註13〕楊伯俊：《列子集釋‧湯問》，頁157。
〔註14〕見東漢‧王充撰，黃暉校釋：《論衡校釋》（北京：中華書局，2009年2月），
　　　　頁597。
〔註15〕唐‧魏徵等撰：《隋書‧經籍志》（北京：中華書局，1973年8月），卷33，
　　　　頁987。

表 2：近代學者推測《山海經》中各篇寫定年代之簡表 [註16]

學 者	五藏山經	海外四經	海內四經	荒 經	海內經
小川琢治	戰國以前，東周洛陽之時。	表現戰國末葉至秦漢邊裔地理	表現戰國末葉至秦漢邊裔地理	×	×
呂思勉	晉人仿漢後史志偽造	晉人仿漢後史志偽造	晉人仿漢後史志偽造	晉人仿漢後史志偽造	晉人仿漢後史志偽造
徐旭生	不早於戰國後期至秦代	漢武帝以前	漢武帝以前（有〈水經〉滲入）	×	×
顧頡剛	早於〈禹貢〉，約春秋末戰國初之秦國人所作。	×	×	×	×
蒙文通	春秋戰國之交	春秋戰國之交	西周中期	西周前期	西周前期
陸侃如	戰國時楚人作	西漢時期：《淮南》以後，劉歆以前。	西漢時期：《淮南》以後，劉歆以前。	東漢至魏晉：劉歆以後，郭璞以前。	東漢至魏晉：劉歆以後，郭璞以前。
茅盾	東周時（洛陽）	春秋戰國之交	春秋戰國之交	秦統一前	秦統一前
譚其驤	秦統一六國後，征服南越之前。	×	×	×	×

〔註16〕本表文獻資料來源參考如下：〔日本〕小川琢治：〈《山海經》考〉，收入於《先秦經籍考》（臺北：河洛圖書出版，1975 年 5 月），頁 70～84；呂思勉：《中國民族史》（長春：吉林人民出版社，2012 年 1 月），頁 9；徐旭生：《中國古史的傳說時代》（臺北：里仁書局，1999 年 1 月），頁 429；顧頡剛之說參見〈五藏山經試探〉，載於《史學論叢》，收入《中國期刊彙編》第 31 種（臺北：成文出版社，1985 年 3 月），頁 27～46；蒙文通之說，參見〈略論《山海經》的寫作時代及其產生地域〉，載於《中華文史論叢》第 1 輯（北京：中華書局，1962 年 8 月），頁 56～62；陸侃如：〈論《山海經》的著作時代〉，載於《新月雜誌》（臺北：東方文化書局重印（1988 年），景印本，1928 年 7 月），第 1 卷第 5 期，頁 1～3；茅盾主要基於陸侃如之見，而對其進行反駁之說，見其作《中國神話研究初探》（上海：上海古籍出版社，2011 年 8 月），頁 20～23；譚其驤：〈論《五藏山經》的地域範圍〉，收入於《長水粹編》（石家莊：河北教育出版，2000 年 12 月），頁 340～345；袁珂：〈《山海經》寫作的時地及篇目考〉，收入於《山海經校注》（臺北：里仁書局，1982 年 8 月），頁 498；袁行霈：〈《山海經》初探〉，收入於《中華文史論叢》第 3 輯（北京：中華書局，1999 年 9 月），頁 7～35；陳連山對於《山海經》寫作時代的相關論述與看法，詳見《山海經學術史考論》（北京：北京大學出版社，2012 年 3 月），頁 19。

袁珂	戰國中期後	戰國中期後	漢代初期	戰國初、中期	戰國初、中期
袁行霈	戰國初、中期	秦漢之際	秦漢之際	×	×
陳連山	春秋戰國以前已經成書。	春秋戰國以前已經成書。	春秋戰國以前已經成書。	春秋戰國以前已經成書。	春秋戰國以前已經成書。

　　誠如上表所示，學界對於推測《山海經》的撰寫成書年代，歧異甚大。筆者歸結細究上表各家之論述，並從《山海經》內容上的「敘述方式」做觀察，得出在進行與陳述本論文時，以「《山海經》的撰寫時間為戰國初年到漢代前期這段橫跨約 300 多年的歲月，且經由前人集體創作而來」的說法作為本研究的立場。至少，我們難以忽略《山海經》中的確出現了不少漢時地名〔註17〕，以及各經之間亦呈現出所謂「補注」的敘事現象〔註18〕，這或許可視為後來謄入者所進行的文本詮釋或提供另一種民間流傳的版本。

二、回歸文本詮釋的原點：《山海經》撰寫動機與目的

　　承前文所論，經諸位前賢學者之研究，縱然《山海經》最長可溯及的年代差距上下達千年之久（若以西周前期起算至晉代），然就以真正成為《山海經》一書的雛形而言，其成書年代的確應於秦、漢二朝期間。在此之前，可能以「散篇」的形式來自於宮庭內苑，亦有可能其內容記載的文獻材料，是來自於先秦民間的口傳或隨筆，如此種種推敲假想，我們都難以完全否定所有的可能性。又，今本所見的《山海經》內容中的各篇，撰寫時代不一的情況下，可能也存在著比《淮南子》、《論衡》、《列子》等書籍還要晚的內容篇章，甚或相近不遠。綜觀諸因，在於《山海經》蓋可稱為宮中秘藏之書，是以劉向、劉歆父子奉敕校書前，鮮人知悉。能翻閱者，莫過於如司馬遷（前 145～？）曾為太史令、中書令〔註19〕等職時，可閱盡宮中藏書，故能將「山海經」一詞納入《史記》中。並直至校定後上呈帝王而問世，世人始知，遂於民

〔註17〕如「大夏」、「流沙」、「月支」諸地名。

〔註18〕最顯著的例子是〈海內四經〉的敘述方式常會再補充〈五藏山經〉的不足，如〈南山經〉曰：「南山經之首曰䧿山……有獸焉，其狀如禺而白耳，伏行人走，其名曰狌狌，食之善走。」；而〈海內南經〉則言：「氾林方三百里，在狌狌東。狌狌知人名，其為獸如豕而人面，在舜葬西。狌狌西北有犀牛，其狀如牛而黑。」可見一斑。

〔註19〕西漢年間負責在皇帝書房整理宮內文庫檔案的官職，屬於內廷宦官機構，其主官便稱「中書令」。史家司馬遷中年以後，雖身受腐刑，卻因學識過人等原因任此要職。

間流傳。爾後，各有注本傳世至今。據此，我們對《山海經》原始本是從何得來雖難以考證，但卻可以從其他方面來揣測該書的編纂目的，這是有助於我們更瞭解《山海經》誕生的可能原因，也就是創作者的動機。

那麼，《山海經》的編纂動機與目的到底是什麼？

有關《山海經》的撰寫動機與目的，前文略有所提，由於《山海經》的性質有言「刑法家書」、「地理書」、「博物書」、「小說家書」、「巫書」、「神話書」者等等歷來說法歧異，再加上作者不詳，成書年代亦不詳，造成《山海經》著作的目的讓後人難以推論，僅能從文本內容與前人所作校定注書之見解，窺探一二。最初，劉歆上《山海經》時曾言：

> 《山海經》者，出於唐虞之際。昔洪水洋溢，漫衍中國，民人失據，崎嶇於丘陵，巢於樹木。鯀既無功，而帝堯使禹繼之。禹乘四載，隨山栞木，定高山大川。益與伯翳〔註20〕主驅禽獸，命山川，類草木，別水土。四嶽佐之，以周四方，逮人跡之所希至，及舟輿之所罕到。內別五方之山，外分八方之海，紀其珍寶奇物，異方之所生，水土草木禽獸昆蟲麟鳳之所止，禎祥之所隱，及四海之外，絕域之國，殊類之人。禹別九州，任土作貢；而益等類物善惡，著《山海經》。皆聖賢之遺事，古文之著明者也。其事質明有信。〔註21〕

依上表所奏內文，劉歆認為《山海經》是當初上古先祖們的事蹟，從遠古洪荒、鯀禹治水，至益、伯翳「命山川，類草木，別水土」，所以該書有「歷史」性質的紀錄。並且，為了瞭解四方國境之地與塞外國度，而前往「逮人跡之所希至，及舟輿之所罕到。」——將沿途所見所聞記錄下來，用以「內別五方之山，外分八方之海，紀其珍寶奇物，異方之所生」，甚至「禹別九州，任土作貢」以符《尚書‧禹貢》之說，〔註22〕言該書的「地理」性質紀錄。換言之，原《山海經》的創作意圖，應是為了記下「聖賢之遺事，古文之著明者」，而劉歆校定此書目的，則是認為該書紀錄博物地誌，遠古遺事，可供朝士學儒考禎異事之書，故又具有「博物」性質。除劉歆說法外，《山海經》本身內容亦有關於撰寫目的可窺知端倪，如〈中山經‧中次十二經〉曰：

〔註20〕又稱「伯益」、一作伯翳、柏益，又稱大費。

〔註21〕清‧郝懿行：《山海經箋疏》。

〔註22〕《尚書‧禹貢》云：「禹敷土，隨山刊木，墊高山大川。」此言引自清‧皮錫瑞撰：《今文尚書考證》（北京：中華書局，1989年12月），頁134～135。

禹曰：天下名山，經五千三百七十山，六萬四千五十六里，居地也。
言其五臧，蓋其餘小山甚眾，不足記云。天地之東西二萬八千里，
南北二萬六千里，出水之山者八千里，受水者八千里，出銅之山四
百六十七，出鐵之山三千六百九十。此天地之所分壤樹穀也，戈矛
之所發也，刀鎩之所起也，能者有餘，拙者不足。封於太山，禪於
梁父，七十二家，得失之數，皆在此內，是謂國用。〔註23〕

先不論是否出於大禹之說，但這段話透露了不少線索：其一，「居地也」歷數
天下名山場所與輻員距離，其實便是指「人之居住地」；其二，「天地之東西
二萬八千里，南北二萬六千里」東西比南北距離長，此為符合先秦以前的地
理橢圓觀；其三，以「出銅之山……出鐵之山」之敘述，春秋時代以銅鑄財
器，以鐵作兵器；其四，「此天地之所分壤樹穀也」的說法，明言劃定範圍種
植農作；其五，「封於太山，禪於梁父」，此言「封禪之制」〔註24〕，便是一
種帝王受命於天下的典禮；其六，「是謂國用」，即作此書為了「國家治理所
用」，國可以是當時周王室（中央），也可以指稱當時的諸侯國。綜觀此段文，
擺明了《山海經》是擁有「國家圖書」的概念。換句話說，全書言山川方位、
海外諸國、物產文化、祭祀、神人事蹟等等簡潔扼要之語，是以「紀錄」的方
式將風土民情，一一歷記而成。

　　總之，對於《山海經》的編纂動機與目的，筆者若試圖回歸神話文本詮
釋的視角做深入的探討時，將有助於理解《山海經》神話演繹的情況，從可
能擷取的原型神話的拆解和探析，到神話文本的敘述與傳播時的再詮釋，以
及自漢代起，歷經魏晉、唐宋、明清等歷朝，於闡釋《山海經》神話的解讀過
程與其最終展現的人文思維之全貌。

〔註23〕清・郝懿行：《山海經箋疏》。
〔註24〕關於「封禪」儀式的興起，源於春秋戰國時期，齊、魯儒者認為泰山是天下
　　　　最高的山，故人間的帝王應到這座最高的山上祭祀天帝。後來其儀式擴大為
　　　　統一帝國的望祭，並定名為「封禪」。

第一章　漢人對《山海經》神話的認識與接受

　　漢代，在這個瀰漫著以經學為主流的朝代，卻因自董仲舒以來添入了濃厚的陰陽五行觀，並擴大發展了「天人感應」的政治思想，使得在這種具有神秘主義思維約束皇權的強大功能影響下，不但與儒家的道德理想相互緊密連結，甚至還成為政治決策時的主要的判斷依據。然而，回顧漢代的政經社會，受到影響的不僅是統治階級，在民間，把各種不解或傳聞的怪奇異物都視為天意示預的展現，讖緯蓬勃發展，街談巷語喜談禁忌，生活中無不被這些神秘俗信所深深影響著。如此上行而下效，權貴至平民百姓皆身處在這樣的環境下，使得漢儒在各自持有的目的上，將《山海經》裡記載眾多福禍災異的徵兆提示用以附會立說，這讓當時的學者除了憑藉著本身對神秘事物的好奇之外，更是為了闡發災異之象而進行「解釋經學」的需要，也無怪乎即使是身為經學大師的劉向、劉歆父子對《山海經》產生興趣是可想而知的。

　　西漢初年的《淮南子》，可謂是表現出漢代思想特徵的重要著作之一。該書雖撰寫於西漢初期，但檢視其內容所列之神話情節與《山海經》中有不少雷同之處。又，今本所見的《山海經》內容中的各篇在撰寫時代不一的情況下，可能也存在著不一定比《淮南子》還早的內容篇章，甚或相近不遠。據此，我們以《淮南子》校定匯整的年代（劉歆定本）相近的前提下，視為二書的共時性條件。假設在同樣的編校時代下，比較出此二文本所載錄之神話所展現出各自獨特的特徵，試圖回歸神話文本詮釋的視角做深入的探討，希冀

理解西漢時期神話演繹的情況，從可能擷取的神話原型的拆解和探析，到神話文本的敘述與傳播時的再詮釋，進而探究《山海經》與當代時下理解神話的思考模式，是開啟一場《山海經》神話於混沌階段的前行研究，具有不可忽視的存在意義；另外，活躍於東漢前期的王充（約27～97）亦對《山海經》所記內容進行深刻的觀察，並且活用於他的論述辯證之中，其所作的《論衡》更是徵引了不少《山海經》的實例，一面批判社會俗信迷失之際，卻也在同時展現認同《山海經》所記語怪的敘述情節。

歸結前述，筆者欲以一種「比較敘事學」、「歸納類比」的研究視野，去觀察、推敲《山海經》神話情節於兩漢時代的連結、延續與變異的人文思考。藉由觀察《淮南子》、《論衡》在符合它著書立論的目的之間，如何透過原型神話加以解構而重釋，呈現出全新的樣貌，甚至影響後世對《山海經》語怪內容的理解。

第一節 《淮南子》與《山海經》：神話重釋的混沌時期

同樣在西漢，除了《山海經》之外，另有一部作品也富含了精彩絕倫的神話故事。該作品的成書時間甚至比《山海經》校定的時間還要早，相較於《山海經》單純的博物記事，它內容更為包羅萬象，涉及政治思想、論道談德，並綜述歷史、文學、天文、地理、藝術等等。唐代史學家劉知幾（661～721）在《史通·內篇》（自敘第三十六）稱其為「牢籠天地，博極古今」[註1]錯綜經緯，其哲思蘊含數家學派，頗具鴻大氣闊，此書即為淮南王劉安編纂的《淮南子》。

一、劉安與《淮南子》文本問題綜述

比起《山海經》的諸多難解之謎，與之相較的《淮南子》，在作者、成書與版本等問題上，則相對單純了許多。《淮南子》一書，籠蓋天地，氣勢恢弘，

[註1] 劉知幾對《淮南子》的高度評價，是站在史學的角度來觀察，認為其牽涉範圍廣博且兼容並蓄：「昔漢世劉安著書，號曰《淮南子》。其書牢籠天地，博極古今。上自太公，下至商鞅。其錯綜經緯，自謂兼於數家，無遺力矣。」唐·劉知幾，趙呂甫校注：《史通新校注》（重慶：重慶出版社，1990年8月），頁613。

文辭瑰麗，實為一部巨作。本書原名為《鴻烈》，東漢・高誘於《淮南鴻烈・敘目》言：「鴻，大也；烈，明也，以為大明道之言」。〔註2〕「鴻」是廣大的意思，「烈」是光明的意思，是以為此書蘊含廣大且光明的通理。到了西漢・劉向校定時，稱其名為「淮南」，歷代亦見《淮南鴻烈》、《淮南子》、《劉安子》或《劉子》等稱呼，之所以有後三者之名，一般認為與此書乃由西漢劉氏皇族淮南王劉安（前179～前122）率其賓客共同撰寫之故，而得其名。該書在繼承先秦道家思想的基礎上，糅合了陰陽、墨、法和一部分的儒家思想，但主要宗旨實屬於道家。

　　關於《淮南子》的寫作目的，我們透過內容與諸漢史籍記載劉安生平諸事，即可知該書實以宣傳著作者的政治思想、政治理念為主，希冀此書的問世能讓為政者通曉各種國境之事，故以「百科全書」兼議論理的撰寫方式，羅列各種學門，哲學、治學、神學、地理學、軍事學及藝術學等等皆貫穿其中，後人班固將它列入《漢書・藝文志》的「雜家部」亦是由此這般。今本《淮南子》之所見注本為東漢許慎本及高誘注本的合冊〔註3〕，全書共二十一篇，分別為〈原道訓〉、〈俶真訓〉、〈天文訓〉、〈墜形訓〉、〈時則訓〉、〈覽冥訓〉、〈精神訓〉、〈本經訓〉、〈主術訓〉、〈繆稱訓〉、〈齊俗訓〉、〈道應訓〉、〈氾論訓〉、〈詮言訓〉、〈兵略訓〉、〈說山訓〉、〈說林訓〉、〈人間訓〉、〈修務訓〉、〈泰族訓〉、〈要略〉，其中〈要略〉內容為申明全書旨意，頗有「敘言」之感。此外，書中所載錄的神話材料，乃為論證目的所引用，故此書雖以政治思想闡釋為宗，但其所著錄的神話與俗信等等篇幅是非常可觀的，我們更可藉由此書窺探漢初時人對於所記神話文本的詮釋思維，從而比較與原始神話的敘述差異與傳播情形。

（一）《淮南子》寫作年代、作者等疑慮之處理

　　《淮南子》的成書時間，因《史記》並未寫下劉安著書一事，最初有史可徵的文獻記載，見於《漢書・藝文志》中所著錄的《淮南內》二十一篇，以及《淮南外》三十三篇，計二書。二書中，班固更在《淮南內》之下註明其作者名，曰：「王安」，〔註4〕此即淮南王劉安之簡筆。後人也多據《漢書・藝文

〔註2〕劉文典：《淮南鴻烈集解》，頁2。
〔註3〕原分為二注本，約在北宋期間，許高二注相雜成一書，經由歷任後人輯佚，現存許注8篇，高注13篇。
〔註4〕漢・班固撰，唐・顏師古注：《漢書・藝文志》，頁1741。

志》的說法，認定《淮南子》之主筆出於劉安是應當毋庸置疑的〔註5〕，主要
原因之一，是原《漢書》於〈淮南橫山濟北王傳〉中已有所載：

> 淮南王安為人好書，鼓琴，不喜戈獵狗馬馳騁，亦欲以行陰德拊循
> 百姓，流名譽。招致賓客方術之士數千人，作為《內書》二十一
> 篇，《外書》甚眾，又有《中篇》八卷，言神仙黃白之術，亦二十
> 餘萬言。時武帝方好藝文，以安屬為諸父，辯博善為文辭，甚尊重
> 之。每為報書及賜，常召司馬相如等視草乃遣。初，安入朝，獻所
> 作《內篇》，新出，上愛秘之。使為離騷傳，旦受詔，日食時上。
> 又獻頌德及長安都國頌。每宴見，談說得失及方技賦頌，昏莫然後
> 罷。〔註6〕

顯然，「好書」的淮南王劉安，博學多聞，暫且撇開作《淮南》內、外、中篇
的創作動機與目的是什麼，單就「（劉安）招致賓客方術之士數千人」之句，
便使後人對《淮南子》的作者與成書年代的問題較不具有過多的疑慮。至少，
我們可以很清楚知道此書的撰寫時間，應是落在西漢景帝晚年至武帝初年之
際。雖後世學者仍會針對其書到底是「劉安所作」，抑或是「集體創作」（如
「八公、大山、小山」之說〔註7〕）的相關疑慮而有所辨析，但不同於《呂氏
春秋》僅是呂不韋以主持身份來集結旗下眾多門客編撰成冊的情形，《淮南子》
不管是個人著作，或是集合賓客共同創作，它的成書內容具備劉安個人強烈
的主導意識與核心思想是不爭的事實，這在《淮南子》的文字間是很容易可
以觀察到的。如該書中的〈俶真訓〉曰：「今矰繳機而在上，罝罘張而在下，
雖欲翱翔，其勢焉得？」〔註8〕的言辭，將自己比喻成鳥獸，說明儘管想飛翔
奔走，但以天上有利箭在空中虎視眈眈，地上又有羅網四處張設種種的困難
與險惡環境，豈能如願；又如〈人間訓〉中以越王句踐之歸順時是完全看不
出有反叛之心，卻最終背叛吳王夫差，於是在文末道出了：「夫人偽之相欺也，

〔註5〕如正史記載之《隋書》、《舊唐書》、《新唐書》、《宋史》、《明史》中的〈藝文
　　　　志〉或〈經籍志〉都是作者為劉安；私人著作如王充《論衡・書解》、劉知幾
　　　　《史通・自敘》等等，皆認同之。
〔註6〕漢・班固撰，唐・顏師古注：《漢書・藝文志》，頁2145。
〔註7〕「八公」之說，主要的說法來自於高誘《淮南子》注之〈敘目〉篇所言：「（劉
　　　　安）與蘇飛、李尚、左吳、田由、雷被、毛被、伍被、晉昌等八人及諸儒大
　　　　山、小山之徒，共講論道德，總統仁義，而著此書。」見劉文典：《淮南鴻烈
　　　　集解》（北京：中華書局，1989年5月），頁1。
〔註8〕劉文典：《淮南鴻烈集解》，頁78。

非直禽獸之詐計也。」〔註9〕之人際複雜險惡的興嘆，據此，徐復觀在其著作《兩漢思想史》中便就此而論：

> 「今矰繳機而在上，罝罘張而在下」把他們所受的由朝廷而來的壓
> 迫，所感的由形勢而來的危機，完全透露出來了。……這種對人生
> 的迷惘惴慄窺伺的情形，也正是隨危機感而來的無可奈何的反映，
> 也說明了虛無主義形成的真正根源。〔註10〕

劉安之父——劉長（前199～前174），亦是被安以謀逆之罪而道死路途。因此，身為世人所知的罪臣之子，劉安本人當然會時時憂慮警惕，故有所抒發興嘆乃實屬正常。是以，《淮南子》一書中常頻繁地出現類似危機感與人生迷惘之語，可見極符合劉安身家背景與處事之寫照，兼可得證劉安對於此書的著墨是有所密切關係的。又如，近人梁啟超（1873～1929）雖持「非劉安獨力完成」的觀點，但也認為他對該作品的主導性是極為強烈的：

> 劉安博學能文，其書雖由蘇飛輩分纂，然宗旨及體例，計必先行規
> 定，然後從事；或安自總其成，亦未可知。〈要略〉所提挈各篇要點
> 及排列次第，蓋匠心經營，極有柱脊，非漫然獺祭而已。〔註11〕

依梁啟超「劉安博學能文」之言，《淮南子》一書中有著極大的可能性是劉安親自撰寫或進行諸多加筆的部分，劉安身為主要作者之一的立場是不言自明的。既然作者已無大疑慮，成書年代大致也可以底定了。同樣是記錄西漢淮南王劉安之事，為何《史記》獨不見《淮南子》該書的隻字片語？從前文已有提及的《漢書·淮南衡山濟北王傳》所述的「上愛秘之」，或可間接顯示為何當時司馬遷作《史記》撰寫〈淮南王劉安傳〉時未列其著書《淮南子》的原因。原《史記·淮南衡山列傳》曰：

> 淮南王安為人好讀書鼓琴，不喜弋獵狗馬馳騁，亦欲以行陰德拊循
> 百姓，流譽天下。時時怨望厲王死，時欲畔逆，未有因也。及建元
> 二年，淮南王入朝。素善武安侯，武安侯時為太尉，乃逆王霸上，
> 與王語曰：「方今上無太子，大王親高皇帝孫，行仁義，天下莫不聞。
> 即宮車一日晏駕，非大王當誰立者！」淮南王大喜，厚遺武安侯金

〔註 9〕劉文典：《淮南鴻烈集解》，頁 628。
〔註10〕徐復觀之見，參詳於〈《淮南子》與劉安的時代〉，《兩漢思想史》（臺北學生書局，1976 年 6 月），卷 2，頁 183～184。
〔註11〕梁啟超：〈漢書藝文志諸子略考釋〉，收入於《梁啟超學術論叢》（第 2 冊），臺北：南嶽出版社，1978 年 3 月，頁 1302～1303。

財物。陰結賓客，拊循百姓，為畔逆事。〔註12〕

與《漢書》所撰淮南王劉安的敘述相較，《史記》多側重刻畫劉安叛逆之心，最終的故事結局為「淮南王安自刭殺」，後人雖對劉安是否真具有謀反實情與否作探析，但往往歷史之虛實如五里霧，已難追尋。文中雖無提到《淮南子》一書之事，卻有記載「建元二年，淮南王入朝」之事，加以《漢書》稱「初，安入朝，獻所作《內篇》，新出，上愛秘之。」之言，此《內篇》應即為今本《淮南子》，由此，大致可判定劉安獻上《淮南子》時，時間應該落在漢武帝建元二年（西元前 139 年）左右。也因為「上愛秘之」，熱騰騰的新書尚未公諸於世，就被武帝藏於宮內，這或許也可能導致與其同朝的司馬遷不知此書存在的原因，而不記於史冊中。筆者推測，班固作《漢書》時，已是東漢初年，在此之前，劉向（西漢成帝年間）早已為宮中藏書進行校定工作，並統稱此書為《淮南》，列為「雜家」著作，所以班固與之相距時代不遠，可以熟知此書的成書年代與背景當是無疑的。

誠如前文所言，整部《淮南子》是為了服務政治與理想，記錄了大量的神話材料片段並非其主要目的，但是它「無心插柳柳成蔭」的結果，便使得中國古代著名的神話，如「共工怒觸不周山」、「女媧補天」、「后羿射日神話」、「嫦娥奔月」等等故事得以保存下來，甚至可能還經過重新組合、改造、獨創了大量神話，散見於各個篇章之中。如：《原道訓》記載了泰古二皇之遊，馮夷、夏鯀作三仞之城，禹入裸國，舜耕歷山等神話；《天文訓》記錄了關於季節司職之神、天地、日月星辰形成傳說，以及五方大地、五佐之神；《墜形訓》講述了神話地理昆侖山及四方聖域、海外三十六國、八風神話等等；《覽冥訓》記載了鳳凰、麒麟、青龍、飛黃等神獸神話；《精神訓》載錄了陰陽二神混生造物、禹治水；《本經訓》載有堯時羿為民除百害；《兵略訓》列舉了上古諸位天神，如黃帝與炎帝、蚩尤；共工與顓頊；堯戰於丹水之浦；舜伐有苗等等上古戰爭神話，族繁不及備載，可見《淮南子》在神話材料的引用上極為豐富，不但可與其他神話文本互為呼應，更能自成體系，組織出系統性的神話世界，也為這部百科全書式的學術鉅著添上了一些神秘迷幻的色彩。

（二）探劉安編纂《淮南子》之目的

那麼，《淮南子》的編纂動機與目的又是為了什麼？首先，《淮南子》於

〔註12〕〔日本〕瀧川龜太郎著：《史記會注考證》，頁 1237。

前文即言明，此為淮南王劉安以服務政治之前提，述說著其政治理念與思想的書籍。先秦學術思潮，起於春秋時，爾後百家爭鳴，學說各自騁馳昌盛。齊桓公（？～前643）設稷下學宮，招賢納士，天下學者雲集，在此講學論道百餘年。從此，學風由百家爭鳴轉為百家交融，而儒、墨、黃老之學，可當為顯學。漢承秦之大統，於漢初，歷高、惠、文、景四朝，行黃老治術，與民休養生息，遂使民富國強。終漢世一朝，上承戰國諸子之說，下開儒學主流，如此繼往開來兼具人文與政治思潮之特色，《淮南子》於此際成書，雖不免受《呂氏春秋》撰寫動機與目的之影響，「以同一方式，抱同一目的，把漢初思想，作另一次大結集的，則為劉安及其賓客所集體著作的《淮南子》，也可算得思想史上的偉蹟。」〔註13〕因此，的確可視為漢初為先秦學術文化作一統整與理解之著作，自校書面世以來，影響後世甚深，書中所言，多以論政事兼抒人生。故《淮南子‧要略》曰：

> 凡屬書者，所以窺道開塞，庶後世使知舉錯取捨之宜適，外與物接而不眩，內有以處神養氣，宴煬至和，而己自樂所受乎天地者也。故……言帝道而不言君事，則不知小大之衰；言君事而不為稱喻，則不知動靜之宜；言稱喻而不言俗變，則不知合同大指；已言俗變而不言往事，則不知道德之應；知道德而不知世曲，則無以耦萬方……欲強省其辭，覽總其要，弗曲行區入，則不足以窮道德之意。故著書二十篇，則天地之理究矣，人間之事接矣，帝王之道備矣！〔註14〕

文中所言「帝王之道備矣」，可見劉安與他的賓客們都認為撰寫《淮南子》是出於政治現實的要求，並希冀能解決其問題，並於文末總結時又加以強調：

> 若劉氏之書，觀天地之象，通古今之事，權事而立制，度形而施宜，原道之心，合三王之風，以儲與扈冶。玄眇之中，精搖靡覽，棄其畛挈，斟其淑靜，以統天下，理萬物，應變化，通殊類，非循一跡之路，守一隅之指，拘系牽連之物，而不與世推移也。故置之尋常而不塞，布之天下而不窕。〔註15〕

〔註13〕徐復觀：〈《淮南子》與劉安的時代〉，《兩漢思想史》卷2，頁175。
〔註14〕劉文典：《淮南鴻烈集解》，頁706～707。
〔註15〕劉文典：《淮南鴻烈集解》，頁711～712。

將《鴻烈》〔註16〕以「劉氏之書」自稱,劉安在心理上對《淮南子》成為劉氏王朝於政權統治上作為思想依據的典範書籍是抱以期望的,所以期許《淮南子》的內容可以因其具有「觀天地之象,通古今之事」的深遠宏大,得以讓為政者藉此進而權衡事理而建立重要的施政法規,最後使之統理天下,治理萬物,適應變化,通達無礙。據此,可以認定《淮南子》的創作動機便是為了闡述宣揚作者的「政治理想」,而目的,是希望劉氏王朝依其政治思想作為統治手段。

回顧前章已提,有關《山海經》的撰寫動機與目的應可推敲成統治階層為了瞭解民輿風土而施政所作,大致上似乎符合大禹治水時所需的地理資料而記錄。是以,可將《山海經》的撰寫動機視為「單純的紀錄」,既然是單純所記,就較可能接近神話本來的面貌(即「無改寫的動機」);相較之下,《淮南子》撰寫動機與目的是為了「政治服務」,因此,便會為該目的進行神話的改寫行為。依此,從「編纂的目的」角度觀察,顯然二書之間,的確存在「演繹」(對民間流傳神話故事的紀錄承襲與改編)的關連性。換言之,《山》、《淮》二書在具有成書時代背景相近的共同條件下,所呈現的是相異的神話角度之載錄方式:即前者為「記錄性質的神話文本」;後者為「詮釋性質的神話文本」。所以,我們藉由對《山海經》神話文本的詮釋行為過程,亦能透露出漢人的神話思維,在相距數百年甚至千年之久的時空中,從神話的原始思維到經漢人詮釋過後的人文底蘊,或許能藉此管窺古老神話的「神聖」與「俗世」的自我分歧以及延伸歷程,歸結「神話歷史」的傳統,繼而展現「神話歷史」的新視野。

二、異域的敘述差異:海外三十六國異族的分布思考

承前節所言,關於《淮南子》中的〈墜形訓〉內容,主要記述著各種地理的資訊面向,包含當時漢初地理觀念、四方風俗民情、地名地誌,甚至是對生物的起源與進化、礦物的形成、與大自然物質間的轉化關係、荒誕怪異

〔註16〕若依劉安本人之意,所作書名便應當稱為《鴻烈》,於該書末篇〈要略〉稱其為《劉氏之書》;東漢·高誘注序時稱之為《淮南鴻烈》;依《漢書·淮南本傳》應稱「內篇」;依《漢書·藝文志》應稱為《淮南內二十一篇》,或簡約《淮南內篇》;至《隋書·經籍志》因隨諸子之書命名通例,改稱《淮南子》,爾後,此書名沿用至今。參見徐復觀:《〈淮南子〉與劉安的時代》,《兩漢思想史》,頁286。

的神話故事等等，都是紀錄的範圍。〔註17〕該篇主要闡述核心旨趣，其實透過相當於全書總論的《淮南子・要略》所陳述的〈墜形訓〉篇文旨意時便可得知：

> 〈墜形〉者，所以窮南北之修，極東西之廣，經山陵之形，區川谷之居，明萬物之主，知生類之眾，列山淵之數，規遠近之路。使人通回周備，不可動以物，不可驚以怪者也。〔註18〕

東漢・高誘注〈墜形〉之篇名緣由則曰：

> 紀東西南北、山川藪澤、地形所載，萬物形兆所化育也，故曰「地形」，因以題篇。〔註19〕

可知〈墜形訓〉所記述者，乃以窮究地表上萬物發展之情況，探索山川地貌，瞭解萬物生命之化育，順應於自然世界的原則。綜合的說，《淮南子》篇目順序的安排是有其順序與意義的，單就前篇（卷三）的〈天文訓〉，講天象宇宙以喻人事，而順天而行；接續的〈墜形訓〉（卷四）則言萬物生存的地表空間，說明人們賴以為生的生存環境，據此，也可以看出〈墜形訓〉的重要性所在。〈墜形訓〉所述內容頗具脈絡，言山水地理時，亦補述其地之況。如文章一開始便紀錄著「九州」內的景致，說明天地之間有所謂的「九州八極」的區域分布，並且在九州之內含有九山、九塞、九藪、八風、六水。接著，介紹四海之內東西南北之間的距離，以及水道陸徑的長短。有趣的是，以步數的測量方式來表達東極至西極間、南極至北極間的距離幅度，其表述為：

> 闔四海之內，東西二萬八千里，南北二萬六千里，水道八千里，通谷其名川六百，陸徑三千里。禹乃使太章步自東極，至于西極，二億三萬三千五百里七十五步；使豎亥步自北極，至于南極，二億三萬三千五百里七十五步。〔註20〕

此種以步計算的方式似乎與《山海經》頗有異曲同工之妙，雖《山海經》是東至西距離長，南至北距離短，而〈墜形訓〉所形容的卻是四方等距的概念，但在「東西二萬八千里，南北二萬六千里」描述中，的確是東西幅度略長

〔註17〕陳麗桂：《新編淮南子》（臺北：國立編譯館，2002年4月），頁279。
〔註18〕劉文典：《淮南鴻烈集解》，頁701～702。
〔註19〕劉文典：《淮南鴻烈集解》，頁130。
〔註20〕劉文典：《淮南鴻烈集解》，頁132。

於南北，至於為何步履計算方式不同於距離之所述，雖不好下定論，但或許與東西、南北向所展現的地形差異有關，使漢初時人作出這般地理資訊上的認知。

　　除此之外，對於昆侖世界的敘述，也藉由道里計算的方式浮出檯面：

　　　　禹乃以息土填洪水以為名山，掘昆侖虛以下地，中有增城九重，其高萬一千里百一十四步二尺六寸。〔註21〕

而在這塊昆侖區域裡，跟著紀錄了眾多的物產、奇景、神人、不死樹等等之外，甚至還談到異域的概念，如「昆侖之丘，或上倍之，是謂涼風之山，登之而不死。」〔註22〕這種登山而成神靈（不死）的概念，在《山海經》神話情節裡是可以看到相同思維的。可以說〈墬形訓〉此處與《山海經》所描寫的內容有許多極其相似之處，帶有濃厚的神話底蘊，似乎也多少反映了當時人們對於神話與真實在取捨之間，最終對某些神話選擇認同的情況。看似地理神話的類型，更進一步來說，倒也展現了神話與古史俗信上的緊密關係。

　　據此，〈墬形訓〉中藉著地理產物與方位的關連性，提出了「土地各以其類生」〔註23〕，不同地形造就不同物種，例如：「山氣多男，澤氣多女」〔註24〕、「障氣多喑，風氣多聾」〔註25〕、「中土多聖人」〔註26〕、「南方有不死之草，北方有不釋之冰，東方有君子之國，西方有形殘之尸」〔註27〕之說。是以，四方之氣會對人產生性別、體態、性情等等影響，文中所指涉的氣候雖會影響人的身心，但若細膩的觀察將可發現亦深受陰陽五行之思想而來，否則，為何中土就要多聖人、澤氣則會多女呢？總之，〈墬形訓〉曰：「皆象其氣，皆應其類。」〔註28〕並以此將後文著重在各地異人、異國、異物之描述，談海外三十六國、談昆侖之境與其神仙異獸，文末回歸陰陽五行的相生與轉化，展現出漢初對於物質生成過程中的觀察與看法。我們可以想見，在

〔註21〕劉文典：《淮南鴻烈集解》，頁133。
〔註22〕劉文典：《淮南鴻烈集解》，頁135。
〔註23〕劉文典：《淮南鴻烈集解》，頁140。
〔註24〕劉文典：《淮南鴻烈集解》，頁140。
〔註25〕劉文典：《淮南鴻烈集解》，頁140。
〔註26〕劉文典：《淮南鴻烈集解》，頁141。
〔註27〕劉文典：《淮南鴻烈集解》，頁141。
〔註28〕劉文典：《淮南鴻烈集解》，頁141。

西漢初期對中土以外的未知世界仍保存了許多先秦時期流傳下來的想像。在
《淮南子・墜形訓》一文的中段，簡述了海外三十六國之事，我們從這寥寥
數語中，卻可以得到大量關於〈墜形訓〉作者敘述語境下所隱藏的訊息：

> 凡海外三十六國〔註29〕，自西北至西南方，有修股民、天民、肅慎
> 民、白民、沃民、女子民、丈夫民、奇股民、一臂民、三身民；自
> 西南至東南方，結胷民、羽民、讙頭國民、裸國民、三苗民、交股
> 民、不死民、穿胷民、反舌民、豕喙民、鑿齒民、三頭民、修臂民；
> 自東南至東北方，有大人國、君子國、黑齒民、玄股民、毛民、勞
> 民；自東北至西北方，有跂踵民、句嬰民、深目民、無腸民、柔利
> 民、一目民、無繼民。〔註30〕

觀察起筆者以西北到西南、西南到東南、東南到東北、東北到西北的四個方
向之敘述，簡言之，其實是從西北隅為起點，以逆時針方向作為陳述的方位
語境。這與《山海經》〈海外〉四經——南、西、北、東的順時針方向作為鋪
陳是有所差異的。當然，若從《山海經》內容審視，該書敘述各海外諸國的方
向也頗不一致，筆者以清人郝懿行《山海經箋疏》為底本，袁珂《山海經校
注》為輔，整理《淮南子》與《山海經》對於共通諸國（諸民）的記載方向，
從而觀察其可能產生的詮釋差異：

〔註29〕依清人王引之所見：「《論衡》〈無形〉、〈談天〉二篇並作三十五國，今厤數下
　　　　文，自脩股民至無繼民，實止三十五國，六字誤也。」然總計〈墜形訓〉文
　　　　中所述，自脩股民至無繼民確實為三十六國，如此一來王引之三十國五說法
　　　　便不明。參見劉文典：《淮南鴻烈集解》，頁 147。
〔註30〕劉文典：《淮南鴻烈集解》，頁 147～148。

表3：《淮南子》、《山海經》二書海外諸國記述方向對照表

① 《淮南子》：西北→西南

淮南子	修股民	天民	肅慎民	白民	沃民	女子民	丈夫民	奇肱民	一臂民	三身民
海外經	長股國（西經）	×	肅慎國（西經）	白民國（西經）	諸夭〔註31〕（西經）	女子國（西經）	丈夫國（西經）	奇肱國〔註32〕（西經）	一臂國（西經）	三身國（西經）
大荒經	長脛國〔註33〕（西經）	天民〔註34〕（西經）	肅慎國（北經）	白民國（西經）（東經）〔註35〕	沃民（西經）	女子國（西經）	丈夫國（西經）	奇肱國（西經）	一臂國（西經）	三身國（南經）

〔註31〕郭璞注：「夭，音妖」。然而，郝懿行認為「夭，部音妖。蓋譌。夭野，〈大荒西經〉作『沃野』，是此經之夭，乃沃字省文。……《博物志》曰沃野。」案：郝懿行：「沃野也。沃野盖謂其地沃饒耳。」參見清‧郝懿行：《山海經箋疏》。又案《淮南子‧墜形訓》有『沃民』，又云『西方曰金丘，曰沃野』，高誘注云『沃猶白也，西方白故曰沃野。』案高誘非也。

〔註32〕郭璞注云：「奇肱民善技扛，以取百禽；能作飛車，從風而行。」郝懿行認為：「『海外西經』即〈博物志〉說『奇肱民善技扛，以殺百禽。奇，隻也；肱，腳也。』又言：『其人善為機巧，以殺百禽；能作飛車，從風往行。』然而，袁珂的說法，的『奇肱民』即〈海外西經〉中的『奇臂人』，乘風的形象，或是《博物志》的『奇肱國』唯獨腳，遂翱雲天之思斯由敀矣。筆者按：且『肱』字，本意未有『足』之意，見袁珂：《山海經校注》，的「肱」與「奇股」視同種，不論郭璞作何解，或是《博物志》與郝懿行之見，皆並未將『奇肱』為『奇股』，故表中雖依袁珂看法另列之，但仍做區別，並在此另做解說。見清‧郝懿行：《山海經箋疏》，頁213。

〔註33〕郭璞云：「腳長三尺。」郝懿行認為：「長脛即長股也。」見清‧郝懿行：《山海經箋疏》。

〔註34〕據郝懿行《山海經箋疏》之考證：『夭當為天，字之譌也。』參見清‧郝懿行：《山海經箋疏》。或作『夭』，字形相近，以此致誤。

〔註35〕白民國於〈海外西經〉、〈大荒東經〉皆有載籍，袁珂認為：「此白民國在〈大荒東經〉，與〈大荒西經〉方向迥異，是否即是一國，所未詳也。」見袁珂：《山海經校注》，頁347。筆者按：依〈大荒東經〉、〈大荒西經〉之所述

②《淮南子》：西南→東南

淮南子	結匈民	羽民	讙頭國民	裸國民	三苗民	交股民（註36）	不死民	穿胸民	反舌民	豕喙民	鑿齒民	三頭民	修臂民
海外經	結匈國（南經）	羽民國（南經）	讙頭國（南經）	×	三苗國（南經）	交脛國（南經）	不死國（南經）	貫匈國（南經）	岐舌國（南經）	×	鑿齒（南經）	三首國（南經）	長臂國（南經）
大荒經	×	羽民國（南經）	驩頭國（南經）	×	×	×	不死國（南經）	×	×	×	鑿齒（南經）	×	×

③《淮南子》：東南→東北

淮南子	大人國（註37）	君子國	黑齒民	玄股民	毛民	勞民
海外經	大人國（東經）（北經）	君子國（東經）	黑齒國（東經）	玄股國（東經）	毛民國（東經）	勞民國（東經）
大荒經	大人國（大荒經）	君子國（東經）	黑齒國（東經）	玄股國（東經）	毛民國（北經）	×

白民國一在西北隅，另一在偏東南隅之處，絕非相鄰（鄰近）方位。此外，〈海外西經〉開篇明言「海外自西南陬至西北陬」方位。此外，其文中敘述語境皆為「○○在○○北」或「○○在○○北」，白民國已在〈海外西經〉文末處，故已達西北陬之境。對照《淮南子·墜形訓》之記述（自西北至西南方），白民國應位於西北處，與〈大荒東經〉所述可能不同一國，唯表中仍一併記之。

〔註36〕　據高誘注「交股民」曰：「腳相交切」；郭璞注「交脛國」曰：「言腳脛曲戾相交」，言腳脛互戾。見劉文典：《淮南鴻烈集解》，頁147；以及清，郝懿行：《山海經箋疏》。

〔註37〕　「大人國」之說於《山海經》中多處有記述，如〈海外東經〉：「大人之市，為人大」；〈海外北經〉：「大人國在其北，為人大」；〈大荒北經〉：「有波谷山者……有大人之國。有大人之市，名曰大人之堂」；又〈大荒東經〉：「有大人之國。有大人之堂上」，整姓、泰逢、有諸說來看，有於陸地，更有海外之島上，可以發現所處方位各異，某些地區便使有零星的巨人之說。見清，郝懿行：《山海經箋疏》。

民國以前學者對《山海經》的解構與重釋

④《淮南子》：東北→西北

淮南子	跂踵民	句嬰民	深目民	無腸民	柔利民	一目民	無繼民
海外經	跂踵國（北經）	拘纓國（註39）（北經）	深目國（北經）	無腸國（北經）	柔利國（北經）	一目國（北經）	無繼國（北經）
大荒經	×	×	深目國（北經）	×	牛黎國（北經）	一目國（北經）	無繼國（北經）

（東經）
（北經）

〔註38〕

〔註38〕依〈海外東經〉開篇言：「海外自東南陬至東北陬者」，其文中敘述語境和〈海外西經〉相同，皆為「○○在○○北」或「○○在○○北」。○在北。毛民國已在〈海外西經〉文末處，故已達東北陬之境，遠與〈大荒北經〉的方位區域應是接近的，因此，並二者記述應較無疑應。見清・郝懿行：《山海經箋疏》。

〔註39〕郝懿行認為「句嬰」，疑即「拘纓」，古字通用。見清・郝懿行：《山海經箋疏》。

　　以上表 3 中的整理，是可以輕易看出〈墜形訓〉所描述的海外諸民地理方位順序與《山海經》裡的〈海外經〉、〈大荒經〉是有顯著不同的。首先，我們以表格中相對應國度最少的〈大荒〉四經稍作釐清。雖該篇文中亦有不少與〈墜形訓〉的海外三十六國相合，然而，〈大荒經〉的方位語境描述並非具有純然的方向性，這與〈墜形訓〉和〈海外經〉是差異最大之處。觀察〈大荒經〉中的敘事，常會出現「大荒之中，有○○國」、「南海渚中，有神」，「流沙之濱」、「西北海之外，大荒之隅，有山」等等類似形容方位的說辭，字裡行間都是以「塊狀」地區的方法標示著彼此之間的地理位置，卻又無法連貫，如此使閱讀者對海外異域進行想像與理解過程中產生神秘感。比方說，〈大荒南經〉曰：「大荒之中，有羽民之國。」然而，「大荒」為何處？依〈荒經〉之言：「東南海之外，大荒之中，有山……」，又「西北海之外，大荒之隅，有山……」顯然「大荒」是完全不同地理位置，或者很多地方都有「大荒」的存在，甚至「大荒」僅是一個說明地理樣貌的形容詞。故即使在「荒經」出現「東南海之外，大荒之中，河水之閒」這種交疊式塊狀方位的敘述語境類型，便不足為奇了。反觀，〈墜形訓〉與〈海外〉四經的方位敘述以「線性」語境模式來表達彼此之間相對的具體方位，比「塊狀」描寫更為清楚，這是一種具有功能性意義的書寫策略。在〈墜形訓〉裡的簡略敘述，卻很清楚的標示諸異族的分布位置，如言「自西北至西南方，有修股民、天民、肅慎民、白民、沃民……」，是依其順序表現出具體的分布情況，與〈海外〉四經的各篇開頭，如「海外自西南陬，至東南陬者」，以及後文以「○○在其東」等等方位敘述語句是頗為一致性的。歸結而論，筆者經二書對海外三十六國的敘述路徑，透過圖 5 所示，大致可見其方位語境的表述型態與其差異。

　　依圖所示，應可理解所謂的「線性」語境敘述模式下的效果，是能非常具體的表現出海外諸國的相對位置。然而，也藉由此圖的整理，更能發現〈墜形訓〉與〈海外經〉之間的異同，歸結如下：

　　其一，雖以「起述方向」來看，二者皆於西方作為基準點，卻彼此間仍有顯著差異。〈墜形訓〉從西北隅為起點，以西北→西南、西南→東南、東南→東北、東北→西北的逆時針方向展開描述，過程中並未有任何對海外諸國的描述，故似乎也不需要再於敘事中額外添加「方向」的描述語句；反之，〈海經〉中以〈海外南經〉為首篇，並將西南方設為敘述起點，以西南向東南方的行進路線，一邊陳述各海外諸國的樣貌與特色，一邊以「在其某方」的

敘述語境推展各國的地域分布。

圖5:《淮南子》、《山海經》海外諸國記述方向示意圖

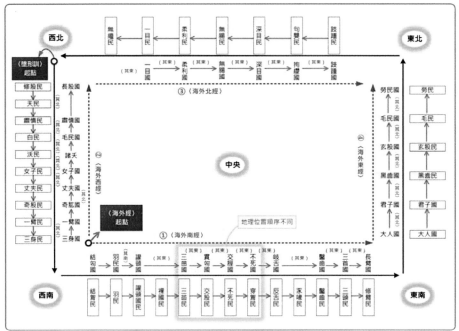

說明：內圈綠色虛線箭頭表示「〈海外〉四經敘述的行進方向」；外圈黑色實線箭頭
則表示「〈墜形訓〉敘述的行進方向」；空心圓圈表示敘述方位的起點。

　　其二，〈山海經〉看似同〈墜形訓〉一樣也是以逆時鐘方式行進，其實不
然，依〈海外〉南、西、北、東四經的篇目順序，分別以西南→東南、西南→
西北、西北→東北〔註40〕、東南→東北的方向各自展開敘述。看似雜亂，卻
仍有固定的描述模式，如東西向，以「向東」為線性的對應方向；南北向，則
以「向北」為統一的線性敘述來進行各國的分布情況。

　　其三，在西南向東南的路徑上，〈墜形訓〉與〈海外經〉對於陳述諸國的
順序仍有所差異：〈墜形訓〉為「三苗民→交股民→不死民→穿胷民」；〈海外
經〉則是「三苗國→貫匈國→交脛國→不死國」。這也表現出漢初對於海外諸
國的分布地域概念，在人民心中仍是有模糊空間。更甚者，似乎也間接提示
了《淮南子》中所談到的神話情節並非完全「按照」《山海經》的內容作為主

────────────

〔註40〕筆者按：〈海外北經〉開頭雖曰：「海外自東北隅至西北隅者」，然事實上其文
　　　　中地名皆以「其東」的方位語境作陳述，與首文之句頗為矛盾。故本圖則依
　　　　文中所述之方向來繪製。

要承繼對象。據此，可能的原因可各從正反面立場來思考：一是《山》、《淮》二書在當時的關連性可能並非所想的那麼密切，創作〈墜形訓〉的作者雖於創作過程曾參考《山海經》，但或者仍以自己所認識的世界觀為主要依據；另一方面，又或許來自於劉歆定本前的《山海經》（32 篇）與今本《山海經》（18篇）的差異所造成，顯然亦為歷史懸案，難以證實。

其四，稱名之不同。〈海外經〉稱「國」；〈墜形訓〉稱「民」。當然，也有例外之處：在〈墜形訓〉所稱的海外三十六國中，僅有大人國、君子國二者稱「國」，其餘皆以「民」稱之（筆者按：《淮南子》雖另有稱「讙頭國民」、「裸國民」者，但名稱後皆添上「民」字，在語境上即為「讙頭國之民」、「裸國之民」，明顯表示作者仍視其為「民族」，應非與漢朝相對而言的國家）。這在呈現大一統局勢的漢帝國裡，「國」與「民」於敘述語境上的差別，是很能感受到鮮明的政治意味的。

歸結上述四項之差異，可以得到《山海經》與《淮南子》在海外諸國神話敘事於理解上的轉折變因，──即是「政治」因素使然，也剛好佐證了前文所言《淮南子》的撰寫目的。因《淮南子》成書意圖，主要是為了提供國家的治國方針與政治思想，故在引經據典的同時，必須緊密地呈現與闡述思想的關連性。所以，講述傳說中域外的部族，仍是以中原看天下的視域。漢代已經是一個大一統的國家王朝，中央集權的封建制度下，四方萬民理應皆歸其管轄，故國土內不可能出現以「國」來稱一族群的情形，故稱「民」，唯二例外的便是「君子國」和「大人國」。至於，為何僅有此二者稱「國」而不稱「民」，今日雖難以考究，但是否與〈海外西經〉中對君子國描述的「為人衣冠帶劍」這種「典範行誼」的推崇，或者是對大人國保有原始敬畏心態的「巨大崇拜」？種種原因的推論應可再議，但至少在這個以「民」作為對海外異域部族的語意詮釋之下，充分表現了漢帝國統治的政權意識。

另一方面，從〈海外經〉、〈大荒經〉與〈墜形訓〉對於海外三十六國記載方式也有所不同。在前文中，雖已經指出兩者之間對於方位敘事語境上的顯著差異，然而，二者對於陳述異域諸國的方式更是差別甚大。劉安的《淮南子》以作為政治思想的參考用書為目標，對於海外諸國的過度「幻想」顯然是不必要的，再加上到了漢代時其疆域的有效管理範圍比起戰國後期要來得擴大，相對來說人們理解周遭地域分布的測查與知識更為豐富，因此，假設劉安與其門下作者皆有見過《古本山海經》或相關散篇文獻，在資料的採取

上就勢必會有所取捨。也使得在撰寫上，謹記海外三十六國之名稱，而未敘
述各異國部族的特色與文化，甚至可說是盡量刪減不必要的神秘色彩，使〈墜
形訓〉成為符合「地理志」屬性的文本。換言之，我們藉由觀察〈墜形訓〉海
外三十六國的記述模式，可以理解劉安與其門下作者處理域外國度以及神秘
人種的思考，在相近的文本年代，所詮釋與再行運用的效益前提之下，表現
出西漢文人政治的理想和謹慎。

三、《淮南子》於昆侖聖域的政治想像

　　若簡易的比較《山》、《淮》二書中較有交集的神話類型，除了海外三十
六國之外，蓋非昆侖神話莫屬。昆侖之謎，千古以來眾說紛紜，蘇雪林教授
（1897～1999）曾言：「中國古代歷史與地理，本皆朦朧混雜，如隱一團迷霧
之中。昆侖者，亦此迷霧中事物之一者。而昆侖問題，比之其他，尤不易懂
理。」〔註41〕昆侖議題的複雜性，可見一斑。重新檢視《山海經》文本中有
關「昆侖」一詞，共計有21個語彙。在這數量眾多的昆侖詞彙裡，其敘述語
境或表現定義上更有些許的差別，其中，有以當「地標」來定位他處者、有作
「昆侖丘」或「昆侖虛」者。至於，劉安率其門客所作的《淮南子》，雖有別
於《山海經》純粹的紀錄方式，是一部為了闡釋政治思想的理念，不折不扣
的「政論書」，但提到「昆侖」者卻仍有17處之多。並且，其中亦有提到所
謂「昆侖丘」或「昆侖虛」之語彙，這在其他漢際以來的文獻裡是非常少見
的。袁珂先生在其所著的《中國神話史》中，針對《淮南子》在於神話研究上
的特殊性質做了一番評論：

> 雜家而近於道家的《淮南子》，其成書年代距《呂氏春秋》相距不遠，
> 部分內容也是取至於《呂氏春秋》的，但是《淮南子》視野廣闊，
> 搜羅近於道家思想的神話材料，相當宏富，卻遠非《呂氏春秋》可
> 比。單說〈地形訓〉所載，就有三十六國，有昆侖山的宏偉景象，
> 有禹使太章、豎亥步量大地，有禹「以息土填洪水以為名山」，有對
> 九州、八殥、八紘、八極的神話性質的解釋，等等，幾乎就是一部
> 《山海經》的縮寫。〔註42〕

拿《山海經》來與之相比，可見袁先生對《淮南子》在羅列神話素材的成果而

〔註41〕蘇雪林：《昆侖之謎‧引論》（臺北：中央文物供應社，1956年5月），頁1。
〔註42〕詳見袁珂：《中國神話史》，頁84～85。

言，是給予極高肯定的，並認為《淮南子》幾乎是《山海經》的縮寫，但與其言之「縮寫」，不如說是「延伸」及「擴大」。兩相對照之下，便發現《淮南子》於論述中大量引用的神話故事與《山海經》書中所列的神話材料雖有極為相似的輪廓，但情節的描述卻呈現歧異，在無法言明直指是否是依憑《山海經》所加以改造，還是出自於漢代既有的民間俗信或文化意識，我們從漢代畫像石的出土以及其他漢籍文獻的記載中可以理解到與《山海經》神話的情節表述是差異極大的（例如：《漢武帝內傳》、《說苑》，或是司馬相如〈大人賦〉、張衡〈思玄賦〉等等一些文學作品），因此，我們只能說單從《山海經》的內容來作為審視的依據，那種神話敘事偏向於神話原型的結構，在富有神秘思維與高度文明的漢代社會裡，除了原有普及而流傳於民間的神話傳說之外，又更添加了更具體且完整的人物形象與制度階級化，使原始神話延伸出全新的故事情節；又或者，成為宗教的源頭〔註43〕，擴大神話人物崇拜的影響力，此乃是神話仙話化的特色。

　　以「昆侖神話」為例，《山海經》於〈西山經〉、〈海內西經〉及〈大荒西經〉中都有對「昆侖世界」進行頗為具體的描述，但其神話人物的形象仍維持著洪荒時代的單純，並且，缺乏嚴謹的社會結構的意識。例如：西王母的披獸毛為衣，居處於洞穴的自然純樸，而非建造華美的宮邸。然而，於《淮南子·覽冥訓》的西王母卻是「羿請不死之藥於西王母」〔註44〕如此掌管不死藥之形象，而「請」字的語境，又透露著上下階級的關係。據此，可以輕易理解《山》、《淮》二書之間於神話人物嬗變異化的顯著差異。事實上，整個昆侖世界就是一種對「聖境」產生崇拜心理的民間意識，對天上地下生存環境的投射與嚮往。透過神話情節的描述，眾神們大都圍繞在這個聖域裡職司著他們所具有的無窮力量，以維持宇宙萬物的秩序。那麼，它們又是如何被應用在《淮南子》文本裡呢？觀察文本敘事之間的神話內容，看似彼此之間具有交疊的連結關係，卻又似乎存在著平行而互不干涉的個人詮釋現象。因此，筆者於此從描寫「昆

〔註43〕如「歲星」的觀測，原本在先秦時代主要運用於占星、兵略與國家政策上的專門學問，甚至在政治制度上亦成立相關的國家機構。然而，卻逐漸以「太歲」的虛擬星象系統，加上後漢代德刑思想、陰陽學說的盛行，從單純的「避太歲」到對太歲產生敬畏與崇拜的心態，漢代成為太歲信仰產生的關鍵時期。參見拙作〈從「歲星」到「太歲」：論漢代太歲信仰思維建構的意義〉，《古典文獻與民俗藝術集刊》第2期（臺北：國立臺北大學古典文獻與民俗藝術研究所，2013年10月），頁373～399。
〔註44〕劉文典：《淮南鴻烈集解》（北京：中華書局，1989年5月），頁217。

侖」篇幅最大的〈墜形訓〉來進行其筆下昆侖世界的觀察。〈墜形訓〉曰：

> 禹乃以息土填洪水以為名山，掘昆侖虛以下地。中有增城九重，其高萬一千里百一十四步二尺六寸。上有木禾，其修五尋，珠樹、玉樹、琔樹、不死樹在其西，沙棠、琅玕在其東，絳樹在其南，碧樹、瑤樹在其北。旁有四百四十門，門間四裏，裏間九純，純丈五尺。旁有九井玉橫，維其西北之隅，北門開以內不周之風，傾宮、旋室、縣圃、涼風、樊桐在昆侖閶闔之中，是其疏圃。疏圃之池，浸之黃水，黃水三周複其原，是謂丹水，飲之不死。河水出昆侖東北陬，貫渤海，入禹所導積石山，赤水出其東南陬，西南注南海丹澤之東。赤水之東，弱水出自窮石，至於合黎，餘波入於流沙，絕流沙南至南海。洋水出其西北陬，入於南海羽民之南。凡四水者，帝之神泉，以和百藥，以潤萬物。昆侖之丘，或上倍之，是謂涼風之山，登之而不死；或上倍之，是謂懸圃，登之乃靈，能使風雨；或上倍之，乃維上天，登之乃神，是謂太帝之居。〔註45〕

「昆侖丘」與「昆侖虛」的意義和用法是有所差異的，這在各卷完成時代不盡相同的《山海經》文本表現上是最為顯著的。而同樣的情形也出現在《淮南子》，「昆侖」、「昆侖丘」與「昆侖虛」等詞彙所呈現的表意旨趣與《山海經》的情形或有差異，甚至出現在同一篇〈墜形訓〉之中，分別是：

> ① 掘昆侖虛以下地。中有增城九重，其高萬一千里百一十四步二尺六寸。

> ② 傾宮、旋室、縣圃、涼風、樊桐在昆侖閶闔之中，是其疏圃。

> ③ 河水出昆侖東北陬，貫渤海，入禹所導積石山。

> ④ 昆侖之丘，或上倍之，是謂涼風之山，登之而不死；或上倍之，是謂懸圃，登之乃靈，能使風雨；或上倍之，乃維上天，登之乃神，是謂太帝之居。

依其文意而論，例①所言以「昆侖虛」來「下地」的最初開展，是因為大禹治水所需。不論是先用息土來填塞洪水，愈填愈高而成為一座大山（名山），後使用「昆侖虛」的土去填低窪之地（下地）；或者是依另一種解讀，將「昆侖虛」的某處整平以為地，用來「增城九重」〔註46〕，不管哪種說法，都是局

〔註45〕劉文典：《淮南鴻烈集解》，頁 132～135。

〔註46〕于大成（1934～2001）認為：「《水經·河水注》、《御覽》八百三、《事類賦注》

部的掘土，而非將崑崙山從大山掘成平地，故例②引文中的「傾宮」、「旋室」
可說是依山而建作「增城九重」時的建築物，「息土」或「崑崙虛」之土皆作
治水工程材料之用。「縣圃」、「涼風」、「樊桐」三座山又在崑崙山門裡（高誘
注：「閭闔，崑崙虛門名也。」〔註47〕）。又，例③言「河水出崑崙東北陬，
貫渤海，入禹所導積石山」是一種地景地貌的據實寫照（高誘注：「渤海，大
海也。河水自崑崙由地中行，禹導而通之，至積石山。書曰：『道河積石。』
入，猶出也。」〔註48〕），記述了黃河發源於「崑崙」東北處，流入於海。若
按照水由高處往低處流的自然規律，此言「崑崙」即為「大山」之解。因此，
這裡便透露出一個非常重要的訊息，即是——在《山海經》裡所談論的「崑
崙神話」並未有與治水、洪水等背景作緊密連結的情節敘述，然而卻在《淮
南子》中與大禹治水神話重組，成為一個更具體的崑崙聖域的地貌形象。《山
海經》裡的崑崙敘事當然並非完整而是散亂、片段的書寫方式進行陳述，所
呈現的內容幾乎是單純的環境介紹，例如崑崙在哪裡？在那個方位？物產有
哪些？上面住了哪些神人異獸？圍繞崑崙區域的又有哪些地景地貌？種種諸
說，表現出以崑崙作為「地標」的撰寫角度。即便如〈海外北經〉中敘述的
「相柳神話」（或〈大荒北經〉所言的「相繇」）與象徵著上古時代聖人治水的
想像有關，事實上，也並非與崑崙神話產生直接且密切的關連性。〔註49〕相
較之下，《淮南子》將治水與崑崙在敘述上的刻意連結，是像《山海經》那樣

九、《天中記》八、《淵鑑類函》二十七引『以』下並有『為』字，是也。『禹
乃以息土填洪水以為名山，掘崑崙虛（昆侖虛）以為下地』，二句相對，謂填
水以為山，平山以為地也。下句云『中有增城九重』，謂崑崙丘中有之耳，非
謂掘地而見之于地下也。」轉引自張雙棣：《淮南子校釋》（北京：北京大學
出版社，2013 年 1 月），頁 452。

〔註47〕劉文典：《淮南鴻烈集解》，頁 133～134。

〔註48〕劉文典：《淮南鴻烈集解》，頁 134。

〔註49〕筆者以為，原《山海經·海外北經》曰：「共工之臣曰相柳氏，九首，以食于
九山。相柳之所抵，厥為澤谿。禹殺相柳，其血腥，不可以樹五穀種。禹厥
之，三仞三沮，乃以為眾帝之臺。在昆侖之北，柔利之東。相柳者，九首人
面，蛇身而青。不敢北射，畏共工之臺。臺在其東，臺四方，隅有一蛇，虎
色，首衝南方。」引文中所言的「在昆侖之北，柔利之東」是一種方位說明
的語境模式。從敘事的角度來觀察，方位語境言「昆侖以北」而非「在昆侖
北」，在語意上表示超過昆侖的範圍，換言之，「相柳神話」就不是發生在昆
侖內。因此，〈海外北經〉以大禹斬殺相柳氏來表現治理洪水的神話情節過程
中，確實無昆侖出場的機會，故言其僅是「地標」的語境功能，其論理在此。
清·郝懿行：《山海經箋疏》。

純粹的紀實性質所不及的。

再者，從文中所言：「中有增城九重，其高萬一千里百一十四步二尺六寸」亦可得知這裡講述的「昆侖虛」便是指「昆侖山」，高度超過「萬一千里」的數字表現了「增城」所在的「虛」具體的山勢樣貌（能在高山上再建造一層又一層高萬一千里之多的城池，可見漢人心中昆侖山是深不可窮見，高難以攀行的高山），而在此昆侖山中亦設有九層的城池，與該後文例②敘述的「四百四十門，門間四裏，裡閒九純，純丈五尺」、「有九井玉橫」、「傾宮」、「疏圃」等等具體的建築造設描述，層層疊疊的形象間，展現雄偉壯麗而高不可攀的聖境世界。如此美輪美奐的宮殿城池，甚至比人間帝王的宮廷居所更為華美，顯然昆侖的「增城九重」是唯有天帝神人才可以前往居住之聖境。對比在〈海內西經〉提到「開明獸」時稱「昆侖之虛」為「方八百里，高萬仞。上有木禾，長五尋，大五圍。面有九井，以玉為檻。面有九門，門有開明獸守之，百神之所在」〔註50〕「陸吾」與「開明獸」是否為同一位神獸，雖仍有歧異，但卻可明顯看到《山海經》的昆侖世界有建築設施，但並無像《淮南子》那般對華美建築的想像。換言之，《淮南子》對昆侖環境的想像，比起《山海經》的描述，可說是更添加了時代背景下文明的進步（建築工藝的審美與複雜），以及隱約間流露出具有層次性的社會階級意識。

至於例④之引文，更可展現出昆侖在《淮南子》的特色。「昆侖之丘，或上倍之，是謂涼風之山，登之而不死。」高誘注「倍」字云：「假令高萬里，倍之二萬里」〔註51〕認為從昆侖山再往上登高一倍，就可以到涼風之山這個地方，並且，到達此處即可成為不死之人。然而，清代學者孫詒讓（1848～1908）卻有不同看法：

> 「倍」之為言乘也，登也。「或」者，又也。或上倍之，謂又登其上也。《莊子・逍遙遊》云：「故九萬里，則風斯在下矣，而後乃今培風。」此「倍」與《莊子》之「培」義正同。《莊子釋文》云：「培，重也。本或作陪。」「倍、培、陪」字並通。高訓倍為加倍，陸訓培為重，皆未得其義。〔註52〕

筆者在此提出孫詒讓之見，目的是為了對比出西漢初期《淮南子》言「或上

〔註50〕清・郝懿行：《山海經箋疏》。
〔註51〕劉文典：《淮南鴻烈集解》，頁135。
〔註52〕轉引自張雙棣：《淮南子校釋》，頁459。

倍之」語意下的隱性意涵。高氏釋「倍」為「倍數」；孫氏將「倍」釋為乘，並言乘即為「登」之意，可見二人對於「或上倍之」有很大的歧異。顯然，高氏的解讀「強調」了具體登山的距離；反之，孫氏的解讀則「模糊」了具體前往的模式。東漢至清末前後差距了近兩千年，清代晚期可稱得上是進入近現代的社會，在一般學者具有高度文明化和對世界認識的前見之下，大都可以理解那所謂的城池高度「其高萬一千里百一十四步二尺六寸」是很難存在於這個世界上的高度，更何況之後還要歷經「數倍的登之」？當然，在神話思維裡，人民想像之無窮，即便可以理解古人的思考模式，卻也知那是遙不可及的夢。因此，或許「多少距離」已不是該聚焦的面向，知道昆侖山有其他的層次與場域，進入該地唯有以「乘風」之姿，才能到達神仙所居的聖境。簡而言之，能到達的人，本身可能已是得道成仙者，故昆侖更能擔得上聖域仙境之名。若以此反觀高誘「倍數」之說，無疑展現了漢人「成仙」的欲求和想妄。依《淮南子‧墜形訓》的記載，稱「高萬一千里百一十四步二尺六寸」是具象的高度指示，那麼高誘以「倍數」來解讀整篇充滿著數字內容（步數、距離等測量數字，以及象徵意涵的數字，如四方五行等等）的〈墜形訓〉應是合宜的。因此，我們從高氏的眼界裡，可以觀察到西漢初期〈墜形訓〉作者的思考面向。具體的距離陳述表示了凡人或有可能透過「修行」的階段，一步步地朝向成仙的目標。

　　此外，原本在〈五藏山經〉所記載的昆侖世界便是一處物產富饒、神人與珍禽異獸混居的世界，甚至在〈西山經〉中就清楚說明了「昆侖之丘，是實惟帝之下都」〔註53〕，並於此地有虎身九尾名叫「陸吾」（或開明獸）的神來管理，甚至還掌控著下都花園的時節，儼然是一位大城管。然而，在《淮南子》所記的神話裡，並未有陸吾的蹤跡，取而代之的是具體詳述天帝下都昆侖的硬體設施。「下都」是天帝遊歷人間時於下界的居所，作者是由天上下至人間的筆觸描述，勾起人民對昆侖聖境的美好，而昆侖似乎不是那麼遙不可及的地方。可是對比昆侖在《山海經》裡的「帝之下都」的說法，《淮南子》是一層一層地由下往上晉升的說法，展現二者思考上的落差。顯然對於人類而言，「向上登之」昇仙、昇天的不易，卻也流露出漢時人民對仙境聖域的追求，而《山海經》就如同說故事一樣，僅是單純陳述一個架空的世界。換言之，可以說昆侖在《淮南子》的詮釋下，呈現有如湯瑪斯‧摩爾（Sir Thomas

---

〔註53〕清‧郝懿行：《山海經箋疏》。

More，1478～1535）筆下「烏托邦」的理想國度，像這樣天上人間的互相投射與寄託，無疑也是展現出《淮南子》作者們將理想政治寄託到昆侖世界的冀求吧！

四、西王母與羿：昆侖神話人物於《淮南子》的當代詮釋

不若古代歐洲神話人物於個性、喜好上那般的鉅細靡遺，中國神話人物往往面目難辨，特別是在《山海經》文本裡，有許多珍禽異獸、植物、地理景觀，以及黃帝、堯、舜、禹、羿、西王母等等著名的古代聖王賢者之神話人物與其所構成的神話事件，那種人物與人物之間的關係更顯得撲朔迷離。這當中或多或少都與昆侖產生關連性，最為顯著的例子便是西王母與羿。事實上，在《山海經》文本中，「昆侖」可說是最重要且具有神聖象徵的一座山，在上述的神話人物之中，亦不少與昆侖有關係者，由於這些神話人物背後分別帶有幾個的重要的象徵寓意，如管理、維持、生死和傳承，那是將昆侖視為那種西方淨土的聖域概念，也是神人異獸展現神蹟行誼最適合的場所。更何況到了漢初，加入了信仰與崇拜的民間意識更強化了昆侖神人的存在價值，使得我們在《淮南子》看到的這些神話人物與昆侖更顯得密不可分了。

觀察西王母和羿於《山海經》神話裡所展現的姿態，不約而同與昆侖產生了關連。而承接先秦思維影響的漢代，又是如何看待這些神話人物？漢初《淮南子》又是如何進行詮釋與宣說？我們可從《山》、《淮》二書的神話敘述，釐清故事情節描繪的重心與作者的影射思考。

（一）西王母：漢人探求生命「實」與「質」的理想情懷

西王母可以說在《山海經》裡是最直接能跟昆侖做連結的一位神話人物。除〈西山經〉記述的「玉山，是西王母所居也」〔註54〕之外，其餘如〈海內西經〉、〈大荒西經〉都是直指西王母居所為昆侖。至於，劉安編纂的《淮南子》，以目前所同行的版本中關於西王母的記載僅有三處，分述如下：

（1）〈墬形訓〉：西王母在流沙之瀕。〔註55〕

（2）〈覽冥訓〉：西老折勝，黃神嘯吟。〔註56〕

〔註54〕清・郝懿行：《山海經箋疏》。

〔註55〕劉文典：《淮南鴻烈集解》，頁149。

〔註56〕劉文典：《淮南鴻烈集解》，頁211。

（3）〈覽冥訓〉：譬若羿請不死之藥於西王母，姮娥竊以奔月，悵
　　然有喪，無以續之。何則？不知不死之藥所由生也。〔註57〕

首先，在例（1）中有著許多不確定性的指涉，是因為這裡的「西王母」可能是地名、人名，甚至可能為一部族、一國家之稱，文中僅表示它的位置，並未有所謂的神話情節的敘述。事實上，戰國至西漢時期，對於西王母的說法本非僅表示神人者，如《荀子·大略》曰：「禹學於西王國」〔註58〕；西漢劉向作《新序》亦稱：「禹學乎西王國」〔註59〕再再表示了西王母作為一國族的可能性（當然，國名稱「西王國」，其統治者稱「西王母」者是不足為奇的）。然而，例（1）的記述，也僅能說明在《淮南子》的書寫視域裡，它具有現實世界的可能存在。再如例（2）所述，「西老折勝，黃神嘯吟」是以排比的語境方式闡述，則表達了主語中「西老」對應「黃神」；「折勝」對應「嘯吟」的動作情況。高誘注曰：「西王母折其頭上所戴勝，為時無法度。黃帝之神傷道之衰，故嘯吟而長嘆。」〔註60〕〈覽冥訓〉引西王母與黃帝對於夏桀以後正道的不彰，秩序混亂，道德淪喪，即使是至高無上的神，也只能哀傷興嘆。作者在這裡將西王母與黃帝並列，似乎成了執掌天地秩序與法度的神祇。

如果說例（2）的西王母，是透過文人為了闡述自己的思想，而創作了這個「折勝」情節，屬於文學的改造與詮釋；那麼，例（3）開頭說的「譬若」二字，則代表了後面所談的是一則故事或事件。我們可以說「羿請不死之藥於西王母，姮娥竊以奔月」應該是《淮南子》中最為完整的西王母神話情節了。從后羿「請求」不死藥這件事觀察，西王母地位尊於英雄后羿，並且還掌管了不死藥。期間的變化甚大，除了人物形象不同外，還包含了掌管生死的神力，這其中應該是包含了俗信思維的演變。或許，單就《山海經》與《淮南子》二書對於西王母故事類型的差異來論，仍是無法一言以蔽之的斷定二者的解讀理路，但或許從一些文獻資料中可以釐清神話產生變異的一些訊息。首先，《淮南子》並非是最早將西王母與不死藥做連結的書籍。1993 年 3 月，在湖北省江陵王家台 15 號秦墓中出土了秦簡《歸藏》，其中的〈歸妹〉卦辭

〔註57〕劉文典：《淮南鴻烈集解》，頁 217。
〔註58〕清·王先謙：《荀子集解》（北京：中華書局，1988 年 9 月），頁 489。
〔註59〕西漢·劉向撰，陳茂仁校正：《新序校正》（臺北：花木蘭文化出版社，2007
　　　　年 9 月），頁 309。
〔註60〕劉文典：《淮南鴻烈集解》，頁 211。

為：「昔者恆我竊毋死之□……奔月而支占……。」〔註61〕「恆我」，即姮娥（嫦娥），雖是斷簡殘篇，但還是很明顯可以看到「嫦娥竊不死之藥而奔月」的情節。對照唐·李善注《文選·祭顏光祿文》時引《歸藏》曰：「昔常娥以西王母不死之藥服之，遂奔月，為月精。」〔註62〕的情節大致符合。李善（630～689）是唐高宗時期的學者，他所引的傳世文獻《歸藏》顯然與近年出土的秦簡《歸藏》仍有些許不同之處，雖然都談到嫦娥偷竊不死藥及奔月的情節，但在李善的引述上又多了成為月神（月仙）的頭銜，這表現了至少在唐代所見到的《歸藏》傳本或輯本，是具有仙話宗教色彩的。再者，據王明欽於〈王家台秦墓竹簡概述〉中對秦簡《歸藏》的考察：「王家台秦簡使用的文字分為三種。《歸藏》形體最古，接近楚簡文字，應為戰國末年的抄本。」〔註63〕是以，透過嫦娥這個角色為媒介，早在戰國後期就有將西王母與不死藥連結一起的神話思維。因此，之後的《漢書》的〈哀帝紀〉載有「民又會聚祠西王母」〔註64〕、〈天文志〉稱「傳行詔籌祠西王母」〔註65〕、〈五行志〉更有「歌舞祠西王母」〔註66〕等記載，可見在西漢中後期祭祀崇拜西王母的宗教活動是非常盛行的。東漢時，趙曄（生卒年不詳）於《吳越春秋》曰：「（越王勾踐）乃行第一術，立東郊以祭陽，名曰東皇公，立西郊以祭陰，名曰西王母。」〔註67〕更加強了西王母信仰體系的完整，何況西王母亦大量出現在漢代畫像石中，顯見其俗信於漢際社會的重要。

依此，就《淮南子·覽冥訓》所言的西王母（例（3））提到了「悵然有喪，無以續之」展現了劉安與其作者群欲利用此則神話表達的思想觀。按〈要略〉所示，創作〈覽冥訓〉的宗旨為：

〈覽冥〉者，所以言至精之通九天也，至微之淪無形也，純粹之入至清也，昭昭之通冥冥也。乃始攬物引類，覽取橋掜，浸想宵類，

〔註61〕王明欽：〈王家台秦墓竹簡概述〉，收入於艾蘭、邢文編，《新出簡帛研究》（北京：文物出版社，2004年12月），頁32。
〔註62〕南朝梁·蕭統，唐·李善注：《文選》第6冊（上海：上海古籍出版社，1986年8月），頁2609。
〔註63〕王明欽：〈王家台秦墓竹簡概述〉，《新出簡帛研究》，頁28。
〔註64〕東漢·班固，唐·顏師古注：《漢書·哀帝紀》，頁342。
〔註65〕東漢·班固，唐·顏師古注：《漢書·天文志》，頁1312。
〔註66〕東漢·班固，唐·顏師古注：《漢書·五行志》，頁1476。
〔註67〕東漢·趙曄，張覺校注：《吳越春秋校注》（湖南：岳麓書社，2006年4月），頁230。

> 物之可以喻意象形者，乃以穿通窒滯，決瀆壅塞，引人之意，系之
> 無極，乃以明物類之感，同氣之應，陰陽之合，形埒之朕，所以令
> 人遠觀博見者也。〔註68〕

藉由觀察與理解宇宙萬物幽冥的變化，探討原難以盡知、難以盡見的視域之
下，透過心領神會的達觀，去詮釋宇宙間人與人、物與物，以及物與人之間
的微妙關係，特別是去理解事物的本源。因此，作者將家喻戶曉的嫦娥奔月
神話的「竊藥」單元情節，投射出不知本源的無助立場，猶如后羿因不知道
不死藥的根源，所以才會在失去後便悵然失措。那麼，西王母不死藥的根源
何在？在〈墬形訓〉即有明言「丹水，飲之不死」〔註69〕若后羿能知道不死
藥的作法與材料，就如同知道萬事萬物的純粹，又何需要依賴他人才能得道
成仙呢？《淮南子・覽冥訓》讓西王母神話與人生哲理產生聯繫，其用意也
是藉漢代人對生命的留戀，來闡釋萬物生命本源的議題（如文本中亦提到黃
河之水永不枯竭的原因，來自於昆崙山上的雪水等等作為論述的比喻）。總的
來說，由於黃老之學、讖緯學的盛行，讓得道成仙的嚮往化為全民的文化意
識。漢人對生命不死的追求，讓本來就在戰國後期的西王母與不死藥合併形
象，到了漢代正好迎合俗信所需，西王母的信仰崇拜因此達到顛峰。從《淮
南子》中所記述的西王母形象雖不多，但卻仍易於發現西王母神話於漢代所
代表的就是重視長壽、渴求生命的永生，以及羨慕達到成仙修道後遨遊各界
那般地自適自在。

（二）羿：完美人生哲學的理想追求

「羿」，或又稱「大羿」。《荀子・儒教篇》中說：「羿者，天下之善射者
也。」〔註70〕是一位家喻戶曉的古代射日英雄，縱使其人虛構與否、生活年
代不詳，且神話色彩濃厚，但在古代史學家眼裡，仍多視羿為唐堯時代的人
物。然而，上古史裡的「羿」有二人，除了剛前文所說的射十日英雄外，另一
位是夏朝的有窮氏，為東夷部落首領，即是「后羿」，亦稱「夷羿」〔註71〕，

〔註68〕劉文典：《淮南鴻烈集解》，頁702。
〔註69〕劉文典：《淮南鴻烈集解》，頁134。
〔註70〕清・王先謙：《荀子集解》，頁137。
〔註71〕如《左傳》稱其為「夷羿」。《左傳・襄公四年》：「昔有夏之方衰也，后羿自
　　　鉏遷于窮石，因夏民以代夏政，恃其射也，不脩民事，而淫于原獸，棄武羅，
　　　伯困，熊髡，尨圉，而用寒浞，寒浞，伯明氏之讒子弟也，伯明后寒棄之，
　　　夷羿收之，信而使之，以為己相。」參見楊伯峻：《春秋左傳注》（北京：中

也就是夏朝「后羿代夏」，使得「太康失國」，最後造就「少康中興」古史事件
的諸侯王。不論是射日的大羿，還是篡夏的后羿，皆是善射之人。或許也是
先秦文獻記載裡大多未刻意區分出射日的羿和身為族群領袖后羿之原因，讓
二者故事於流傳上常有混同不明的情況發生。《史記·夏本紀》正義引《帝王
世紀》釋云：「帝羿有窮氏，未聞其先何姓。帝嚳以上，世掌射正。至嚳賜以
彤弓素矢，封之於鉏，為帝司射，歷虞、夏。羿學射於吉甫，其臂長，故以善
射聞。」〔註72〕這裡似乎可以看出羿為古代「射正」，該族子弟經累數代皆承
其業，後受帝嚳賜弓等物，歷時堯舜禹三代，故至夏代為有窮氏的后羿。由
西晉·皇甫謐（215～282）撰寫的《帝王世紀》似乎以此番故事的說法來為羿
與后羿於時間上的混亂或混同提出解決的方法。但至今民間神話傳說中仍將
兩個人物作同等視之，最顯著的例子便是射日的傳說通稱「后羿射日」。今本
《山海經》雖未記述有關「后羿射日」的神話，但在唐代道士成玄英（約601
～690）撰的《莊子疏》解〈秋水〉篇中，引《山海經》佚文曰：「羿射九日，
落為沃焦。」〔註73〕便見「射日神話」的情節。在無法判定該文是否真的出
於《山海經》的前提下，其他有關描述羿神話的文例在《山海經》中仍存有數
則，並且皆與昆侖有所關連性，分述如下：

（1）羿與鑿齒戰於壽華之野，羿射殺之。在昆侖虛東。羿持弓矢，
　　　鑿齒持盾。一曰戈。〈海外南經〉〔註74〕

（2）海內昆侖之虛，在西北，帝之下都。昆侖之虛，方八百里，高
　　　萬仞。上有木禾，長五尋，大五圍。面有九井，以玉為檻。面
　　　有九門，門有開明獸守之，百神之所在。在八隅之巖，赤水之
　　　際，非仁羿莫能上岡之巖。〈海內西經〉〔註75〕

（3）帝俊賜羿彤弓素矰，以扶下國，羿是始去恤下地之百艱。〈海
　　　內經〉〔註76〕

　　觀察《山海經》所記述的羿神話情節，相較之下，后羿與昆侖的關係並

　　　　　華書局，1990年5月2版），頁636～637。
〔註72〕〔日本〕瀧川龜太郎著：《史記會注考證》，頁47。
〔註73〕晉·郭象注，唐·成玄英疏：《莊子注疏》（北京：中華書局，2011年1月），
　　　　　頁306。
〔註74〕清·郝懿行：《山海經箋疏》。
〔註75〕清·郝懿行：《山海經箋疏》。
〔註76〕清·郝懿行：《山海經箋疏》。

非如西王母那般直接定居於昆侖，而是需要某些條件才能構成二者之間的關連：一是「征戰的英雄」，如例（1）中〈海外南經〉所載的「羿與鑿齒戰於壽華之野，羿射殺之。在昆侖虛東」；二是「仁人賢者」，如例（2）的〈海內西經〉在說明昆侖虛為百神之所在時，以「非仁羿莫能上岡之巖」來舉稱要有像后羿這樣仁義賢德之士，才能上昆侖聖域，呈現出《山海經》的后羿乃為不凡之神話人物。對照前文所述的西王母形象，我們或可以理解昆侖的神聖性於《山海經》文本裡的西王母與后羿之人物特質是有所差異的，前者於《山海經》雖稱為「如人」或「有人」，但其獸化的姿態（虎齒、豹尾），且可使役三足鳥（三青鳥）而取食，甚至司天厲及五殘的凶神形象，都再再顯示非凡人的形象；而後者仍是以人類之姿，經過歷練（除惡者）才可登昆侖的敘事結果。即使是例（3）雖未以直接指稱后羿與昆侖的關連性，但「以扶下國」以及「羿是始去恤下地之百艱」的敘述，說明了羿接受了扶助「下方」百姓的任務，「下方」的相對即是帝俊所待的「上方」，上與下之間語意，似乎也展現了天上與人間的神話思維。值得注意的是，例（3）〈海內經〉的「帝俊賜羿彤弓素矰」與《帝王世紀》所言的「至嚳賜以彤弓素矢」的情節極為類似，由於《山海經・海內經》被後來學者推論可能遲至晉代才竄入（參見前章），時間點與西晉學者皇甫謐的《帝王世紀》頗為接近，似乎也展現了當時人對於「羿」神話中「贈劍」、「以善射為官」、「除民害」等英雄形象有著共同的文化意識和想像。

　　而「羿」在《淮南子》文本中更是大量出現。從其故事中，除了〈覽冥訓〉看得出與昆侖之間的聯繫處之外，其他反而多針對其「擅射」的特色，搓揉進論理之中。甚至，也有羿與后羿的說法也呈現出混同的情況，筆者列舉〈淮南子〉中談到「羿」的文句，分述如下：

　　　　（1）射鳥者扞烏號之弓，彎棋衛之箭，重之羿、逢蒙〔註77〕子之巧，以要飛鳥，猶不能與羅者競多。（〈原道訓〉）〔註78〕

　　　　（2）渾渾蒼蒼，純樸未散，旁薄為一，而萬物大優，是故雖有羿之知而無所用之。（〈俶真訓〉）〔註79〕

〔註77〕羿之弟子。亦稱「蠭門」，早在《孟子・離婁下》：「逢蒙學射於羿。盡羿之道，思天下惟羿為愈己，於是殺羿。」已有所記。見南宋・朱熹：〈孟子・離婁下〉，《四書章句集注》（北京：中華書局，1983 年 10 月），頁 298。
〔註78〕劉文典：《淮南鴻烈集解》，頁 12～13。
〔註79〕劉文典：《淮南鴻烈集解》，頁 64。

（3）譬若羿請不死之藥於西王母，姮娥竊以奔月，悵然有喪，無
　　　以續之。（〈覽冥訓〉）〔註80〕

（4）逮至堯之時，十日並出，焦禾稼，殺草木，而民無所食。猰
　　　貐、鑿齒、九嬰、大風、封豨、修蛇皆為民害。堯乃使羿誅鑿
　　　齒于疇華之野，殺九嬰于凶水之上，繳大風於青丘之澤，上射
　　　十日而下殺猰貐，斷修蛇於洞庭，禽封豨于桑林，萬民皆喜，
　　　置堯以為天子。（〈本經訓〉）〔註81〕

（5）昔者馮夷得道，以潛大川；鉗且〔註82〕得道，以處昆侖。扁鵲
　　　以治病，造父以御馬；羿以之射，倕以之斲。所為者各異，而所
　　　道者一也。夫稟道以通物者，無以相非也。（〈齊俗訓〉）〔註83〕

（6）故炎帝於火，而死為灶；禹勞天下，而死為社；后稷作稼穡，
　　　而死為稷；羿除天下之害，死而為宗布。此鬼神之所以立。
　　　（〈氾論訓〉）〔註84〕

（7）故聖人掩明于不形，藏跡于無為。王子慶忌死於劍，羿死於桃
　　　棓，子路菹于衛，蘇秦死於口。（〈詮言訓〉）〔註85〕

（8）故四馬不調，造父不能以致遠；弓矢不調，羿不能以必中；君
　　　臣乘心，則孫子不能以應敵。是故內修其政，以積其德。（〈兵
　　　略訓〉）〔註86〕

（9）巧者善度，知者善豫。羿死桃部，不給射；慶忌死劍鋒，不給
　　　搏。（〈說山訓〉）〔註87〕

（10）終日之言，必有聖之事；百發之中，必有羿、逢蒙之巧。
　　　　（〈說林訓〉）〔註88〕

〔註80〕劉文典：《淮南鴻烈集解》，頁 217。
〔註81〕劉文典：《淮南鴻烈集解》，頁 254～255。
〔註82〕古時善御馬駕車的人。見《淮南子‧覽冥訓》曰：「若夫鉗且、大丙之御，除
　　　　轡銜，去鞭棄策，車莫動而自舉，馬莫使而自走也」。去除鞭策和枷鎖，亦能
　　　　使車和馬自走。劉文典，《淮南鴻烈集解》，頁 204。
〔註83〕劉文典：《淮南鴻烈集解》，頁 362。
〔註84〕劉文典：《淮南鴻烈集解》，頁 460～461。
〔註85〕劉文典：《淮南鴻烈集解》，頁 464。
〔註86〕劉文典：《淮南鴻烈集解》，頁 513。
〔註87〕劉文典：《淮南鴻烈集解》，頁 536。
〔註88〕劉文典：《淮南鴻烈集解》，頁 561。

（11）出林者不得直道，行者不得履繩。羿之所以射遠中微者，非
　　　弓矢也；造父之所以追速致遠者，非轡銜也。（〈說林訓〉）
〔註89〕

（12）若夫堯眉八彩，九竅通洞，而公正無私，一言而萬民齊；舜
　　　二瞳子，是謂重明，作事成法，出言成章；禹耳參漏，是謂
　　　大通，興利除害，疏河決江；文王四乳，是謂大仁，天下所
　　　歸，百姓所親；皋陶馬喙，是謂至信，決獄明白，察於人
　　　情；禹生於石；契生於卵；史皇產而能書；羿左臂修而善射。
　　　若此九賢者，千歲而一出，猶繼踵而生。今無五聖之天奉，
　　　四俊之才難，欲棄學而循性，是謂猶釋船欲蹍水也。（〈脩務
　　　訓〉）〔註90〕

《淮南子》全書有關論及「羿」事蹟者，多達12處，並散見於各篇。除前文
〈覽冥訓〉之外，還有〈原道訓〉、〈俶真訓〉、〈本經訓〉、〈齊俗訓〉、〈氾論
訓〉、〈詮言訓〉、〈兵略訓〉、〈說山訓〉、〈說林訓〉和〈脩務訓〉諸篇。然而，
其中真正載錄較為完整的神話情節者，嚴格說起來僅有例（3）、例（4）、例
（6）。其餘文例，都是利用羿的神話人物特質來藉以象徵所論之事。當然，
不論是《淮南子》所撰的神話本身，或是引用立說，都是一種詮釋視域。據
此，若按其寓意而分，大致可得以下闡釋方向：

1. 以「羿之擅射」代稱天賦異稟者

例（1）、例（2）的「羿之知」（「知」即「智，」意即：「智巧」，擅射箭
之巧）、例（5）、例（10）、例（11）與例（12）皆言羿的擅射之巧，這是普遍
大眾對羿的共同印象與理解。在這些引文中，大多言神話中堯時射十日的大
羿，當然也有指涉模糊者。譬如：例（1）所舉的「羿」與「逢蒙」當是神話
中堯時射日的羿，並非有窮的后羿。高誘雖注曰：「羿，古諸侯有窮之君也。
逢蒙，羿弟子。皆攻射而百發百中，故曰之『巧』。」〔註91〕但倘若為逢蒙則
為神話傳說裡的堯時人物，與有窮夷羿相對的應該是其叛臣寒浞；又如例（5）
所言「羿以之射」，則難以釐清所指何人。但無論如何，以擅射的形象作為「羿」
的人物投射，加上原神話文本僅稱的「善於射箭」，未曾言師事何人，是以直

〔註89〕劉文典：《淮南鴻烈集解》，頁565。
〔註90〕劉文典：《淮南鴻烈集解》，頁641～642。
〔註91〕劉文典：《淮南鴻烈集解》，頁13。

接與天賦作連結；又，擅射者，則為善武者，與「英雄」同作聯想，這或許是先民思考歷程中必然的成因與詮釋結果。

2. 以「羿之英勇」作為除奸邪者

例（4）與例（6）皆是講述了羿除天下大害之事。這也是相較於各篇記載羿神話情節較為詳細的段落。特別是在例（4）中所記述的神話故事結構頗為完整，包含：

A.「事件時間」→至堯之時

B.「事件起因」→十日並出、大地焦化、民無以為食、惡獸蠭出

C.「執行任務」→殺惡獸、射十日

D.「完成結果」→百姓歡喜、讓堯當了統治者

而這個英雄冒險歷程，也成就了羿對於後人最深刻的形象。這則記載於〈本經訓〉的羿神話，雖敘事架構井然有序，但卻在此處出現了一個較難以理解且不具邏輯的情節發展，除百害惡獸、射十日的英雄為羿，可是為何百姓卻推舉堯當了天子來治理國家？過去曾有學者認為，羿作為堯的部下，即便是建有卓越功績，但在統治階級意識逐漸高漲與王政思想蔚為風潮的社會，也被整合進聖王的偉業中，即使羿贏得了後人的尊重，但他的地位是不可能與堯相提並論的。〔註92〕當然，這種看法是有其值得思考之處，但筆者在此提出另一種可能性，這得要從東漢學者王充於《論衡・說日》中得到提示：

（1）禹、貢（益）《山海經》言：「日有十。在海外。東方有湯谷，上有扶桑，十日浴沐水中；有大木，九日居下枝，一日居上枝。」《淮南書》又言：「燭十日。堯時十日並出，萬物焦枯，堯上射十日。」以故不並一日見也。〔註93〕

簡單來說，《論衡・說日》引述《淮南子》陳述「射十日」的說法指出，堯的時候十個太陽同時升起，萬物被十日的炎熱而焦枯，使得堯朝天空射下十日，因此十個太陽便不會在同一天同時出現。王充引《淮南子》說法的目的是為了藉此展開駁斥古人十日說之虛妄，然而，卻也讓我們發現在《淮南

〔註92〕相關說法，參見黃悦：《神話敘事與集體記憶：《淮南子》的文化闡釋》（廣州：南方日報出版社，2010年8月），頁147。

〔註93〕東漢・王充撰，黃暉校釋：《論衡校釋》（北京：中華書局，2009年2月），頁507～509。

子》文本裡，本應記載著由「堯射十日」的說法，已不見載於今本《淮南子》〔註94〕，可能是《淮南子》的佚文，又可能是王充對《淮南子》原典的錯忘。假使我們採信王充所見，那麼例（4）〈本經訓〉所記載的神話情節便可通了。換言之，「射日」與「除怪」的英雄事蹟在漢代也可以理解成是「堯」的功績，而不是受堯委任的「羿」，所以百姓才會擁戴堯，推舉為帝。暫且放下「堯／羿」這個關於「射日神話」難以找出真相的問題意識，僅專注於〈本經訓〉引述這則「羿射十日」典故，用意為何？又如何解釋它呢？

　　〈本經訓〉的全篇要旨在於推求本源之道，以達成理想社會的建構準則。並且，透過回顧古今不同階段的社會型態及政治情況去進行比對，論述作者心中最完備的政治思想。因此，在文中作者先闡發「世無災害，雖神無所施其德，上下和輯，雖賢無所立其功」〔註95〕的觀點，認為如果世上都沒有災害發生，即使是神也無表現德澤的機會；如果上下和睦團結，那麼再如何賢能的人也無法建立起功業。換言之，在《淮南子・本經訓》作者的詮釋之下，引用「羿射十日」中堯的豐功偉業，來證明「有聖賢名聲者，必定曾遭逢亂世的禍患」的思考，也就是將《山海經》佚文「羿射九日，落為沃焦」的神話原型，在這裡的記載轉化成由「堯」（賢德者）主動地派遣部下羿（英雄）去射日，因此，不但堯與羿皆博得美名，更展現了上下階級的關係，並從中透露出儒、道人格與政治理想，即——內持聖人之德，外施王者之政的「內聖外王」最終的期待。最後，像大羿這樣的英雄，在世無法超越堯的地位，死後如例（6）所言：「羿除天下之害，死而為宗布。此鬼神之所以立。」所以，先尊大羿死後晉升為神，然後民眾用這種祭祀的方式來表示不忘他的功德，似乎也是在一種補償心態下，給予這位射日英雄的神話情節裡最美好的結局。

3. 以「羿之失」戒喻人事者

　　當然，看待事情有正向鼓舞，亦有反面教材。誠如前文西王母處已提及的例（3）〈覽冥訓〉之說：「譬若羿請不死之藥於西王母，姮娥竊以奔月，悵然有喪，無以續之。」投射出后羿因不知不死藥的本源，故在失去後不知所措而頹然，作者闡揚為人以盡量去理解宇宙萬物的真理，甚至可突破時間與

〔註94〕如《淮南子・俶真訓》另有云：「爛十日而使風雨」，但卻未提及「堯射日」
　　　　或「禹射日」的情節。見劉文典：《淮南鴻烈集解》，頁61。
〔註95〕劉文典：《淮南鴻烈集解》，頁253。

空間的限制，不受外在環境的不識和混淆。在這種道家「認識論」的前見之下，作者把焦點關注在即便接受百姓推崇的射日英雄，面對人事的無奈，最終轉化為悲劇人物，以此勸戒讀者能探求人、事、物之間的變化的關鍵。這樣的神話詮釋，顯然是深受道家老生常談的哲學思想所影響。在道家學者的視域裡，宇宙萬物的本體、本源稱之為「道」，它亦是宇宙萬物得以運行的原理和依歸。羿的「悵然有喪」便是來自於不識事物的本源，《淮南子》作者頗生動的描繪羿的失落形象，強調知始之重要，更據此延伸出為人臨事不應依賴他人，而是要靠自己得到解決事物的能力。此外，〈覽冥訓〉的這則神話中透過了「羿請不死之藥於西王母」這一神話情節與西王母產生關連性，間接的也與昆侖世界連接了。這裡的「羿」表現出十足的人性，並且從文中「求」字可以看出，這位射日英雄卻渴望藉由不死之藥，達到成仙的目的。除了受到秦漢時代神仙思想於民間意識的投射之外，那種在《山海經》裡「非仁羿莫能上岡之巖」以及「以扶下國，羿是始去恤下地之百艱」的可能「神性」，在《淮南子》中這樣的「神性」反而被劃分出來，歸於聖王的臣屬，甚至有了凡人情緒的刻畫，再再顯示出單純的神話被挹注了君權思想後，如實呈現當時走入社會秩序與階層化的景況。

最後，例（7）〈詮言訓〉與例（9）〈說山訓〉都是說同一個故事。所謂「羿死於桃棓」、「羿死桃部」皆指涉的並非前文談到的堯時大羿（射日之羿），而是夏代后羿（夷羿）。相傳后羿為夏代有窮國之君，雖竄夏朝，卻因喜射獵而不理會朝政，為弟子逢蒙以桃木杖所擊殺，故例（9）〈說山訓〉曰：「不給射」，意即后羿被突襲而來不及引弓禦敵。因此，依其典故奉勸世人要學習聖人之道，將自己的聰明才智隱藏在無形之中，使外人無法窺探自己的形跡與想法。並且，要善於預測事件的未來，發其端，則可防範於最初，才能避免讓事情的發展達到無法挽回的地步。

綜觀「羿」神話在《淮南子》中的呈現，仍是為了闡述作者哲學和政治思想而存在的。神話是早期人類社會具有神聖性的傳承記憶，然而，他不僅是只能當作被傳承對對象，而是透過經由語言或文字而進行重鑄般的詮釋活動，讓神話的記憶依循時代變遷成為可被具體實踐的人文思維。在這部篇幅頗大，思想體系也頗為宏觀的西漢初期作品裡，將社會意識、俗信想像、政治制度及道德規範整合進神話的情節裡，神話將重新建構成符合當代社會風氣與思想的「範本」。從西王母和大羿（或夷羿）的神話情節於《淮南子》的

文本語境中所指涉的意涵，再再顯示了神話的推延與重鑄是滿足古代王權統治的需要，強化階層差異，維持政治秩序的必經手段和歷程。

五、《淮南子》重鑄《山海經》所記神話的心理投射

在漢初，以「天道」與「人道」的貫通為思考人生哲學的基礎，並且兼顧著自然、國家族群和個人生命意義的社會意識傾向，使得先秦以來的各家諸子學說漸漸匯整成多元化發展的漢代思潮。誠如司馬談（約前 165～前 110）於《論六家要旨》所觀察的漢初黃老之學的特徵為「動合無形，瞻足萬物。其為術也，因陰陽之大順，採儒墨之善，撮名法之要，與時遷移，應物變化，立俗施事，無所不宜。」〔註96〕而這樣的「瞻足萬物」和「應物變化」的不受限制，也帶動了往後儒家、黃老道家與陰陽五行思想的結合。比起劉歆編校《山海經》定本時可能存在極具複雜性的漢儒讖緯之前見，劉安的《淮南子》可能更純粹地醉心於以神話闡釋漢初天、地、人、神與「道」之間的交互關係。葛兆光（1950～）先生曾針對《淮南子》創作的哲學理路下了一個綜論，他認為《淮南子》中的「道」，是置於天、地、人之上的：

> 在《淮南子》看來，「道」不僅是一切的本原及其合理性依據，也是宇宙間一切的支配力量，甚至還隱隱是有人格與意志的神靈，它貫穿了自然、社會與人類自身三大領域，無論是鬼神還是人類，無論是幽冥還是人間，「道」都昭示了必須遵循的法則，而道的法則，一是柔弱清淨，二是自然無為，三是返本復初。〔註97〕

因此，《淮南子》是從自然的天、地、人、神之間的關係出發，將其視野擴展到社會問題的面向。它以圍繞在「道」的意義上，去解答作者心中真正理想的政治和道德。所以，不論是鬼神人類、異域空間，甚至是有形無形，它們必然因「道」而存在，更應當遵循「道」的真諦。相較之下，保存了許多先秦神話傳說的《山海經》，或許僅是純粹承載著先民們的記憶，但《淮南子》的作者卻因為背負著發揚「道」的崇高思想，在懷抱著政治理想的藍圖下，以重鑄先民流傳的神話，作為譬喻論說的宣揚手段。與之對照《山海經》所記的神話內容，可以明顯看到所添加的隻字片語，多是變異的神話情節，觀察其動機與目的，

〔註96〕〔日本〕瀧川龜太郎著：《史記會注考證》，頁 1334。
〔註97〕葛兆光：《中國思想史》第 1 卷（上海：復旦大學出版社，2016 年 10 月，2版 4 刷），頁 225。

不外乎仍是以自我的政治理念融合於「道」的範疇裡。再加上「道」的無限無窮而難以定義的語言釋義特質，也讓《淮南子》作者盡其發揮他個人理想中「天道」與「人道」如何共存的和諧關係。而這個和諧與共存，在其所闡釋的神話思維裡，處處展現「神與人」對應到「天道與人道」或對比、或連結的關係。

　　歸結前文所論，我們從《淮南子》裡可以藉由幾項作者詮釋聖境神話的視域觀察，得出漢初學者於人生與政治上的理想追求，那是一種只要是美善的思想與實踐，都是符合「道」的意義。因此，美好的政治思想是「道」；美好的倫理德行亦是「道」；聖王神仙司職宇宙自然的規範和秩序更是「道」的表現。因此，在那種天上地下的「異域空間」的神話遐想過程裡，經《淮南子》重鑄後展現的神話新色彩，可以說是漢人心理對完美世界的投射。以前文談到的「昆侖神話」為例，漢人不斷地去探索「昆侖世界」任何的可能性，有時可能遙不可及，有時甚至視其為人間的夢幻樂園。這種「神」與「人」（或空間思考上的「天界」與「人界」，或哲學思想上的「天道」與「人道」）可以產生連接的關鍵，在《淮南子》的創作視域裡，透過「治水」的情節來達到物我關係的「連結」，以及必要時的「斷裂」。據此，再次觀察昆侖神話於《淮南子》的敘述方式，可以觀察到兩項漢初人民的心理呈現：其一，加強治水神話與昆侖聖境的緊密連結，帶出對昆侖聖域美好的想像與欲求；其二，從昆侖原來單純的淨土樂園、物產豐富的形象，向上擴展了宇宙天庭的統御思想。使得民眾自然而然加入了具有象徵階級意識與管理規範的都城聯想，投射了漢初人民對理想國度的心靈寄託。

　　首先，之所以稱《淮南子》裡具有強調治水與昆侖的緊密連結，是因治水神話原來在《山海經》裡並未有任何的關連性。如前文已稍微提到的於〈海外北經〉記載的相柳神話中，雖曰：「禹厥之，三仞三沮，乃以為眾帝之臺」〔註98〕，但這則記載只談到禹用石塊來填補之前斬殺相柳氏後其腥血流經溪澤窪地的情形，因不管怎麼填補，仍是會持續塌陷，使得最終禹只能把發腥臭的土挖出來，另於他處堆成眾帝之臺。這個眾帝之臺並未標明於何處，並且，在這段神話情節裡更可以看出並未有拿「昆侖土」去填平窪地的說法出現。然而，在〈墬形訓〉裡卻直言是拿「昆侖土」去填補，從這個片段的敘述語境上表示出是能有效填補的結果。是以，展現了漢初民眾視昆侖世界裡一切萬物都具有神聖性，即使是小至如「土」，也是有其神妙之處的。這種聖境

〔註98〕清・郝懿行：《山海經箋疏》。

思想的提升，當然也能視為「神話仙話化」的特色，更重要的是在《淮南子》的詮釋下，治水的神聖性與聖域的連結，表現出當時民眾依舊處於人神混合、物我不分的視域想像裡。

再者，其二「昆侖淨土樂園的轉化」部分，則顯而易見的不論是「昆侖」、「昆侖虛」還是「昆侖丘」，到了《淮南子》文本敘事筆法下，不但直指為「大山」（或山脈），更混同了「虛」字的寓意，並且，藉「虛」字的轉換而帶有幻境之意。若我們秉持著《山海經》為一部先秦詳實記錄古人的世界地理觀，那麼，本來在〈五藏山經〉中作為黃河的源頭、物產豐富的大山（即便是「帝之下都」，卻未有對其更深入的描繪城池宮闕的景象），是一個類似像《聖經》裡的伊甸園世界。然而，若「虛」同「墟」的理解，且又表示「都城」之意，則《淮南子》中的昆侖就有都城形象，縱然位未於文章中言明，但有了城池就需要人員的管理與分工，更因此添加了規範制度與天道有序的直覺聯想，並且普遍存在於當時人民的文化意識裡。

「中國古代的神話到漢武帝時期基本完成。後來雖有變化，都離不開政治。」〔註99〕這也是《山海經》與《淮南子》二文本的神話情節於昆侖地位的闡釋呈現大相逕庭之原因。正好也說明了昆侖神話從「地理神話」擴展到「政治神話」的變異歷程，在這之間或是增添了信仰的仙話色彩，但卻不能忽略這些特定神話情節的信仰與崇拜，往往也是經由政治集團的操作下所形成的。在充斥著複雜利益的政治現實裡，思想的對立與交鋒是政治必然的寫照。淮南王劉安最初上呈《淮南子》時，漢武帝本是愛而藏之，但卻僅經十餘年間，以「廢法行邪，懷詐偽心，以亂天下，熒惑百姓，倍畔宗廟，妄作妖言」〔註100〕而被武帝下令誅之（劉安自縊），這或許是提倡陰陽之學與道家之術的劉安和武帝於政治思想面向上對立的結果。神話，就是由勝出者得到重新詮釋的權力。身為政權統治者，本就會選擇有利於自己的政治語言，是以董仲舒的天人三策，仍是揣摩漢武帝意圖的產物，他並非是完全抹煞黃老、道家之學，而是試圖調和儒、道與陰陽的企圖，但給漢際社會所帶來的副產品便是後來讖緯的大興與特定信仰的沈迷。因此，綜合以上諸說，神話進入漢代以後，單就所產出的神話內容，雖有變異的狀況，卻似乎仍無法完全擺

〔註99〕張寶璽：《武威西夏木版畫》（甘肅：甘肅人民美術出版社，2001 年 7 月），頁 24。
〔註100〕〔日本〕瀧川龜太郎著：《史記會注考證》，頁 1243。

脫原始神話的基本情節。那並非僅是神話的延續擴展，而是透過詮釋自我思維而成的政治神話（甚至包含著人倫關係和社會道德秩序的因素，來重組更新神話的結構模式），投射下來的神話變異之結果，更是作者對於自我認識的「道」之展現。

　　總結來說，《山海經》雖然不像《淮南子》那樣具有強烈的政治目的性，但終究仍是一部具有「是謂國用」的實用價值。兩者對於古代政治集團而言，它們的存在意義，在原則上本就或多或少具有為國所用的期許，只是《淮南子》的政治誘因導致神話的詮釋空間更加複雜了起來。歸咎其因，與漢代文化思潮與政治社會結構的特性脫離不了干係。漢代承接著戰國末年文化分立的時局，縱然前有秦朝大一統的開創，卻受限於國祚短暫的命運，重整社會秩序的工作，便落到漢際才得以成形。自劉邦創漢起，漢人便不斷檢視秦朝政權為何快速滅亡的原因，因此，漢初社會風氣討論著「刑」、「德」議題的同時，另一方面也顯現漢代文人的憂患意識。可以說，西漢初期整個政治的思考氛圍就是總結秦朝敗亡的教訓，並且，為了避免步入後塵，上至統治階級，下至士人學者皆亟欲探索更有效的治國之道，在他們各自的論述著作裡，大量引用神話故事作為「類比」，藉以托事寓理。如賈誼（前 200～前 168）的《新書》、劉向（前 77～前 6）的《說苑》與《新序》，他們並非隨意記錄著這些流傳於民間的異聞傳說，而是欲以通過這些神話來闡釋王政思想的理念。

　　如此一來，神話敘事從本來單純的講述故事行為，卻因為人類總介入於故事之中（意即：脫離不了社會和歷史的生活環境），使得敘事語言趨向多元與變異。前朝與今朝、貴族與平民、天之事與人之事、時間與空間等等的二元關係，是歷來不同朝代政治的體現，在科學未明的古代，神話在此刻便具有重新解釋的意義，為後人重構歷史，甚至取代人類的記憶。漢代作為承先啟後的古王朝，以距今超過 2000 年以上的時光歲月，雖保存了神話的根源，卻往往成為開啟神話變異的元兇。讓神話有了更多元的樣貌，也給予後人撰注補疏時絕對存在著不能忽視的參考依據。

第二節　神話與迷信的批判：王充對《山海經》的辯證及應用

　　西漢晚期，政治社經等朝政矛盾逐漸激化，今古文之爭持續到東漢「白

虎觀會議」後，紛爭並未完全消減。並且，這段時間的經學讖緯化，更是讓許多自持經學道統的東漢大儒多有批評、撻伐，甚至冷眼觀之。〔註101〕學術上的激烈爭論，卻也造究了學術和文化的蓬勃發展。此外，從前章《淮南子》與《山海經》所記「海外三十六國」的敘述差異，更可發現隨著西漢大一統帝國的疆土版圖擴展，與對外交通、部族的接觸，漢代學者對於《山海經》原有的地理紀錄也或多或少採取了保留態度。雖說「盡信書，不如無書」，《山海經》上所寫的那些古史地理資訊經過時代的檢驗後或許已與現實情況有所出入，但也並非全是胡謅之述，對於漢代神仙思想風潮的興盛，也讓《山海經》仍是一部即便不可盡信，卻可以做為引用參考，或辯證的文獻佐證與媒介。

自劉歆（秀）上表以來，雖高度肯定《山海經》具有：「皆聖賢之遺事，古文之著明者也。其事質明有信」之善。然而，或許受限於漢代經學之風，當時卻尚未引起廣泛的討論與重視。即便如此，作為一部雖怪異卻含有史地、風俗等等內容的書籍，便具有進行人文史地研究時作為參考文獻的價值。事實上，漢代學者往往進行注經解文之際，將《山海經》用來配合參酌的情形頗為常見，如王逸（89～158）撰寫的《楚辭章句》中，便常徵引《山海經》之說作為內容解讀的參考依據；又如應劭的《風俗通義》、許慎（58～147）的《說文解字》等著作，也皆參考《山海經》所記資料。〔註102〕是以終漢之際，《山海經》一書勢必將走出皇宮深院，逐漸廣泛流傳於市井之中，人人或可得以窺探的情況。然而，即便是在漢代，也並非所有人都像劉歆一樣地推崇《山海經》，甚至還帶著懷疑不信的眼界為《山海經》進行批判，活躍於東漢前期的王充（約27～97）便是最為顯著的學者。他雖無專門替《山海經》撰書，但其作品《論衡》卻也徵引了不少《山海經》的實例，來作為他論述的依據，並於其中進行深入的評判。

王充，字仲任，會稽上虞人。自小失怙，家境清寒，卻聰穎勤學。曾習於太學，拜班彪（3～54）為師，雖出身太學並不墨守儒家經學章句之成規。任州郡功曹時，「以數諫爭不合去」〔註103〕，顯見他的個性耿直，不為仕宦利益同流合汙。在回鄉隱居時，以教書為生，並著述為職志，闡釋自己的哲思

〔註101〕如東漢的桓譚、王充、鄭興、衛宏等學者。
〔註102〕如《說文解字》中釋「劦」字引《山海經》曰：「惟號之山，其風若劦。」
　　　　參見東漢・許慎撰，清・段玉裁著：《說文解字經》，頁708。
〔註103〕南朝宋・范曄：《後漢書・王充列傳》（北京：中華書局，1965年），卷49，
　　　　頁1929。

理念。〔註104〕然而，至其晚年時，卻因受到鄉里的譴責而避難他鄉。〔註105〕
王充的論述思想歷來評價兩極，多有所爭議〔註106〕，雖身為儒學者，卻往往
因批判當時漢際儒學之陋習，而較不被一般儒學者所認同。《後漢書‧王充王
符仲長統列傳》形容他是一位「好論說，始若詭異，終有理實」〔註107〕的漢
儒，意即稱他喜歡發表議論，顛覆當時人的想法，其論乍聽之下好像很怪異，
但仔細想想卻有其道理。《後漢書》對其評價是客觀且較為公允的，這點可以
從王充藉由《山海經》內容的觀察和理解，作為批判漢代迷信風俗的論點中，
看得出他的實證精神與不言虛妄的核心精神。王充著作頗多，有《譏俗節義》
12 篇、《政務》、《論衡》85 篇〔註108〕，以及其晚年所作的《養性書》。然除
了其代表著作《論衡》之外，大多皆已亡佚不傳。〔註109〕

一、東漢學術風氣與王充《論衡》的創作思想述評

　　《論衡》這部書，可謂是王充的論述總集，書中盡現王充個人的思想與
其認識論的觀點。事實上，這本書的寫成就是有感於當時學術界充斥著「起
眾書並失實，虛妄之言勝真美也」〔註110〕的社會現象，進而作書立言，使「《論

〔註104〕〈論衡‧自紀〉云：「充仕數不耦，而徒著書自紀。」見東漢‧王充撰，黃
　　　　暉校釋：《論衡校釋》，頁 1204。
〔註105〕參見徐復觀對於王充於《論衡‧自紀》提出的看法。徐復觀：〈王充論考〉，
　　　　《兩漢思想史》卷 2，頁 566。
〔註106〕例如於《四庫全書總目提要》中對王充便是「貶重於褒」，曰：「充書大旨詳
　　　　於自紀一篇，蓋內傷時命之坎坷，外疾世俗之虛偽，故發憤著書，其言多激。
　　　　刺孟、問孔二篇，至於奮其筆端，以與聖賢相軋，可謂誖矣。又露才揚己，
　　　　好為物先。然大抵訂訛砭俗，中理者多，亦殊有裨於風教。」見清‧永瑢等
　　　　編纂：《欽定四庫全書總目‧子部雜家類四》第 3 冊（臺北：藝文印書館，
　　　　2004 年 10 月），卷 120，頁 2395；而清人章炳麟於《檢論》（後改名為《訄
　　　　書》）則對於王充評價「褒重於貶」：「作為《論衡》，趣以正虛妄，審鄉背，
　　　　懷疑之論，分析百耑，有所發擿，不避孔氏。漢得一人焉，足以振恥，至於
　　　　今，亦未有能逮者也。」見清‧章炳麟著，徐復注：《訄書‧學變第八》（上
　　　　海：上海古籍出版社，2000 年 12 月），頁 90。進入現代社會，我們以今觀
　　　　古，並以較科學面的角度評議王充之文，是有其先進的見解。他跳脫了當時
　　　　儒學的沉屙痼疾，以批判性的眼界傳達己觀，近時對於王充之評價已然正面
　　　　而有所肯定。
〔註107〕南朝宋‧范曄：《後漢書‧王充列傳》，卷 49，頁 1929。
〔註108〕今本《論衡》缺〈招致篇〉，故內容僅存 84 篇。
〔註109〕胡適：〈王充的論衡〉，《論衡校釋》（附編四），頁 1267。
〔註110〕東漢‧王充撰，黃暉校釋：《論衡校釋》，頁 1179。

衡》之造也」〔註111〕這樣的動機存在。王充認為，社會風俗的特性，大多都是由喜好奇異怪誕之語或虛假荒誕文章的人所造成的。所以他「盡思極心，以譏世俗」〔註112〕，為的就是希望這部作品能「冀悟迷惑之心，使知虛實之分。實虛之分定，而華偽之文滅；華偽之文滅，則純誠之化日以孳矣。」〔註113〕為了能喚醒那些受到迷惑的心，使他們跳脫出虛假的言論，那麼，具備真理的教化就會日漸增長，使社會風氣良善。王氏甚至強調《論衡》中各篇文章所提出的問題，其實是一般社會大眾都可以辨別的，與作者本人沒有什麼不同，卻因對於傳言的不辨，而人云亦云，甚至把荒謬無理之事作為社會規範，是亟需要反思的。然而，為何身為儒學者的王充，卻對當時的漢代社會與文化風氣頗不以為然且充滿批判意識呢？

漢代，本是一個充斥迷信災異符讖的朝代。自西漢董仲舒（前179～前104）以儒家宗法思想為中心，兼採陰陽五行之說，透過「大一統」天上人間的對應格局的思考（既然是宇宙運行的法則，那麼封建王朝當然要遵循），把神權、君權、父權相互串連，並且，輔以「天人感應」之說，將天地間任何自然現象（災異或豐收），都用來解釋社會政治衰敗或興盛的對應結果，形成一套帝制神學的政治思想體系。這樣的政治思想在社會與文化上都起了相當大的流行影響，不論是解釋宇宙、歷史演進的盛衰、人的生命論，甚至附庸於科學知識及民間信仰。彼此之間往往相互比附，衍成各式各樣、包羅萬象的學說支流，可以說完全支配著兩漢之思潮。誠如顧頡剛先生所言：「漢代人思想之骨幹，是陰陽五行，無論在宗教上、政治上、學術上，沒有不用這套方式的。」〔註114〕以至於西漢末年王莽（前46～23）的篡漢、東漢光武帝劉秀（前5～57）的登基為帝，都曾假托符錄圖讖之受命而開起新王朝。王充生於東漢光武建武三年（27），卒於和帝永元年間，可說是活躍於光武、明、章、和四朝。這時代的學術風氣雖以儒學為主流，除了受董仲舒政治思想及陰陽學熾盛的影響外，傳統儒學也因東漢時代師法、家法與章句之學的流行而產生莫大的變化。劉師培曾就此現象於〈國學發微〉提出幾項看法：

觀西漢之時，凡儒生之肄經者大抵游學京師，受經博士。而私學易

〔註111〕東漢·王充撰，黃暉校釋：《論衡校釋》，頁1179。
〔註112〕東漢·王充撰，黃暉校釋：《論衡校釋》，頁1179。
〔註113〕東漢·王充撰，黃暉校釋：《論衡校釋》，頁1180。
〔註114〕顧頡剛：《漢代學術史略》（北京：東方出版社，1996年3月），頁1。

> 為官學。東漢之時，亦崇官學，凡「舉明經」、「察孝廉」咸以合家
> 法者，為中選。是東漢之家法猶之後世之功令也。特西漢之時，多
> 言師法；東漢之時，多言家法。師法者，溯其源；家法者，衍其
> 流。〔註115〕

> 兩漢儒生之傳經，固不嘗受教於博士矣。故學業既成，即可取金紫
> 如拾芥。其不守師法者，則咸見屏於朝廷。〔註116〕

劉氏言「衍其流」，意即發揚自己師承之學術流派。東漢之際特重家法，凡不
合者，咸遭排斥，合者，則易於謀得一官半職，故儒生懼師法之嚴，恪守師法
之規，不敢越其藩籬。這也使得身為同朝之人的王充更厭惡此風，並於其著
作中多斥之。如：《論衡・謝短篇》云：

> 夫總問儒生以古今之義，儒生不能知，別名（各）以其經事問之，又
> 不能曉，斯則坐守 何言 （信）師法，不頗博覽之咎也。……夫儒生不
> 覽古今，何（所）知 一永 （X）不過守信經文，滑習章句，解剝互錯，
> 分明乖異。〔註117〕

簡言之，儒學雖於東漢初期頗為盛行，蔚為國學，然於此時已埋下衰弱之伏
筆。其既亂於章句繁碎之弊，再亂於陰陽讖緯之學，卒而流於支離誕妄，早
已去真正的孔學甚遠。〔註118〕儒學經此諸學竄入與改造，痼習已重，加之當
時學者多視前途利祿、加官晉爵為重，王充看似憤世嫉俗的文筆下，其實也
只是對當時局勢憂心忡忡，展現出他自持儒學者本應具有的人文關懷。

在這樣的創作目的之下，使得《論衡》成為一部極具批判且引證詳實的
論著，並且在論證過程中闡釋自己的哲學思想。他不肯順從流俗，一切依自
己對自然和社會現象中的人、事、物常理的觀察認識，並結合當時已知的科
普知識，對社會各階層普遍流行的感生、受命、災異、五行生剋、鬼神俗信以
及祭祀文化等等形形色色的虛妄迷信都進行了頗具邏輯性的批判。那麼，王
充是如何進行他批判式的哲學理路呢？大抵而言，王充的哲學研究方法是一
種利用當時天文科學知識，應證到他所批判的對象（比如人生問題）中，所

〔註115〕劉師培：〈國學發微〉，《劉師培全集》（北京：中共中央黨校，據寧武南氏《劉
申叔遺書》影印，1996 年 6 月），第 1 冊，頁 482。
〔註116〕劉師培：〈國學發微〉，《劉師培全集》第 1 冊，頁 482。
〔註117〕東漢・王充撰，黃暉校釋：《論衡校釋》，頁 567～577。
〔註118〕潘清芳：《王充研究》（臺北：國立臺灣師範大學國文研究所碩士論文，1977
年 4 月），頁 4。

以非常重視「校驗」，偏偏當時所流行的迷信弊端，是最難以經得起檢驗的。
如王充於《論衡・知實》中便直言：

> 凡論事者，違實不引效驗，則雖甘義繁說，眾不見信。〔註119〕

又言：

> 論則考之以心，效之以事，浮虛之事，輒立證驗。〔註120〕

古文「效」與「驗」可以互訓。〔註121〕王充認為，若要論述事理，若違
背了事實而不舉出證據，那麼，即使道理講得再動聽，說得再多，也難被眾
人所信服。此外，按其「考之以心，效之以事」的說法，應當是他所運用的方
法總綱：「考之以心」，是心知的合理思考、判斷，這是合理主義的意義；「效
之以事」，是客觀事物的驗證，也是經驗主義的概念。〔註122〕從另一角度觀
察，他先以「考之以心」後而「效之以事」的先後次序，作為自我批判事物的
原則。可以發現王充仍是最看重符合自己「心」意的詮釋，所謂的「效驗」，
不過是用來幫助他於自我詮釋結果的立場上可以更加站得住腳的輔助依據。
誠如胡適（1891～1962）先生綜合王充於研究方法上的觀察，認為王充看似
頗具劃時代的驗證批判，其實利弊並存：

> 王充的效與驗也只是一件事。校驗只是實驗的佐證。這種佐證，大
> 略可以分為兩種：（一）是從實地考察本物得來的。如雷打死人，有
> 燒焦的痕跡，又有火氣，又如雷能燔燒房屋草木，都屬於這一種。
> （二）是本物無從考驗觀察，不能不用譬喻和類推的方法，如陰中
> 氣可舉火，又可見星，可以推知日入不是入陰氣中；又如用水灌火能
> 發大聲，激射中人能燒灼人，可以推知是陽氣與陰氣的激射，這都屬
> 第二類。第一種效驗，因當時的科學情形，不容易做到。王充的書
> 裏，用這種實地試驗的地方，比較的很少。他用的效驗，大都是第二
> 種類推的效驗。他說的「推類驗之」〔註123〕與「方比物類」〔註124〕
> 都是這一類的效驗。這種方法，從簡體推知簡體，從這物推知那物，
> 從名學上看來，是很容易錯過的。但是有時這種類推法也很有功效。

〔註119〕東漢・王充撰，黃暉校釋：《論衡校釋》，頁1086。
〔註120〕東漢・王充撰，黃暉校釋：《論衡校釋》，頁1183。
〔註121〕胡適：〈王充的論衡〉，《論衡校釋》（附編四），頁1278。
〔註122〕徐復觀：《兩漢思想史》卷2，頁597。
〔註123〕該言出處見王充《論衡》中的〈明雩〉篇。
〔註124〕該言出處見王充《論衡》中的〈薄葬〉篇。

王充的長處在此，他的短處也正在此。〔註125〕

如王充這樣的研究精神，看在極注重以科學方法來進行人文學科研究的胡適眼裡，自然是頗有嘉許之處，更何況是近兩千年前科學能未大開的時代。這當中，他對於效驗的考察，以「類」作為串聯推原研究的重要方法，是王充比較重視的概念，他在〈龍虛〉篇中即提出：「物類可察，上下可知」〔註126〕的研究心得，認為只有當考察物種類屬，才能通曉這些物類的正確知識。當知道物種原來的物類屬性，便可以對比「類」與「類」之間細微的差別，由此實現王充「推原物類」，即「以類推類」的得證手段。

王充個人的學術思想當然不僅只有所謂的辨虛妄的校驗思考，由於他頗為排斥當時「天人感應說」的觀念，使得他在「天道觀」、「自然」與「氣」的認識更有獨特的見解。例如，王充雖認同「氣」是宇宙構成的根本，但卻認為「氣」只是純粹的物質，不具備任何意志，故主張「天道自然無為」，氣無法貫通天人，所以天人不能互知，故言「若夫事物相遭，吉凶同時，偶適相遇，非氣感也。」〔註127〕駁斥當時的人們每逢災異妖祥之事就稱其為氣感而來，是錯誤的觀念。除此之外，王充於〈譴告〉篇中談到他對於自然與天道的看法：「天道、自然也，無為。如譴告人，是有為，非自然也。黃、老之家，論說天道，得其實矣。」天道是自然的，自然則是「無為」的。如果天能夠譴責警告人們，那它便是「有為」的，更不是自然的。從這句話裡可以看得出來王充雖曾出身太學儒生，但對於黃老學派論說的天道觀念，是頗為認同的，只不過他把「偶然」加入了自然主義與天道的觀念裡，而這個「適偶」（偶適相遇）是有別於老子天道與自然的思考，並且以此認為災異與行為之間沒有感應的關連性。〔註128〕王充對於天道自然的哲學觀點，在面對許多不強調邏輯性的神話傳說，或俗信文化時，充分運用於探討虛與實、有形與無形的特殊關係。王充用「考之以心，效之以事」的實證方法和態度，在批判神學迷信的過程中，除了建立起他於當時漢際獨樹一幟的思想體系，也鮮明地顯示出王充「疾虛妄」的神話觀。如此一來，為了打破東漢初期那種瀰漫於社會各階層的迷信讖緯風氣，此時以內容多為詭譎怪異，卻又不失博物資料載籍的《山海經》文本顯然

〔註125〕胡適：〈王充的論衡〉，《論衡校釋》（附編四），頁1278。

〔註126〕東漢・王充撰，黃暉校釋：《論衡校釋》，頁293。

〔註127〕東漢・王充撰，黃暉校釋：《論衡校釋》，頁102。

〔註128〕此段言王充天道與自然的看法參考徐復觀之說。徐復觀：〈王充論考〉，《兩漢思想史》卷2，頁610～622。

就處於尷尬立場了。他一方面肯定《山海經》博物的性質，另一方面卻又引證荒誕不經的內容作為駁斥世俗民風的迷信，在這樣的研究視域下，王充對於《山海經》神話的思想論辨，是如何在當時開展出獨樹一幟的驗證脈絡，並且他作為一位以效驗為原則的學者，如何藉由徵引的神話，詮釋心中所理解的《山海經》詭譎的異想世界？這點可從他於俗世文化與實際經驗法則來觀察。

二、「急虛妄」視域下對《山海經》神話的辯證與理解

　　依徐復觀先生對王充所追求的學術之觀察，認為有二：一為「疾虛妄」；二為「求通博」。「這兩者皆出自求知的精神。兩漢思想家，多以人倫道德為出發點，由人倫道德的要求以構成知識系統。王充則以追求知識為出發點，順著知識要求而輕視人倫道德。」〔註129〕因此，像《山海經》這樣具有博物性質的書籍，王充肯定是認同它的存在價值的。也正因為有其價值，讓王充於《論衡》中，多次徵引《山海經》神話情節作為他論述的依據。然而，王充並未專門為《山海經》著書立論，今日我們要瞭解王充如何去理解《山海經》的所記神話，並且如何在他的詮釋視域下，引證立說，就得先要再次提起他撰寫《論衡》的動機。如前文稍作提及，他的動機最主要表現在「寂虛妄」的立場上，偏偏《山海經》的內容就是多為詭譎而虛實真假不定。在這看似矛盾的創作思考之下，王充是用怎麼樣的著書態度來對《山海經》進行考察呢？按《論衡·對作》之言：

> 是故《論衡》之造也，起眾書並失實，虛妄之言勝真美也。故虛妄之語不黜，則華文不見息；華文放流，則實事不見用。故《論衡》者，所以銓輕重之言，立真偽之平，非苟調文飾辭，為奇偉之觀也。〔註130〕

王充認為當時的學術思想、社會風氣都以喪失原有真正的道理，甚至許多書的記載已經失去實言，而多持虛妄之論。而《論衡》的寫作，就是要宣說抑止這些華而不實的文章和言論，並非是故作標新立異之言，而博取名聲的。〈對作〉篇可說是作者自序的闡釋，也可以理解為何王充把著述精神投入在為當時漢際流行於社會意識和風俗文化的批判上。因此，依照這樣的邏輯來說，當他面對《山海經》所記的神話題材時，似乎就會有一籮筐的反駁與批判出現，

〔註129〕徐復觀：〈王充論考〉，《兩漢思想史》卷2，頁582。
〔註130〕東漢·王充撰，黃暉校釋：《論衡校釋》，頁1179。

然而，事實上卻並非如此。王充是一位非常強調經驗法則的人，不論是對於有形或無形的事物進行觀察時，都應該保有「效驗」的立場，而實際的進行考究或參訪，當然也被視為一種「效驗」的過程。《山海經》就是在這種眼界下被王充所接受了。對於《山海經》，他在〈別通〉篇中有提及他的看法，其云：

> 禹、益並治洪水，禹主治水，益主記異物，海外山表，無遠不至，以所聞見，作《山海經》。非禹、益不能行遠，《山海》不造。然則《山海》之造，見物博也。董仲舒睹重常之鳥，劉子政曉貳負之尸，皆見《山海經》，故能立二事之說。使禹、益行地不遠，不能作《山海經》；董、劉不讀《山海經》，不能定二疑。實沈、臺台，子產博物，故能言之；龍見絳郊，蔡墨曉占，故能禦之。父兄在千里之外，且死，遺教戒之書。子弟賢者，求索觀讀，服膺不舍，重先敬長，謹慎之也；不肖者輕慢佚忽，無原察之意。古聖先賢，遺後人文字，其重非徒父兄之書也，或觀讀采取，或棄捐不錄，二者之相高下也，行路之人，皆能論之，況辯照然否者，不能別之乎？〔註131〕

從引文中，王充開宗明義認定《山海經》是大禹為治水而作成，由伯益隨後記之。因此，對於遠方異物的實際觀覽而成的「博物」之書，是極為肯定的，並且，這樣的實際參訪經驗，也成為效驗的實際佳例，所以讚揚這部書的內容。故〈談天〉篇稱《山海經》所記內容的廣博：「禹之治洪水，以益為佐。禹主治水，益之記物。極天之廣，窮地之長，辨四海之外，竟四山之表，三十五國之地，鳥獸草木，金石水土，莫不畢載⋯⋯。」〔註132〕因此，閱讀者要能像珍惜父老遺書那樣地對待古代聖賢遺留給後人的文字，要能夠認真地「觀讀采取」，而不要隨意揣測而錯解其本意。

實際上，王充對於《山海經》性質的看法，似乎仍維持在劉歆的認識裡，我們可以說，這是在那個時代裡將《山海經》視為「博物之書」的共同的看法。只不過王充並非全然地接受書中所記的事物，他對於該書所展現的神話情節，經過他「效驗」之後，仍是會給予反駁和批判。原因很簡單，那種被漢儒視為古代聖王賢人的大禹，甚至在漢際還被神格化的情況下，看在王充眼裡，大禹雖是聖王也不過是一個人類。既然身為人，那麼當禹和伯益面對世界之寬廣，不可知事物的存在超越以往經驗的想像時，錯辨事物的結果便可

〔註131〕 東漢・王充撰，黃暉校釋：《論衡校釋》，頁597～599。
〔註132〕 東漢・王充撰，黃暉校釋：《論衡校釋》，頁474。

能發生。所以，當我們重新觀察王充闡釋的《山海經》神話內容時，便須注意他所提出的「問題意識」與「引文類比」二者切入的關鍵處，才易於辨析王充「疾虛妄」的思考脈絡。

　　《論衡》篇幅甚多，《山海經》看似被其所重視，然而，被直接引用者，也只散見於〈龍虛〉、〈說日〉、〈別通〉與〈訂鬼〉四篇而已，這當中的〈別通〉也僅談論他對《山海經》的這部書的約略看法，故於其後不再論之。其他未明言出於《山海經》神話者為數眾多，這之中有政治神話性質的（例如：帝王神話、感生神話）、開天闢地神話、英雄神話，甚至是神仙傳說等等，以上暫且不提，僅扣緊有徵引《山海經》神話的〈龍虛〉、〈說日〉、〈訂鬼〉共三篇進行探討。筆者按前文分析過的王充學術思路，以及對《山海經》提出正反面的評論差異，並依其效驗模式（即「實際經驗或考察」和「譬喻或類推的方法」），依序釐清王充對《山海經》的詮釋歷程：

（一）〈龍虛〉篇：認同《山海經》的神話情節，以經驗法則類推之

> 《山海經》言：「四海之外，有乘龍蚒之人。」世俗畫龍之象，馬首蚒尾。由此言之，馬、蚒之類也。慎子曰：「蜚龍乘雲，騰蛇游霧，雲罷雨霽，與螾、蟻同矣。」韓子曰：「龍之為蟲也，鳴可狎而騎也，然喉下有逆鱗尺餘，人或嬰之，必殺人矣。」比之為螾、蟻，又言蟲可狎而騎，蚒、馬之類，明矣。……以《山海經》言之，以慎子、韓子證之，以俗世之畫驗之，……知龍不能神，不能升天，天不以雷電取龍，明矣。世俗言龍神而升天者，妄矣。〔註133〕

　　龍，是傳說中的神獸，又是一種代表尊貴地位的符號象徵。秦漢時期，對於龍的崇拜，隨著君權天下的政治思想，也愈發流行，甚至成為一種民族文化的標誌。王充看到這種現象頗不以為然，他藉由引述《山海經》的文獻資料，稱古時即有「乘龍之人」來駁斥龍非神的概念。言「四海之外」，即《山海經》中〈海外四經〉所提到的幾則會騎乘龍蛇的神話，分別是南方祝融、西方蓐收、北方禺彊（踐兩青蛇）、東方句芒的四方神祇之外，還有「儛九代，乘兩龍」的夏后啟。〔註134〕很顯然的，這些神話人物在原《山海經》文本的

〔註133〕東漢・王充撰，黃暉校釋：《論衡校釋》，頁285～289。
〔註134〕《山海經・海外西經》曰：「大樂之野，夏后啟於此儛九代；乘兩龍，雲蓋三層。左手操翳，右手操環，佩玉璜。在大運山北。一曰大遺之野。」見清・郝懿行：《山海經箋疏》。

敘述語境裡，皆是作為神祇而非普通人的存在。但在王充的觀察視域裡，卻僅注意到「龍可乘」的這個情節，以此來作為他立論的證明。據此，筆者試拆解王充以《山海經》神話進行「龍非神獸」的解讀過程：

（1）引《山海經》：龍可被人騎乘→視為交通聯絡所用，可馴服。

（2）世俗畫的形象：馬首蛇尾→龍為馬蛇之類的動物。

（3）引慎子說：與螾（蚯蚓）、蟻同類屬→身形與蚯蚓、蟻類同。

（4）引韓非曰：龍為蟲，狎（親近）可騎→可以被馴服。

（5）分析結果：龍是動物，非神物，所以無法升天。

由上文列舉的論證過程裡，例（1）、（2）、（4）皆以「經驗法則」為其解讀方式，例（3）則為「譬喻類比」來推論之。據此，可以發現於〈龍虛〉篇所引《山海經》神話事例的觀察大多是透過「經驗法則」來展開探究的。如例（1）裡，王充理解到龍既然可以被不少人作為騎乘，那就表示牠具有成為交通往來的目的而存在，並且可以被人所馴服，否則人怎麼可能騎在龍身上？為了強調這個觀點，他又於文末引述韓非稱龍為「龍之為蟲也，狎可狎而騎也」，表現出，先秦時代百姓對於龍的認知，明顯與漢人有所不同。並且，提出民間畫龍的形象與慎到的說法，以類比的方式，說明龍的特徵本為「馬首蛇尾」（「虵」，為「蛇」俗字），在現實認知的經驗判斷之下，龍應是馬蛇之類的動物。因此，最後總結為「知龍不能神，不能升天」，批評社會世俗的人稱龍為神，是錯誤的說法。

王充在這裡將現實生活經驗置入於論辯之中，卻僅找出利於他說法的論調，而捨棄其他具體存在的神話情節，這是一種完全服務自己詮釋觀念的選擇性宣說，當然也成為被後世諸多學者批評的主要原因之一。譬如，他雖引用《山海經》所言的「四海之外，有乘龍虵之人」，卻完全無視該則神話裡主要乘龍的人物（祝融、蓐收、禺彊、句芒和夏后啟）本身便與其他凡夫俗子是不能與之相同並論，他們皆具有神性或聖性的存在意義。不論是〈海外南經〉中的「南方祝融，獸身人面，乘兩龍」；甚至於〈西山經〉直言「泑山，神蓐收居之」；東方句芒的「鳥身人面」或北方禺彊的「人面鳥身」[註135]顯然絕非屬於人類的型態。事實上，龍的象徵除了民眾投射於其身上的崇敬之外，早期的特徵應在於龍往往會與神人或聖王產生密切關係，龍之於聖王的存在、是祥瑞與尊貴的化身等等的民族文化意識，展現了將單純的「動物」昇華為

〔註135〕清·郝懿行：《山海經箋疏》。

「神龍」化的神靈標誌，此乃古代人們的普遍共識。是以，王充選擇了神話情節，卻刻意抹煞了當中最重要的四方神祇與古代聖王夏啟的存在，以導向他個人的既定結果，成就他個人片面所營造的詮釋視域中，顯然是過於片面了，卻也表現他高度批判社會迷思的立場。

（二）〈說日〉篇：批判《山海經》作者對「十日」的錯解

儒者說日，及工伎之家，皆以日為一。禹、貢（益）《山海經》言：「日有十。在海外。東方有湯谷，上有扶桑，十日浴沐水中；有大木，九日居下枝，一日居上枝。」《淮南書》又言：「燭十日。堯時十日竝出，萬物焦枯，堯上射十日。」以故不竝一日見也。世俗又名甲乙為日，甲至癸凡十日；日之有十，猶星之有五也。通人談士，歸於難知，不肯辨明，是以文二傳而不定，世兩言而無主。誠實論之，且無十焉。何以驗之？夫日猶月也，日而有十，月有十二乎？星有五，五行之精，金、木、水、火、土各異光色。如日有十，其氣必異。今觀日光無有異者，察其小大前後若一。……驗日陽遂，火從天來，日者、大火也，察火在地，一氣也，地無十火，天安得十日？然則所謂十日者，殆更自有他物，光質如日之狀，居湯谷中水，時緣據扶桑，禹、益見之，則紀十日。數家度日之光，數日之質，刺徑千里，假令日出是扶桑木上之日，扶桑木宜覆萬里，乃能受之。何則？一日徑千里，十日宜萬里也。天之去人萬里餘也，仰察之，日光眩耀，火光盛明，不能堪也。使日出是扶桑木上之日，禹、益見之，不能知其為日也。何則？仰察一日，目猶眩耀，況察十日乎？當禹、益見之，若斗筐之狀，故名之為日。夫火如斗筐，望六萬之形，非就見之，即察之體也。由此言之，禹、益所見，意似日非日也。天地之間，物氣相類，其實非者多。……淮南見《山海經》，則虛言「真人燭十日」，妄紀「堯時十日竝出」。且日，火也；湯谷，水也。水火相賊，則十日浴於湯谷，當滅敗焉。火燃木，扶桑，木也，十日處其上，宜燋枯焉。今浴湯谷而光不滅，登扶桑而枝不燋不枯，與今日出同，不驗於五行，故知十日非真日也……。〔註136〕

〔註136〕東漢・王充撰，黃暉校釋：《論衡校釋》，頁507～511。

〈說日〉篇，是王充針對當時民眾對於太陽的認知有著不同面向，所闡釋的論辨。全篇以「或曰」、「或問」、「儒者說」的設問方式，一一破除迷信與虛言，例如論證「日出扶桑」、「日中有金烏」、「十日說」等等的說法，並且認為皆是極盡荒謬之言。而在這一篇章裡，王充徵引《山海經》的神話情節，主要是用來校驗「十日說」的部分。首先，他一樣從「儒者曰」的方式丟出一個問題意識：「民間為何對於『太陽數量』的說法，有著不同的見解呢？」所謂的「工伎之家」，在古時指的便是祝、史、射、禦、醫、卜和各種手工業者。王充先指出傳統儒者（依五經之說法）與一般工匠等專業技能者，都視「日」為一，但在《山海經》、《淮南子》以至於民間以「十天干」作為十個太陽命名的方式，卻都瀰漫著（曾經）十個太陽之說。是以，為何民間仍有十日神話之說法呢？畢竟不管是「一日」，還是「十日」，都有文獻並行於世的情況。在〈說日〉篇中，王充開宗明義就認為「誠實論之，且無十焉」古往今來是不會出現「十日」的現象。其論之鑿鑿，筆者歸結王充具體反駁「十日神話」的理由如下：

‧理由一：日猶月也，日而有十，月有十二乎？星有五，五行之精，各異光色。物氣相類，其實非者多。

日有十，那麼也有十二個月亮嗎？好比星有所謂五星，這五星代表不同的五行，其精氣各有差異，然而對照「十日」的大小、色澤相同，可見並非真有十個太陽的存在。因此，天地之間，萬物的氣相類似的，實際上是各自不同東西的情況是常見的。故王充認為十個太陽像太陽而又非真的太陽，這樣的情況是可能存在的。

‧理由二：日之質，刺徑千里，扶桑木宜覆萬里，乃能受之。

天文曆算家經過驗證，得到太陽的直徑是一千里的結論。假如出來真有十日，那麼依《山海經》的神話情節之說，扶桑樹上若能讓十個太陽停留，則扶桑樹的體積範圍該要有一萬里以上，才能承受住它們。王充以簡單的數學計算，表現出此則神話的荒謬感。

‧理由三：日光眩耀，火光盛明，不能堪也。

太陽的白熾光芒太過閃耀，人類無法好好觀察直視，可能因此造成炫目效果，用現代的話語來說就是「視覺暫留」的現象，讓禹、益產生錯覺，以為真有「十日」。

‧理由四：察火在地，一氣也。地無十火，天安得十日？

考察在地上的火，是屬於同一種氣；地上沒有十種不同的火，天上怎麼可能會有十種不同的太陽呢？所以，王充認為所謂的十日，大概是光的質地像太陽的樣子，並且生活在湯谷水中，有時攀緣停留在扶桑樹上，恰巧被禹和伯益看見了，於是就將「十日」說法記載下來。這種說法，也可以視為王充對《山海經》十日神話的「合理化」解讀。

．理由五：水火相賊，浴湯谷，光不滅；火燃木，登扶桑，枝不燋。不驗於五行。

王充在這裡舉「水火相賊」的日常經驗來進行該文中堪稱最無懈可擊的引述證據。太陽屬火，湯谷屬水，水火本身相剋。十日若浸泡在湯谷水中早就該熄滅毀壞了，怎麼可能還生生不息，照耀大地呢？同樣的，扶桑樹屬木，屬火的太陽若居處其枝，早已燒焦枯死，何來扶桑木的存在呢？王充認為這完全不符合五行相生相剋的道理，所以認定禹、益所看到（記述）的十日並非是真正的太陽。

由上述反駁「十日神話」的理由來看，王充的論辨是極盡深刻地從各個角度切入去進行剖析。以經驗法則與類比的方式進行推論，同時也透露出他對天文學知識的留意，以及他特有的「唯氣論」觀點，不僅以「氣」解說宇宙，更以「氣」解說萬物的本質與形體，並添加五行思想的驗證，可以說是將當時漢際的學術思想與社會經驗的同步應用。誠然，王充認為此「十日」思維，當蓋源於《山海經》作者之說，在肯定《山海經》該書的價值同時，卻仍以現實常理來反駁神話中過於荒誕不經的虛妄情節。誠如前文所言，王充本身立場是認同《山海經》的博物內容的，但《山海經》所言的「十日」之說，卻與當時的天文學知識（經過驗證的）互相抵觸。他用頗為邏輯類推的方法認為「誠實論之，且無十焉」而否定了《山海經》、《淮南子》「十日」的說法，認為是最先的禹、益「錯看」或「誤解」了「日」的形象，而讓後來的淮南作者又依循〈海外東經〉的說法，講述了十日，延伸了「堯射十日」這種荒誕不經的繆論。王充這一系列對「十日神話」的批判，可以說是對神話的「最初真相」作出「合理化」的推斷，使神話「還原」為可信的歷史經驗，將單純的神話情節，重新拉出了「作者──文本──閱讀者」的三方視角，進而展開詮釋神話世界以外的「人為色彩」。

（三）〈訂鬼〉篇：藉《山海經》「鬼國說」來駁斥鬼魅迷信的虛妄

一曰：鬼者，物也，與人無異。天地之間，有鬼之物，常在四邊

之外，時往來中國，與人雜則，凶惡之類也，故人病且死者乃見之。天地生物也，有人如鳥獸，及其生凶物，亦有似人象鳥獸者。故凶禍之家，或見蜚尸，或見走凶，或見人形，三者皆鬼也。或謂之鬼，或謂之凶，或謂之魅，或謂之魑，皆生存實有，非虛無象類之也。何以明之？成事：俗間家人且凶，見流光集其室，或見其形若鳥之狀，時流人（入）堂室，察其不謂若鳥獸矣。夫物有形則能食，能食則便利。便利有驗，則形體有實矣。《左氏春秋》曰：「投之四裔，以禦魑魅。」《山海經》曰：「北方有鬼國。」說蜧者謂之龍物也，而魅與龍相連，魅則龍之類矣。又言「國」，人物之黨也。《山海經》又曰：「滄海之中，有度朔之山，上有大桃木，其屈蟠三千里，其枝間東北曰鬼門，萬鬼所出入也。上有二神人，一曰神荼，一曰鬱壘，主閱領萬鬼。惡害之鬼，執以葦索，而以食虎。於是黃帝乃作禮以時驅之，立大桃人，門戶畫神荼、鬱壘與虎，懸葦索以禦。」凶魅有形，故執以食虎。案可食之物，無空虛者。其物也，性與人殊，時見時匿，與龍不常見，無以異也。〔註137〕

　　從篇名「訂鬼」二字，便可看出王充欲重新定義鬼魅的企圖心。實際上，〈訂鬼〉篇可看作《論衡》另一篇章〈論死〉篇的後續議論。所以，在探討〈訂鬼〉之前，大致先理解他於〈論死〉文中所闡釋的「鬼」。一如既往地，王充於〈論死〉首段便拋出一個流行於社會文化的俗信思維：「人死為鬼」。而他則在此篇裡以「物驗」的方式，稱「人，物也；物，亦物也。物死不為鬼，人死何故獨能為鬼？」〔註138〕、「人死不為鬼，無知，不能害人」〔註139〕，換言之，人是物類，物也是物類，物死不是鬼，故可得到所有的人死都不是鬼的結論。在〈論鬼〉篇裡，王充的類推方法，其實並非嚴謹的，但仍可以看到極具邏輯思辨的能力。據此，他在〈訂鬼〉篇中，則專注辯證於鬼的性質。他於開篇中即提出一個「鬼」由何而來的見解：「凡天地之間有鬼，非人死精神為之也，皆人思念存想之所致也。致之何由？由於疾病。人病則憂懼，憂懼見鬼出。……畏懼則存想，存想則目虛見。」〔註140〕依其言，王

〔註137〕東漢・王充撰，黃暉校釋：《論衡校釋》，頁936～940。
〔註138〕東漢・王充撰，黃暉校釋：《論衡校釋》，頁871。
〔註139〕東漢・王充撰，黃暉校釋：《論衡校釋》，頁871。
〔註140〕東漢・王充撰，黃暉校釋：《論衡校釋》，頁931。

充認為天地間之所以有鬼，是人類憂思過懼，發出幻想而引來的，甚至認為「鬼者，物也，與人無異」以及「皆生存實有，非虛無象類之也」，也就是說它們都是實際存在的東西，而不是無形的虛像。為了具體證明他的說法，王充徵引《山海經‧海內北經》的「鬼國」之說，以及「神荼、鬱壘神話」（《山海經》佚文），來進行辨證：

① 引《左傳》：投之四裔，以禦魑魅。

　　魑魅能與人類雜處，表示鬼為具體的存在。

② 引《山海經》：北方有鬼國。

　　稱「國」，即表示具有群居社會制度化現象，所以鬼與人類是一樣的物質存在。

③ 引《山海經》：執以葦索，而以食虎。

　　既然鬼是可以被綑綁或餵食老虎，代表其型態是實像非虛像。

由於，王充為了說明鬼是物和人類並沒有什麼多大的不同這樣的論點，因此分別引用了《左傳》「四凶」神話和《山海經》的「鬼國」神話。在「四凶」神話情節裡，舜做了堯的臣下以後，開闢四方的城門，流放四個兇惡的家族，把渾敦、窮奇、檮杌、饕餮趕到四方最荒遠之處，讓他們去抵禦「魑魅」。既然能抵禦，代表了人類能與鬼同處在一個空間，可以互相接觸、交流，所以鬼是實體的。後文連續引用兩則《山海經》神話，說明鬼與人類相似，並具有群居、社會形態現象，更是可以被老虎食用的具體存在物。雖然，鬼魅時隱時現，卻不能抹煞他具有的實像形體。故得證「鬼與人無異」。

　　值得一提的是，從〈訂鬼〉這則論證裡，恰好更能看出王充將他的邏輯思考呈現在類推時的層層步驟之中，每一層裡常用「經驗」作判斷，每層之間則多使用「類比」方式去詮釋出他想要的結果走向，如上文例①所言的「投之四裔，以禦魑魅」句子裡，因為要將四凶放逐四方邊境與鬼魅抵抗，在一般經驗認知下，能接觸和交流就不可能是無形的虛像。在例③中鬼魅能被食，便是顯現它們的固態形象，最後利用「類比」的方式將人、物、鬼三者串聯起來：

A. 人與鬼可以交流（能接觸）

B. 人國＝鬼國（群居化、階層化、制度化）

C. 人可被食＝鬼可被食（人、鬼皆是「物化」）

人←[物]→鬼
由物質來串聯人與鬼的相似處，詮釋出二者並無不同。

這就是前文所提到的「物類可察，上下可知」的研究方法，這樣的層層推類，充斥在《論衡》諸篇中。然而，這樣極度依賴「類」與「類」之間的異同來進行辯證，是頗危險的，後人觀之，則會發現《論衡》的各個篇章，往往有同樣議題，做出模擬兩可或矛盾的結論出現，這完全是因為所謂的「經驗法則」與「譬喻類比」無法僅以其中一個現象來概括所比對事物的全部樣貌與關連性。王充的經驗法則是常把耳目所及的現象，直接拿來解釋非耳目所能及的問題。例如，人類屬於物類是耳目所及；鬼是否真為具體的物類，就有待商榷了。雖然他引述了《左傳》、《山海經》的說法，但卻對絕大多數談到鬼為虛像無形、飄忽不定的文獻或說法視而不見，更忽略了所謂的「鬼類」可能也具有不同的虛像與實像，就算是實像，能見與能接觸又是並非虛實絕對的概念，就如同水有三態，若只取其一，則容易形成偏頗之論，導致失去批判迷妄風氣的原意。

　　除了「類比」與「經驗」於研究過程中過於簡單而片面的論述之外，另有一個王充於論述立場上所展呈現的疑慮。先不論上述三則對《山海經》神話的徵引情形與其應用的論證效果，單就王充對於該書所言的信任程度，似乎也產生為了批判「疾虛妄」的同時，卻也出現「信虛妄」的矛盾情況。除了〈說日〉篇還稍微批判了禹、益錯看錯解之外，其餘所引述的不論是〈海外〉四經的「乘龍之人」、〈海內北經〉的「鬼國」說，以及成為佚文的度朔山「神荼鬱壘神話」，都是採取肯定其荒誕的神話情節，並應用於論證之中。然而，「龍」雖然被王充詮釋成不能上天的平凡動物，但那種刻意不提所引據原典具有神性的「馭龍者」，卻承認神話情節中「乘龍之人」的存在；而在「鬼國」、「神荼鬱壘神話」又更明顯了，相信神話中的「鬼國」存在，相信有二神人「神荼鬱壘」的神蹟，可見在他的認識前見裡，對於「虛妄性」的界定亦是處於模糊空間，也使得閱讀者感受到王充駁斥迷信之餘，卻又談到鬼神存在的矛盾和困惑。例如在〈奇怪〉篇中用「偶然」的概念斥帝王感生神話為虛妄；另一方面，又於〈吉驗〉篇中引用它們來證明「凡人稟貴命於天，必有吉驗見於地」〔註141〕的看法。這也說明若一味地將王充視為駁斥虛妄、公正批判、無神論者或理性主義實踐者等等去標住他，是極為不妥的。

　　總的說來，觀察上述例證，或有涉及日常生活中的天文物理、倫理道德以及其他史地、風俗等等的知識。王充通過這些事例，引神話進行多方面對

〔註141〕東漢・王充撰，黃暉校釋：《論衡校釋》，頁84。

民間意識與文化思維上的反駁，最後往往判定它們為「虛言」。當它們面對神話本身的詭譎與虛妄時，就會摒除了他認為奇怪、虛假的成分。只留下他認為合理且能解釋的部分。如此一來，神話在合理化的過程中，增添了多義性，成為真實歷史中的一份子。王充在學術史上的貢獻，恐怕不能如其他同時代的學者如揚雄（前53～18）、劉歆（？～23）、張衡（78～139）等人的意義那麼大、影響那麼強烈。然而，王充的虛妄說以及其頗具雛形的合理主義來為神話俗信考證，不論是以實證虛，亦或是以虛證虛，王充廣泛地蒐羅文獻資料中之記載，以及民間流傳的神話、傳說和風俗資料，以神話破譯迷思，以神話破譯神話，並旁徵博引、據實反駁。甚至，也讓《論衡》的內容中保存了許多古神話及風俗資料。對於《山海經》而言，誠然，王充僅是為了論證所言怪奇虛妄之事的探討，更多地，也是出於為了解答當時漢代普遍民間俗信認知的現象，才引《山海經》所錄之說作相互印證，但對於神怪奇異內容的文本而言，無疑也成為解讀神話文本的先驅之一。

第二章　魏晉文人對《山海經》的
神仙情懷與寄託

　　東漢末年「逮桓靈之閒，主荒政繆，國命委於閹寺，士子羞與為伍，故匹夫抗憤，處士橫議，遂乃激揚名聲，互相題拂，品覈公卿，裁量執政，婞直之風，於斯行矣。」〔註1〕政治的腐敗導致名士們紛紛以結黨的形式進行抗衡，也使得士大夫受「黨錮之禍」的牽累，紛紛認清所處亂世現實之悲。至魏晉南北朝時代，朝廷政治紛亂且動盪不安。爾後，受政治集團的權力更迭，造成近四百年國土呈現分合的局勢。在這段亂世之中，此時的士大夫因政治嚴峻的現實而逐漸將注視目光從經學上轉移至個人生命、精神意義的探究，這也使得老莊道學所延伸出來的「玄學」哲理，成為當時學術研究的主流之一。他們放棄曾經癡迷的儒家經世致用的傳統，轉而追求出世逍遙的道家思想。他們競相追求個人儀錶、風度的修飾，縱情生活閒適。生命價值的追求由化外轉修內，自我意識日益彰顯，這種風氣在兩晉時期臻至鼎盛。社會風氣的轉變，促使學術風氣也隨之發生轉變，經學不再是士人涉獵的唯一領域，「博學多聞」成為判斷士人有無才學的重要標準，故北齊顏之推（531～591）於《顏氏家訓·勉學》中曰：「士大夫子弟，皆以博涉為貴，不肯專儒。」〔註2〕便是對當時學術風氣的最佳寫照。

　　除了一般學術的研究外，甚至受道教影響，在當時興起一股神仙思想。

〔註1〕南朝宋·范曄：《後漢書·黨錮列傳》，卷67，頁1929。
〔註2〕北齊·顏之推著，王利器集解：《顏氏家訓集解（增補本）》（北京：中華書局，1993年12月），頁177。

這個思想除了民間傳說的積累與想像外，讓更多魏晉時人認為，若通過修煉則或能得方術，以達長生，或臻至成仙的得道成仙的思維。如此現象可經由觀察此時期大量產出的學人筆記，如《十洲記》〔註3〕、《玄中記》、《博物志》等等窺知一二。如此情況下，內容充斥著宇宙萬物、神奇藥草、神人異事的《山海經》，當然在魏晉時期得到應有的重視和地位。在眾多的魏晉筆記中，看似晉人張華（232～300）所撰的《博物志》與《山海經》關係甚密。然而，其書前言雖曰：「余視《山海經》及〈禹貢〉，《爾雅》，《說文》，《地志》，雖曰悉備，各有所不載者。」〔註4〕以說明《博物志》對《山海經》尚未言盡之處再行補述，然而該書近世已被學界視為非張華原本，為「好事者摭取諸書所引《博物志》，而雜採他小說以足之。……其餘為他書所未引者，則大抵剽剟《大戴禮》、《春秋繁露》、《孔子家語》、《本草經》、《山海經》、《拾遺記》、《搜神記》、《異苑》、《西京雜記》、《漢武內傳》、《列子》諸書，餖飣成帙，不盡華之原文也。」〔註5〕故其中所言類比、補述《山海經》之言，的確是難以盡信為西晉時人之見解。若以重視《山海經》內容而繼以撰述他作，縱觀魏晉文壇，蓋以郭璞對《山海經》的研究用力最深。

另值得一提的是，魏晉亦是文人自覺的時代，大量的文學批評類型的作品出現，將《山海經》所記神話運用於創作的情形愈發普遍。除了郭璞之外，陶淵明、曹毗、葛洪，甚至是南朝時代的江淹等等，都留下了為數不少的詩文作品。我們可以說《山海經》雖作為神話傳說的載體，但他所記載的隻字片語成為流行於世，眾人耳熟能詳的典故後，神話進入文學將是自然而然，且即為普遍的現象。因此，與其說這些文學創作者對《山海經》產生了特殊的閱讀經驗與理解，不如說，其實他們僅單純的知道這些故事，而藉由詩文抒發所感，這與本論文的核心主題「對《山海經》的解構與重釋」是完全不同的。據此，本章「魏晉文人對《山海經》的神仙情懷與寄託」聚焦於郭璞對《山海經》語怪的解讀，以及陶淵明對《山海經》神話敘事的體會。不同於郭

〔註3〕《十洲記》，又名《海內十洲記》，舊題稱西漢東方朔所作，然此說不可盡信。《四庫全書總目》認為《十洲記》：「蓋六朝詞人所依託」。這種說法得到了眾多學者的贊同，例如：李豐楙認為此書成於東晉太元末至隆安年間；王國良則認為此書可能成於宋、齊之間。相關說法，參見王國良撰：《海內十州記研究》（臺北：文史哲出版社，1993年10月），頁8。

〔註4〕晉·張華，范寧校證：《博物志校證》（北京：中華書局，1980年1月）卷1，頁7。

〔註5〕參見余嘉錫撰：《四庫提要辨證》（北京：中華書局，2015年5月），頁1154。

璞的深入研究，陶淵明是有意識地經閱讀《山海經》後，將其與之個人經驗、社會觀察相互連結，產生猶如心領神會般的感受與寄託。換言之，不論是郭璞還是陶淵明，他們皆是《山海經》的最佳詮釋者。

第一節　神話變異的起筆者：郭璞《山海經傳》的考釋與詮釋

郭璞（276～324），字景純，河東聞喜縣人（今山西省聞喜縣），是晉朝著名學者、文學家、訓詁學家。他博學強記，著作甚多，擅長術數卜筮、陰陽曆算，甚至被譽為風水之鼻組。他更是一位傑出的文學家、語言學家，對文字、音韻、訓話均有研究，治學廣博，他在訓話、音韻方面所作出的貢獻，遠遠超過他的詩賦作品在文學史上的地位和影響。郭璞一生著述極為豐碩，據《隋書·經籍志》著錄有 17 種之多。《太平廣記·神仙》（卷十三）記載郭璞其人「周識博聞，有出世之道鑒，天文地理，龜書龍圖，爻象讖緯，安墓卜宅，莫不窮微。善測人鬼之情狀。」〔註6〕可見，到了宋代，已將其修道神仙化了。今天所能瞭解的郭璞事蹟，主要見於《晉書·郭璞列傳》、《世說新語》等等的史傳筆叢之中，不過從其記載的事蹟多是一些卜筮占驗的奇聞軼事，由此可以看出郭璞擅經術、博學多聞是他給予當時人們的主要印象。

一、郭璞生平與其學術涵養

據《晉書·郭璞傳》記載：「有郭公者，客居河東，精于卜巫，璞從之受業。公以青囊中書九卷與之，由是遂洞五行、天文、卜筮之術，攘災轉禍，通致無方，雖京房、管輅不能過也。」〔註7〕可知，年輕的郭璞在郭公的細心指導之下學得卜筮的技藝，並且不但使得精妙，也因為通過卜筮的研究，讓郭璞因此能行走於亂世而多能避禍保身之外，卜筮的運用更加精實了取象而析象的觀察思維，也讓他的著作中往往呈現出頗具玄妙論述的語言特色。此外，如前文所述郭璞的學問厚實，具有很好的文字考釋功力和古籍文獻的認識，更難能可貴的是，他還能利用出土文獻作為徵引來考證文字釋義，試圖

〔註6〕宋·李昉：《太平廣記》第 1 冊（北京：中華書局，1961 年 9 月），卷 13，頁 94。

〔註7〕唐·房玄齡等著：《晉書·郭璞列傳》（北京：中華書局，1974 年 11 月），卷 72，頁 1899。

還原古文的真相。比如說，晉武帝太康二年（281），汲塚地區（今河南省衛輝市附近）由盜墓者不准盜掘戰國魏墓時發現一批竹簡，[註8] 在這批出土文獻中的《竹書紀年》、《穆天子傳》、《易經》等書，都曾被郭璞徵引釋文。西晉太康年間的時代與郭璞生涯重疊，可以說，這對於當時的學界而言，是非常新穎的文獻資料，郭璞可以完全地利用它們進行著書立說，其聰明才智，表露無遺。

郭璞一生受亂世之累，較為坎坷。於官場上，他曾歷任宣城太守殷佑的「參軍」、王導的「參軍」，東晉朝廷的著作佐郎，委任專修國史，後又歷任尚書郎、權臣王敦（266～324）的記室參軍等職務，後因以卜筮不吉勸阻王敦謀反而遇害，享年49歲。王敦之亂平定後，晉明帝追封已故的郭璞為弘農太守，表彰他對朝廷的貢獻。郭璞一生的仕宦歲月不長，他雖早早便成名於卜筮之術，但直至晉朝東渡，40餘歲時才因王導（276～339）的青睞，漸受晉元帝的賞識。因此，在他大半的人生中，有許多時間能縱情於自然山水之間；閒居時，博覽群書，考察群經，這也使得能提供大量素材於學術研究中；在文學創作上，更寄情於詩詞歌賦，暢遊於游仙境地的無限想像。

《晉書》稱郭璞為「璞好經術，博學有高才，而訥於言論，詞賦為中興之冠。好古文奇字。」[註9] 又言：「在異書而畢綜，瞻往滯而咸釋」[註10] 這是對其文學及學術成就的高度評價，他不僅專研儒家經典著作，同時對於道教學術也多有涉及，他的興趣著眼於古籍的釋義中。郭璞曾經為多本古籍作注，如《爾雅》、《音義》、《圖譜》、《三蒼》、《方言》、《穆天子傳》、《山海經》，甚至於文學性質的《楚辭》、《子虛》、《上林賦》等文類撰寫注疏。上述作品，皆傳於世，可見其學術的成就非凡。郭璞為上述古籍作注，看似分屬於不同體系文類，但從這些書籍的注文中，可以發現郭璞的透過引經據典，展現他的博聞和玄思，這種相似性讓郭璞將其貫穿起來。在注釋過程中，郭璞自由穿梭於這些古籍當中，經常運用一部古籍的內容去論證另一部古籍。《山海經》就是經過郭璞這樣的古籍互證轉譯的研究方法，而得出許多精彩

〔註8〕見《晉書・束皙列傳》云：「初，太康二年，汲郡人不准盜發魏襄王墓，或言安釐王塚，得竹書數十車。其《紀年》十三篇，……其《易經》二篇，……《穆天子傳》五篇，言周穆王遊行四海，見帝臺、西王母。」唐・房玄齡等著：《晉書・束皙列傳》卷51，頁1432～1433。

〔註9〕唐・房玄齡等著：《晉書・郭璞列傳》卷72，頁1899。

〔註10〕唐・房玄齡等著：《晉書・郭璞列傳》卷72，頁1913。

的解釋。並且，經過他的釋義結果，影響後來學者對《山海經》的看法，影響極為深遠。郭璞一生著作甚豐，光是有關《山海經》的著作，主要有《山海經圖讚》與《山海經傳》二書。前者雖是述圖之作，但其內容主要針對《山海經》內所提及之事類而有所抒發，遂作讚文（形式不拘，有詩有文），可見作者對《山海經圖》的喜愛。如今，所傳版本僅見 303 則；至於《山海經傳》一書，則為《山海經》校定成書以來首部的校注本。郭璞於其《山海經注‧敘》中便有所言：「蓋此書跨世七代，歷載三千，雖暫顯於漢而尋亦寢廢。其山川名號，所在多有牴謬，與今不同，師訓莫傳，遂將湮泯。道之所存，俗之喪，悲夫！余有懼焉，故為之創傳，疏其壅閡，闢其茀蕪，領其玄致，標其洞涉。庶幾令逸文不墜於世，奇言不絕於今。」〔註 11〕從郭璞自予期許中，可見為《山海經》作注之第一人。〔註 12〕

　　郭璞對玄學的哲理思維於研究上頗有心得，這種研究視域成就了他透過親身的自然體驗（包含眼、耳、鼻、口、心之五感），使得他對萬物的注釋方法在筆觸間自然地流露出靈動的生命意義。諸如種種因素，促使郭璞在具體的面對神話所展現的詭譎荒誕時，能夠很好地發揮其想像力和聯想力，創造出個人獨有的神話詮釋藝術。

二、開《山海經》注疏之先河：郭璞對神話文本的整理與研究

　　郭璞於《山海經敘》一文中就開宗明義的說：「世之覽《山海經》者，皆以其閎誕迂誇，多奇怪俶儻之言，莫不疑焉。」〔註 13〕所謂「閎誕迂誇」和

〔註 11〕清‧郝懿行：《山海經箋疏》。

〔註 12〕關於郭璞是否為《山海經》首位作注者之說，近來學者多有紛說。持非為首注立場者，多因郭璞於註解〈南山經〉時兩處引「璨曰」說法（如：「招搖之山臨於西海之上，多金玉，有草焉，其狀如韭。」郭璞注：「璨曰：『韭，音九。』」等筆）。清代學者郝懿行曾針對此例言：「郭注〈南山經〉兩引『璨曰』，其注〈南荒經〉『昆吾之師』又引〈音義〉云云，是必郭已前音訓注解人，惜其姓字爵里與時代俱湮，良可於邑。」（參見清‧郝懿行：《山海經箋疏》。）郝氏言之有理，郭璞引「璨曰」之說，只表示在他作注前已有人針對「此字」做音訓註解，並不能證明「璨曰」之解的原始對象就是《山海經》。郭璞兩次引「璨曰」的情況都是為了「音訓」文字為主，如此所引用的說法來源便可能是字義音讀之類的書籍，而非專門為《山海經》作註解本。郭氏云：「為之創傳」，此處言「傳」，非稱「箋」、「章句」，亦非稱「疏」，可見郭璞的堅持與自負。然也！以郭璞於兩晉博學顯赫之名聲，必然不需自吹自擂，或冒名於世，故筆者以為郭璞是《山海經》作注立傳之第一人，應當毋庸置疑。

〔註 13〕郭璞：〈山海經敘〉，《山海經箋疏》。

「奇怪俶儻」是絕大多數世人對《山海經》內容的評價與觀感。它主要指向兩個方面:一是《山海經》的內容是具有「博物」的性質;二是所述內容多帶有「離奇」的色彩。而這正是魏晉時代喜談神仙奇異的風氣之下,遂重視《山海經》的主要原因,是以郭璞對它產生濃厚的研究興趣是可想而知的,故言「為之創傳,疏其壅閡,闢其蕭蕪,領其玄致,標其洞涉」〔註14〕,使得郭璞為《山海經》作注,裨使流傳,讓人們閱讀時不會覺得艱澀難懂,並且也因為流傳已久,文字語意不免錯亂,而為其校正梳理,期許能領會隱藏於《山海經》文字中高深的道理,深入探討古人欲傳達的哲思境界。

自古以來,《山海經》的篇目問題便頗為複雜難解,如《四庫全書總目提要》便曾針對其篇目問題提出質疑:

> 郭璞注是書,見於《晉書本傳》。隋、唐二志皆云二十三卷,今本乃少五卷,疑後人並其卷帙,以就劉秀奏中一十八篇之數,非闕佚也。隋、唐志又有郭璞《山海經圖贊》二卷,今其《贊》猶載璞集中,其圖則《宋志》已不著錄,知久佚矣。舊本所載劉秀奏中,稱其書凡十八篇,與《漢志》稱十三篇者不合。《七略》即秀所定,不應自相抵牾,疑其贋托。然璞序已引其文,相傳既久,今仍並錄焉。〔註15〕

由於《七略》為劉向、劉歆父子所編纂,而班固《漢書·藝文志》又承襲《七略》,故四庫館臣認為「不應自相抵牾,疑其贋托」,這裡指的「贋托」乃是認為劉歆(秀)上表之文為後人所造。當然,由於郭璞〈山海經敘〉早已載錄劉歆上表之說,故仍無定論。事實上,四庫館臣的「贋托說」倒是多慮了,除了無法有確切的證明之外,要讓篇目的數字無法相符的情況,在往後的流傳歷程都有可能會發生。實際上,大部分的學者多認為是郭璞所為,原因在於〈大荒東經〉開篇目錄下即有郭注曰:「此〈海內經〉及〈大荒經〉本皆進在外。」〔註16〕使得歷來學者大多認為是郭璞校其該書時,便有為《山海經》進行篇目的重整工作。相關提出的推測說法很多,近人袁珂就認為:「郭璞是比較好『怪』的,才把這幾篇『逸在外』的『不雅馴』的東西搜羅進來,成為今本的狀態。」〔註17〕另外,亦有學者如陳連山透過宋代兩種《道藏》本的

〔註14〕郭璞:〈山海經敘〉,《山海經箋疏》。
〔註15〕清·永瑢等編纂:《欽四庫全書總目》第4冊,卷142,頁2785。
〔註16〕清·郝懿行:《山海經箋疏》。
〔註17〕袁珂:《山海經校注》,頁506~507。

篇目差異〔註18〕，提出「郭璞注本由於加上了〈荒經〉以下五篇，故作二十三篇。……好古的人們不滿意它和劉歆所謂的十八篇之數的不合，又不明白郭璞增加了五篇，於是只好設法合併篇目，以湊合十八之數。湊合工作在唐代已開始。」〔註19〕按陳連山之見，郭璞將〈大荒四經〉及〈海內經〉併入後，郭璞校注的版本應該是 23 篇；除此之外，其實在南宋《中興書目》著錄的《山海經》，也說明該書為「《山海經》十八卷：晉郭璞傳，凡二十三篇，每卷有讚。」〔註20〕先不論各篇撰寫年代先後的複雜問題，經過歷來學者對於「進在外」（甚至有些版本寫「逸在外」，此處依循《山海經箋疏》版本）一詞的研究，大致可以判定郭璞在注釋《山海經》的過程中，把〈大荒四經〉、〈海內經〉共五篇合編於劉歆校訂後的《山海經》中，成為今日所見《山海經》通行本篇目與內文的現況。

　　然而，《山海經》雖經劉歆等人整理編校，但到了郭璞所在的時代已距西漢漢哀帝劉欣（前 27～前 1）在位期間（前 7～前 1）約 270 年之久，經時代的變遷，文本內容的乖離，讓《山海經》的內容對於當時的晉人來說，也無法輕易地閱讀了。也因此，郭璞在研究方法上，勢必會從音訓、析字、校勘、釋義等方面開始為《山海經》進行梳理字義的校注工作。他關注於文字間不同的書寫形式，包含古今通同字以及取音、義相近者，作為理解經文的手段，郭璞試圖通過文字釋義間，解決《山海經》文本中大量艱澀難懂的古字，並在注釋過程中，常用「一作」、「或作」等詞彙來作校，雖不知是否有意，但卻能很好地與原《山海經》中出現的「一曰」作出區別（「一曰」之說，或有極大可能為劉歆校語）。例如，〈西山經〉曰：「䎽，山神也，祠之用燭。」郭璞注云：「或作煬。」〔註21〕又，〈東山經〉曰：「環水出焉，東流注于江。」郭璞注云：「一作海。」〔註22〕從「一作」、「或作」之校語觀察，在晉時流傳的《山海經》版本應不僅一本而已。值得一提的是，筆者觀察郭璞撰注的《山海經傳》自〈海外四經〉以下，稱「一作」、「或作」的校語已甚為少見，反

〔註18〕宋代有兩種《山海經》道藏本，二者篇目分卷形式不同。這裡指的是依南宋·薛季宣《浪語集》所言：分〈五藏山經〉10 卷，〈海外經〉6 卷，〈海內經〉1 卷，〈大荒經〉1 卷。此說參見陳連山：《山海經學術史考論》，頁 76。
〔註19〕陳連山：《山海經學術史考論》，頁 75。
〔註20〕中華書局編輯部：《宋元明清書目題跋叢刊》（北京：中華書局，第 1 冊，2006 年），頁 410。
〔註21〕清·郝懿行：《山海經箋疏》。
〔註22〕清·郝懿行：《山海經箋疏》。

而出現於〈五藏山經〉者數量頗多，似乎也召示著「博物」色彩最為濃厚的〈五藏山經〉，其艱澀古字之多，使之於流傳時易造成版本錯訛差異的現象。〔註23〕總而言之，藉由對文字釋義的考訂，郭璞在觀察《山海經》中牽涉到大量的博物學和俗信文化時，能更加準確的進行解讀。並且，秉持著盡量不做無根據的臆測，去強行解釋而導致更加偏離原意。誠如他引述《莊子》所言：「人之所知，莫若其所不知」說明凡身為人者，對於世界的認識能力是有限的，並且正是這種局限性，使得《山海經》容易被閱讀者所誤解。所以，在他的注文裡，常出現「莫知所辨測」、「未得詳也」、「不詳何物」等說辭，亦即不作強說，不作臆測，以求維持原典的正確性。換言之，他所能釋義的，都是極具可靠的解釋（至少是郭璞能自我認同的可靠性），再再顯現出郭璞校訂時的嚴謹態度，以晉時的學術界而言，已屬難仍可貴。

　　郭璞除了為《山海經》作注之外，還針對《山海經》的內容，另創作一組讚詩，也就是前文已有提及的《山海經圖讚》。既稱為「圖讚」，則表示是為述圖而作的。《山海經》自古以來就有「古圖說」的概念，然而，郭璞所見的《山海經圖》是真為所謂的「古圖」？還是由同朝時人所另外繪製，今已不可詳考。但在確認現今通行本以無法窺見郭璞所見《山海經圖》的情況下，所幸仍留有·《山海經圖讚》傳世，讓後人藉由郭氏之讚語來想像圖像姿態，或者是單純欣賞郭璞的述圖情懷。那麼，到底「讚」是怎樣的文體形制？郭璞又為何以「讚」作文？有關「讚體」的體裁形制的說明，《文心雕龍‧頌讚》中已有清楚說明：

> 贊者，明也，助也。……及益贊於禹，伊陟讚於巫咸，並颺言以明
> 事，嗟歎以助辭也。……及景純注《雅》，動植必讚，義兼美惡，亦
> 猶頌之變耳。然本其為義，事在獎歎，所以古來篇體，促而不廣，
> 必結言於四字之句，盤桓乎數韻之詞。約舉以盡情，昭灼以送文，
> 此其體也。〔註24〕

〔註23〕筆者按，甚至在〈大荒四經〉以下郭璞言「一作」、「或作」的校語比例更為罕見，似乎也表示〈大荒四經〉與〈海內經〉在郭璞以前其他版本的流傳狀況，那些「進在外」的篇目也說明了流傳不廣、非劉歆原所增訂，可能是劉歆之後到郭璞以前這段時間裡另有他者將自行創作，或民間其他相似內容的文本，將之添入《山海經》篇目中，最終形成郭璞所見本。

〔註24〕南朝梁‧劉勰，清‧黃叔琳注，清‧李詳補注：《增訂文心雕龍校注》（北京：中華書局，2000年8月），頁109。

依劉勰（約465～約532）之見，文體「讚」的原意，是用以輔助說明之意。早在夏商之際，就傳有以「讚體」來說明事理，並加上感嘆語氣作詞語表達。「讚體」到了郭璞撰寫《爾雅注》時，得到了空前的發揮。凡每遇動物、植物時，必有讚語，其內容褒美、斥惡兼具，闡發對於人或事的讚嘆，並且篇幅甚短，必定用四言句式。透過簡約的文句間，抒發自己對事物的看法與感受，這就是「讚體」的特色。從〈文心雕龍〉的說明中更可發現，郭璞不僅只為《山海經》作讚，事實上也為其另一注釋作品《爾雅》作讚，並且是以作圖亦作讚的方式，為《爾雅》以圖像來分類，以讚來配合輔助說明。如同對《爾雅》的重視，郭璞對《山海經》的珍視自不在話下，因此，也同樣「以讚述圖」的方式創作了《山海經圖讚》，讚語中有對物的描寫、兼有評論性、抒發感嘆的風格，展現於目前僅傳的 303 則之中〔註25〕，我們甚至可以視《山海經圖讚》為郭璞閱讀或研究《山海經》內容所述的各種事物時，用以展現出自我主觀性的研究心得與結果。如〈東山經〉之「狪狪」，本經曰：「有獸焉，其狀如豚而有珠，名曰狪狪，其名自詨。」〔註26〕此乃一種身形像豬，身體內卻孕含著珠子，名叫「狪狪」的異獸，牠的鳴叫聲猶如叫自己的名字。然而，郭氏在《山海經圖讚》中將「狪狪」闡釋成：「蚌則含珠，獸胡不可；狪狪如豚，被褐懷禍。患難無由，招之自我。」〔註27〕郭璞以體內含珠的只有蚌類，而身形似豬的「狪狪」並非蚌類，怎能懷珠？非能懷珠以懷珠者，猶如身內藏禍端，便是自己招致而來啊！從此則《圖讚》中，可以看到郭璞完全跳脫《山海經》原經文的敘述，與之譬喻現實情況來象徵人為的行為舉止，這便是郭璞對《山海經》神話情節的自我抒發，亦是神話再造的創作性思考。

〔註25〕《山海經圖讚》經年累月的流傳，有所散佚。據陳連山整理，分別有明代沈士龍、胡震亨校本《山海經圖讚》收 261 篇，〈補遺〉14 篇，共計 275 篇，缺《大荒四經》、《海內經》圖讚；明代張溥於《郭弘農集》共收入 279 篇，亦缺《大荒四經》、《海內經》圖讚；嚴可鈞《全上古三代秦漢三國六朝文》輯佚得出 67 篇，補上《道藏本》所收，共 266 篇，其中只缺〈大荒南經〉部分圖讚。以今人張宗祥《足本山海經圖讚》最為詳盡，共計收入 303 篇，故本文言 303 篇理由於此。參見陳連山：《山海經學術史考論》，頁 82；晉·郭璞注，張宗祥校錄：《足本山海經圖讚》（上海：古典文學出版社，1958 年 5 月）。

〔註26〕清·郝懿行：《山海經箋疏》。

〔註27〕晉·郭璞注，張宗祥校錄：《足本山海經圖讚》，頁 19。

　　郭璞作《山海經圖讚》，此舉盡顯現出他關注於文本與閱讀者之間的理解關係，不啻是一種詮釋活動的觀察，透過傳播的無遠弗屆，無形當中擴大了《山海經》的影響力，《山海經》文本詮釋不斷進行，而身為創傳第一人的郭璞，他為《山海經》所詮釋的文本形象，也透過往後各注家對郭注的再理解，將《山海經》神話情節置入於詮釋循環的系統中。換言之，他的《山海經傳》已不僅是《山海經》最早注本那樣的單純意義，在《山海經》作者已不可考的情況下，郭璞所作的注本儼然有創作者之勢，將其既有的學術前見注入於《山海經》文本中，使之呈現出更具玄幻的詮釋色彩，郭璞可謂開創「山海經學」的第一人。

三、從釋義、詮釋到創作：郭璞《山海經》神話的美感歷程

　　郭璞的注本是《山海經》研究的濫觴，加之他的生涯與學術思想的背後都連接著魏晉時期的學術界，使得《山海經傳》的注解內容，概能反映出當代學術的特色。大致觀察魏晉南北朝時代，就會發現某些有別以往的新興學術正風起雲湧。雖然，在政治局勢上不論是士族或百姓都感受到極大的壓迫與混亂，但在學術上卻開出絢麗的里程碑，直接影響了隋唐時代的學術文化。例如，在宗教俗信上有道教、方術、煉丹、風水和堪輿之學等等的發展；在文學思想上，亦有詩歌題材的擴充（游仙詩、田園詩等等）；再者，可以作為解決先秦文獻的不足，提供理解古代歷史、學術思想的出土文獻的應用與研究，成為新生的一門學問；更甚者，魏晉南北朝時期可以說是「文藝批評」和「博物學」全力開展的時代，這兩種可謂是跨領域的學術門科，可以說是擺脫漢末以來沉痾的經學枷鎖，不再顧慮所謂的師法、家法的限制，一種展現個人自我研究特質的風氣亦更加自由，不受拘束。魏晉南北朝恰好是一個文學與思想重新解放的時代，曹魏時期的學者王弼（226～249）不但遠遠超越繁瑣和迷信的漢儒，而且勝過清醒和機械的王充。〔註28〕簡單來說，這是當代對於學術文化與社會風氣的一種覺醒。他們在為仕途、政治作出退讓之後，有些人潛心於佛教或道教；有些人寄情山水與自然，不論何者，都是為了找到安頓自己心靈的途徑。然而，這時代的學者士人外表儘管裝飾得如何輕視世事，瀟灑狂放，其實內心裡卻更強烈地執著於人生的現實與苦悶。

〔註28〕李澤厚：《美的歷程》（臺北：三民書局，1996 年 9 月），頁 98。

　　是以，郭璞湊身於此時，自然而然地將博學強記、滿腹經綸的本事，安置於不與政治扯上太多關係的「另類」學術研究，將視野投入在「物類」的理解上。他不但將自身才學透過各種不同領域的知識串聯起來，並且極具創發性。我們若由郭璞所關注的注解文本對象來看，他對於具有「博物」性質的書籍非常感興趣，比如說《爾雅》和《山海經》就是這類型的古籍。相較於形而上的學術理論，郭璞為了要讀懂理解這些記載古代博物之書，對於形而下的名物、制度、器物、動植、語言等等都必須要耗費心思去歸納分析和研究，也因此，除了從著作中（如《音義》、《圖譜》、《三蒼》、《方言》）可以看到他對於文字語言的研究成果之外，在其校注語中都可以看到郭璞對於「物類辨識」著墨甚深的用心。我們在《山海經傳》中可以看到他的注釋運用了大量經驗性的論證，著重於對當代各類知識之整合，並且徵引古籍群書，提供解讀的依據。郭璞的學術成就在於，他追求廣闊天地間的真實存在的知識，並且他亦擁有這些與方術相涉的博物知識得以相互應用。然而，正如前文所言，他也如同魏晉士人一樣，具有感性痛苦的一面，有他對生存環境的悲愴，對神仙聖境的憧憬和嚮往。正因如此，那種原來充斥著「荒誕不經」的神話情節，看在郭璞眼裡，似乎不需用嚴厲的儒家經學眼光去審視這些怪力亂神的詭異內容，他可以踩在魏晉以來新興的學術文化去重新理解《山海經》，重新詮釋《山海經》帶給他美感經驗與人生的啟發，將具體對《山海經》審美活動所投射的情感，與其玄學哲理的前見巧妙地融合一體，進行「以道釋物」的詮釋歷程。

　　由於，本論文的核心議題聚焦在「《山海經》神話的詮釋」，是以有關郭璞如何進行物類的考訂、校讎等等研究方法便暫不作深入探究，將焦點集中於他為神話情節做釋義時的理解和詮釋過程作分析。然而，我們若要完整理解郭璞對於《山海經》神話的思考，除了主要聚焦在他的注文內容外，或有必要時，也可以觀察他的另一部作品——《山海經圖讚》，透過釋義與創作文本之間的分析，應能更加完整地觀察郭璞對於神話文本的詮釋歷程，瞭解郭璞為《山海經》神話增添的異色色彩。

（一）郭璞以「變」釋「化」

　　在《山海經》文本中，多次出現「化」字。郭璞凡遇「化」字，皆解釋成「變化」，而這個變化往往是包含著「物種變形」的概念。也就是說，郭璞在釋義過程中，很能接受「變形」的概念，這樣的思想背後當然仍具有當時的

學術特徵，儒學自漢際以來，那種天人感應中存有的刑德災異之思維，並摻入道家玄學「氣論」的思想（氣為變化過程或萬物的本源），加之道教的神仙思想，使得郭璞並無任何保留地肯定所有《山海經》神話敘述的超自然存在。必須要注意的一點是，郭璞雖然是校注、解釋經文，但由於認同神話情節的神秘性，故未對其中不可思議的情節多作解讀，因此不去思考「化」的生成原因，而是解釋「化」以後的寓意和結果。是以，筆者略舉數則從中探討郭璞對「化」的詮釋思考：

1. 禹父之所化：以「變化」物態來展現生命之不滅

〈中山經〉：又東十里，曰青要之山，實維帝之密都。北望河曲，是多駕鳥。南望墠渚，禹父之所化，是多僕纍、蒲盧。〔註29〕

郭璞注曰：鯀化於羽淵為黃熊，今復云在此，然則一已有變化之性者，亦無往而不化也。〔註30〕

〈中山經・中次三經〉記載「墠渚」為「禹父之所化」的地點。然而，依據《左傳・昭公七年》的記載：「昔堯殛鯀于羽山，其神化為黃熊，以入于羽淵。」〔註31〕，以及《山海經・海內經》云：「帝令祝融殺鯀于羽郊。鯀復生禹。」郭璞注曰：「《開筮》曰：『鯀死三歲不腐，剖之以吳刀，化為黃龍也。』」〔註32〕等等之說法，都說明了鯀變化成黃熊（黃龍）的地點，並不僅有「墠渚」，歷來反而更多的說法出於「羽淵」（羽山、羽郊可視為與「羽淵」相同區域）之說。故郭璞為此則頗有疑慮的神話情節提出了「今復云在此，然則一已有變怪之性者，亦無往而不化也」的解讀，以一種鯀之死後而藉由「變形」來延續生命所展現的「復化」和「復生」姿態，神性不僅能幻化一次，鯀大可能到處施展他的神蹟。因此，經中「禹父之所化」的情節都是表現出神人具有「無所不化」力量，郭璞在這個注文裡關注的依然是「變」所形成的可能性，在神仙思想的薰陶之下，任何種類的「變形」都是神人得以「化」的範圍，因此，不應懷疑經中所述，也不需拘泥於為何能變化？在郭璞的視域裡，此乃實屬合情合理道教神仙思想下形成的詮釋結果。

〔註29〕清・郝懿行：《山海經箋疏》。
〔註30〕清・郝懿行：《山海經箋疏》。
〔註31〕楊伯峻編著：《春秋左傳注（修訂本）》（北京：中華書局，2009 年 10 月），第 3 版，頁 1290。
〔註32〕清・郝懿行：《山海經箋疏》。

2. 貳負之臣：以「氣化」維持生命的向度

〈海內西經〉：貳負之臣曰危，危與貳負殺窫窳。帝乃梏之疏屬之山，桎其右足，反縛兩手與髮，繫之山上木。在開題西北。〔註33〕

郭璞注曰：漢宣帝使人上郡發盤石，石室中得一人，跣踝被髮，反縛，械一足，以問群臣，莫能知。劉子政按此言對之，宣帝大驚，於是時人爭學《山海經》矣。論者多以為是其尸象，非真體也。意者以靈怪變化論，難以理測；物稟異氣，出於不（自）然〔註34〕，不可以常運推，不可以近數揆矣。魏時有人發故周王冢者，得殉女子，不死不生，數日時有氣，數月而能語，狀如廿許人。送詣京師，郭太后愛養之，恆在左右〔註35〕。十餘年，太后崩，此女哀思哭泣，一年餘而死。即此類也。

郭璞引劉歆〈上《山海經》表〉中所記載漢宣帝與劉向之間的談話，來帶出「貳負之臣」神話故事的後續發展，並在後文又另舉「殉女子」後復生且未有老態的不可思議事件，來作為強而有力的事證。這在他的個人解讀上存在著重要意義。這位「跣踝被髮，反縛，械一足」的貳負之臣，從遠古洪荒時代一直存活於漢代，也表示了真有神人存在於世，並非謬論也。郭氏於這則神話的釋義下，提出了他的詮釋觀點：批判這件事的人，多以討論使者所見的應該是屍體虛像，也可能是出於幻覺；而相信或理解這件事的人，則會以神人靈化的可能性來思考，畢竟萬物仍有它的未知性，世上很多事情是無法依理而論的。據此，郭璞認為「物稟異氣，出於自然，不可以常運推，不可以近數揆矣」，即萬事萬物都是由氣而變化，都是自然之產物，既是自然，就無法用生活經驗或世俗常理去揣測。換言之，在郭璞的視域之下，即使這些詭譎神秘的「化」皆是作為延續生命的手段，但在當時社會民眾對於求仙不死的渴望心態之下，是易於被接受而嚮往的古代歷史，而非神話故事的虛幻。

不論是哪種目的所造成「變」的不同型態，《山海經》裡的「化」，在郭璞的思維裡，很自然地以「變化」作為解釋原則，這點看在後來接續釋義工作的學者眼裡，是存有質疑的。舉例來說，〈大荒西經〉記載「有神十人，名曰

〔註33〕清‧郝懿行：《山海經箋疏》。

〔註34〕郝懿行曰：「郭云『出於不然』，不當，為『自』字之訛。」清‧郝懿行：《山海經箋疏》。

〔註35〕清‧郝懿行：《山海經箋疏》。

女媧之腸，化為神，處栗廣之野」〔註36〕的神話內容，郭璞則以「女媧，古神女而帝者，人面蛇身，一日中七十變，其腹化為此神」〔註37〕來解釋「化為神」的意義。他在釋義過程裡特意談到女媧貴為神女又言帝者，可見身份之尊貴，故外如身軀，內如臟器都亦為珍貴，因此可變形成其他神祇。更在《山海經圖讚》中以「女媧靈洞，變化無主」〔註38〕來重新詮釋自己對女媧的想像（女媧由靈氣聚成，故能變形若無主體）。顯然，郭璞提出「七十變」的校語是來自於王逸於《楚辭章句》之說〔註39〕，然而文獻的徵引並不代表《山海經》中所有的「化」都可以藉由氣化變形的理由來解釋。故袁珂認為「女媧之腸，化為神」的「化」字應當作「化育」來解，駁斥郭璞以「變」稱之，是已完全失去神話之本意。〔註40〕歸結而論，郭璞在進行校注時，對於荒誕不經的神話故事所採取的皆是肯定而不質疑的態度，對於神人神物的變形視為合理的常理經驗，必要時，更以氣論來概括所有的「變化」情節，形成他特有的詮釋視域，可以說是一種近乎感性而非理性的思考，校注筆墨間不經意地展現避世求道的浪漫情懷。

（二）強調《山海經》神話的「德」與「刑」

所謂「刑德」，顧名思義即是「刑罰」與「教化」。誠如《韓非子・二柄》之說：「明主之所導制其臣者，二柄而已矣。二柄者，刑、德也。何謂刑德？曰：殺戮之謂刑，慶賞之謂德。」〔註41〕又，《史記・龜策列傳》言：「明於陰陽，審於刑德。先知利害，察於禍福。」〔註42〕東漢以後，刑德之說更甚，擴展至日常生活無所不在。三國曹魏的嵇康（約223～263）曾於〈宅無吉凶攝生論〉中批評當時民眾習以刑德附會陰陽五行之說，致使生活起居皆受其

〔註36〕清・郝懿行：《山海經箋疏》。
〔註37〕清・郝懿行：《山海經箋疏》。
〔註38〕晉・郭璞注，張宗祥校錄：《足本山海經圖讚》（上海：古典文學出版社，1958年5月），頁47。
〔註39〕《楚辭・天問》云：「女媧有體，孰制匠之？」王逸注：「傳言女媧人頭蛇身，一日七十化，其體如此，誰所制匠而圖之乎。」東漢・王逸章句，南宋・朱熹集注：《楚辭集註》（北京：中華書局，《叢書集成初編》據古逸叢書本排印初編，1985年），頁44。
〔註40〕袁珂：《山海經校注》，頁390。
〔註41〕陳奇猷校注：《韓非子新校注》（上海：上海古籍出版社，2000年10月），頁120。
〔註42〕西漢・司馬遷：《史記》（北京：中華書局，1959年9月），頁3231。

影響而提出的反思，我們亦可從此則言論中理解「刑德」觀念於漢魏社會風俗所造成的影響情形：

> 夫善求壽強者，必先知夭疾之所自來，然後其至可防也。禍起於此，為防於彼，則禍無自瘳矣。世有安宅、葬埋、陰陽、度數、刑德之忌，是何所生乎？不見性命，不知禍福也。〔註43〕

藉稽康反面思考之語，曹魏時代的社會風氣常以「刑德之忌」來解釋類似風水的俗信習慣，簡而言之，正是「借天象以喻人事，藉星命以論道德」的徵兆思考。這種充斥著讖緯之學以包覆神秘思想的觀念，更是投射在無法解釋的神話情節中。然而，不可否認的是《山海經》神話本身便含有諸多遠古聖王賢能的故事情節，他們的遺風聖蹟，在解經者的詮釋作用下都能很輕易的轉變成具有道德勸說、告誡的教化寓義。當然，也不僅是聖王事蹟，在刑德思想下更能催化神秘事物的奇異色彩，將之詭譎敘述導向於禍福災異的解釋方向，正如郭璞於《山海經圖讚・結胷國》抒發的哲思：「造物無私，各任所稟。歸于曲成，是見兆朕。」〔註44〕造物主之公正無私，乘變以應萬物之間，可窺得其徵兆意涵，並以兆象喻刑德之思，郭璞於注文中多有闡發：

1. 以眾帝聖人之死，闡揚「德」之備至

下表所列，為《山海經》中談到古代帝王聖人之葬所，后稷與叔均可謂農業文明之始祖，故一併錄於表中：

表4：《山海經》所記眾帝墳墓葬所整理表

帝號	葬　　所
堯	狄山〈海外南經〉、岳山〈大荒南經〉
嚳	狄山〈海外南經〉、岳山〈大荒南經〉
顓頊	務隅之山〈海外北經〉、鮒魚之山〈海內東經〉、附禺之山〈大荒北經〉
舜	蒼梧之山〈海內南經〉、蒼梧之野〈大荒南經〉、岳山〈大荒南經〉、蒼梧之淵，九嶷山〈海內經〉
丹朱	蒼梧之山〈海內南經〉
后稷	在氐國西〈海內西經〉、都廣之野〈海內經〉
叔均	蒼梧之野〈大荒南經〉

〔註43〕〈宅無吉凶攝生論〉收入於戴明揚編著：《嵇康集校注》，臺北：河洛圖書出版社，1978年5月，頁266～267。

〔註44〕晉・郭璞注，張宗祥校錄：《足本山海經圖讚》，頁31。

從上表所列之觀察，便會發現到這之中有一帝多塚的記載情況發生。郭璞在校注時亦發現這些看似錯謬或紛亂不明的文意，他在釋義過程中，將這些上古諸帝賢者（黃帝、顓頊、帝嚳、堯、舜、禹、后稷、叔均等）先暫不去探究是否為神祇，而是他們都為「聖人」，既然是聖人則必賢德兼備。並從此角度解釋這則混亂不清的聖人葬所，其相關論述亦散見於各卷注文中：

(1)〈海外南經〉：狄山，帝堯葬于陽，帝嚳葬于陰。

　　郭璞注曰：今文王墓在長安部聚社中。按帝王冢墓皆有定處，而《山海經》往往復見之者，蓋以聖人久於其位，仁化廣及，恩洽鳥獸，至於殂亡，四海若喪考妣，無思不哀。故絕域殊俗之人，聞天子崩，各自立坐而祭酹哭泣，起土為冢，是以所在有焉。亦猶漢氏諸遠郡國皆有天子廟，此其遺象也。〔註45〕

　　《圖讚》曰：聖德廣被，物無不懷。爰乃殂落，封墓表哀。異類猶然，矧乃華黎。〔註46〕

除了聖人墳塚的解讀外，關於「眾帝之臺」的疑問，郭璞也同樣以聖人行德於民的視域，說明為何到處都有「眾帝之台」的原因：

(2)〈海內北經〉：帝堯臺、帝嚳臺、帝丹朱臺、帝舜臺，各二臺，臺四方，在昆侖東北。

　　郭璞注曰：此蓋天子巡狩所經過，夷狄慕聖人恩德，輒共為築立臺觀，以標顯其遺跡也。一本云：所殺相柳，地腥臊，不可種五穀，以為眾帝之臺。〔註47〕

郭璞於〈海外南經〉注文中提出認為《山海經》之所以會讓眾帝之塚存在於一個以上的地點，甚至在海外異域也有，主要因為他們皆是聖人，在生平事蹟中施行「德」政所致。注文中，眾帝聖王之「德」，在郭璞的詮釋之下更為突顯，強調了上古時代聖人們為百姓實施聖德恩澤，即使是距離遙遠的海外荒漠異域，亦受惠施恩德，是以他們自行「起土為冢」，才會造成出現在不同地區的紀錄結果。這是展現民眾在感念聖人故去，而聖蹟日遠，故自行建墳，以作為懷思、祭祀之用。由此，更可解讀《山海經》裡多記有「眾帝之臺」的神話情節，例如，〈大荒西經〉的「有軒轅之臺，射者不敢西嚮射，畏軒轅之

〔註45〕清‧郝懿行：《山海經箋疏》。
〔註46〕晉‧郭璞注，張宗祥校錄：《足本山海經圖讚》，頁32。
〔註47〕清‧郝懿行撰：《山海經箋疏》。

臺」〔註48〕、〈大荒北經〉言「有係昆之山者，有共工之臺，射者不敢北嚮」〔註49〕之說，為何皆言「射者不敢」？那是一種出自於對聖人的崇敬心態。因此，郭璞藉由〈海內北經〉所記的「帝堯臺、帝嚳臺、帝丹朱臺、帝舜臺」等等的「眾帝之臺」提出「此蓋天子巡狩所經過，夷狄慕聖人恩德，輒共為築立臺觀，以標顯其遺跡也」的解釋，也是來自於揚德崇聖的思考。甚至，郭璞於《圖讚》中以「異類猶然，翹乃華黎」來解釋漢朝各地郡國建有天子廟的文化現象，是「眾帝之墳」、「眾帝之臺」的文化遺風。並且，延伸自己對這則神話的想像，抒發自己於亂世中，憧憬於聖王治理太平盛世的美好。聖人的恩澤廣布世間萬物，異獸魍魅亦然，更何況是本為華夏之子民者？

2. 從《山海經》神話的災異兆象，附會刑德與陰陽五行之思

（1）西方蓐收‧東方勾芒

①〈海外西經〉：西方蓐收，左耳有蛇，乘兩龍。

郭璞注曰：金神也；人面、虎爪、白毛，執鉞。見《外傳》。〔註50〕

《圖讚》曰：蓐收金神，白尾虎爪。珥蛇執鉞，專司無道。立號西河，恭行天討。〔註51〕

②〈海外東經〉：東方勾芒，鳥身人面，乘兩龍。

郭璞注曰：木神也；方面素服。墨子曰：昔秦穆公有明德，上帝使句芒賜之壽十九年。〔註52〕

《圖讚》曰：有神人面，身鳥素服。銜帝之命，錫齡秦穆。皇天無親，行善有福。〔註53〕

「蓐收」與「句芒」分別代表了掌管西方和東方的神祇，在《山海經》神話文本裡並未多作司職上的闡述，僅作外在形象的描寫。並且，在外在形象的描繪上與動物作緊密的連結想像，換言之，我們若僅從《山海經》瞭解西方蓐收「左耳有蛇，乘兩龍」和東方勾芒的「鳥身人面，乘兩龍」，大概只能得出他們皆非純粹的人類形象，但卻似乎削弱了「神性」的成分。因此，在郭璞

〔註48〕清‧郝懿行撰：《山海經箋疏》。

〔註49〕清‧郝懿行：《山海經箋疏》。

〔註50〕清‧郝懿行：《山海經箋疏》。

〔註51〕晉‧郭璞注，張宗祥校錄：《足本山海經圖讚》，頁35。

〔註52〕清‧郝懿行：《山海經箋疏》。

〔註53〕晉‧郭璞注，張宗祥校錄：《足本山海經圖讚》，頁39。

的釋文中補述了其他具體職能、形象的說明，他分別針對蓐收、勾芒，強調他們身為「方位神」的概念。我們從他的注文裡看到以神性連結職能作用，若將《山海經》神話中敘述的東、西二神並列時，可以清楚看到勾芒與蓐收之間的相對關係：西方神配五行屬金，故屬「金神／執鉞」；東方神配五行屬木，郭注引《墨子・明鬼下》中「秦穆公受勾芒賜壽之事」而將勾芒視為「木神／賜壽」之屬神，這些注文很明顯可以看到是原《山海經》文本中所未見之。

像這樣將五行、四方、四季的概念搓揉交融，是儒家思想自天人感應論述起，開讖緯風氣大興之時便普遍流行的文化思維。《荀子・王制》篇云：「春耕、夏耘、秋收、冬藏，四者不失時，故五穀不絕，而百姓有餘食也。」〔註54〕春耕、夏耘、秋收、冬藏是農業文明社會意識下的生活準則，春天象徵生機，故乃福德深厚之時；入秋後由天候寂涼轉為守成，使得古時有「秋後問斬」、「秋訣」等行刑規律。此律法行事的規律早在西漢初期即可見之，如《禮記・月令》云：「仲春之月，日在奎，……其帝大皞，其神句芒。……命有司省囹圄，去桎梏，毋肆掠，止獄訟。」〔註55〕即點出春天勾芒出現的時節是不可行獄訟刑殺之事。此外，董仲舒更於《春秋繁露・四時之副》中明確指出：「天之道，春暖以生，夏暑以養，秋清以殺，冬寒以藏。」〔註56〕又曰：「木者春，生之性，農之本也，勸農事，無奪民時；……金者秋，殺氣之始也。建立旗鼓，杖把旄鉞，以誅賊殘」〔註57〕。天道的規律總是「前德而後刑」〔註58〕的，由此可見，春夏行賞，秋冬行刑載入律令而制度化，這樣的觀念經年累月於社會各階層思想中，而在《山海經》中表現四季的時間神屬性上，加強了方位神的概念。是以，郭璞於《山海經圖讚》中西方蓐收抒發其「恭行天討」和東方勾芒「行善有福」的天人關係。並且，以此強調天神對「道」、「德」等品性的重視。

除此之外，郭璞面對《山海經》中亦充斥著災異徵兆的神話情節，亦有

〔註54〕清・王先謙：《荀子集解》，頁165。

〔註55〕清・孫希旦：《禮記集解》（臺北：文史哲出版社，1900年8月），頁421～424。

〔註56〕西漢・董仲舒作，清・蘇輿撰：《春秋繁露義證・四時之副》（北京：中華書局，1992年12月），頁353。

〔註57〕西漢・董仲舒作，清・蘇輿撰：《春秋繁露義證・四時順逆》，頁371～375。

〔註58〕西漢・董仲舒作，清・蘇輿撰：《春秋繁露義證・陽尊陰卑》，頁327。

其釋義上的抒發，茲舉數則如下：

（2）茈魚‧薄魚

〈東山經〉：多茈魚，其狀如鮒，一首而十身，其臭如藁薇，食之不
屁。……其中多薄魚，其狀如鱣魚而一目，其音如歐，見則天下大
旱。

郭璞注曰：（歐）如人嘔吐聲也。〔註59〕

《圖讚》曰：有魚十身，藁薇其臭。食之合體，氣不下溜。薄之躍
淵，是為災候。〔註60〕

（3）合窳

〈東山經〉：又東北二百里，曰剡山，多金玉。有獸焉，其狀如彘而
人面，黃身而赤尾，其名曰合窳，其音如嬰兒。是獸也，食人，亦
食蟲蛇，見則天下大水。

郭璞注曰：音「庾」。〔註61〕

《圖讚》曰：豬身人面，號曰合窳。厥性貪殘，物為不咀。至陰之
精，見則水雨。〔註62〕

從上述二則例文（2）、（3）中，都是在原《山海經》中本就載有災異之變的兆
象敘述。如例（2）的「薄魚」以及例（3）的「合窳」，於經文中各表現出「見
則天下大旱」和「見則天下大水」的災異情況。在神話思維裡，這類的異獸乃
是災難的象徵，使古人見而懼之。郭注對此二則雖無做過多的闡釋，但卻各
自在《山海經圖讚》中抒發個人的神話理解。以描繪薄魚之跳躍翻於水面上
的動態形象，如此大自然生命世界之美好呈現，現實情況裡卻是表示可怕「災
候」的發生，文意間透露出世間萬物之真實面並不如它外顯美好之感嘆，這
是郭璞建立在《山海經》徵兆神話的個人感情感抒發，藉以隱喻福德與刑禍
的對立，往往也來自於人心的晦明難辨所造成；至於例（4）的「合窳」，在原
〈東山經〉提到「食人」、「食蟲蛇」的兇殘特性，郭璞於《圖讚》中想像其為
「厥性貪殘，物為不咀」的性情與動作，表現出合窳貪婪急躁又暴戾的形象，
再者又由於經中云為「見則天下大水」，而「水」則是屬陰，故將合窳詮釋為

〔註59〕清‧郝懿行：《山海經箋疏》。
〔註60〕晉‧郭璞注，張宗祥校錄：《足本山海經圖讚》，頁21。
〔註61〕清‧郝懿行：《山海經箋疏》。
〔註62〕晉‧郭璞注，張宗祥校錄：《足本山海經圖讚》，頁21。

「至陰」的精怪。此種釋義過程，充分展現出郭璞對於災異徵兆與陰陽五行、天人關係相互連結的詮釋想像。

（三）美麗與哀愁：郭璞《山海經》神話詮釋的審美經驗

面對美麗的事物，人類普遍具有豐富而感性的欣賞能力。當我們在進行「審美判斷」時，往往是人內在心理與審美對象之間的相互交流、作用所產生的結果。換言之，審美經驗是一種比較複雜的感受經驗，在這個感受裡，甚至包含了對事物的感知、想象、情感、理解等等各種不同的心理活動。更甚者，它常常還對觀賞理解事物保持著各式各樣的複雜情感，或悲傷、或喜悅、或憐憫、或盼望、甚至是恐懼和絕望，這些都能夠湧入審美主體的心中，成為極具人性特徵的美感想像與情懷。有關種種審美經驗的哲思，儘管是西方美學思想下所存在的核心議題，而傳統中國學術界雖不在「審美」多作文章，也不像西方哲學家為其闡釋眾多的美學系統，但卻不能斷言中國文壇沒有所謂的審美經驗，因為對美的鑑賞，本是人類與生俱來的天性，享受觀察物（審美對象）所帶來的趣味。誠如顏崑陽先生認為：「面對美學史，『美學』應該是一個開放性的名詞，它共通不變的界義只有一種：『美學是以美為認識對象的學問』。」〔註63〕魏晉時代的學術風氣，可謂已跳脫呈現僵化、頹勢的東漢後期。我們從《世說新語》一書中仕紳間的言談、民眾所表現的好惡判斷，這之間所呈現的是魏晉以來追求為人處事、儀表和姿態，有些人說是魏晉風流，更有人稱魏晉風骨。像那般「看殺衛玠」對絕美追求的瘋狂；稽康「廣陵散於今絕矣」之淒美，再再顯示當時對美感經驗極為深刻的觸發。據此，郭璞身處在這個美學意識高漲的時代，面對《山海經》神話的不可思議，並不會用詭譎散亂來看待它，反而對其神秘情節產生美化後的遐想。下文中，筆者列舉數則郭璞解讀《山海經》神話之事例，觀察他的美感經驗、判斷與思考。

1. 女丑之尸：憐憫心態下對神話人物美感的想像

〈海外西經〉：女丑之尸，生而十日炙殺之。在丈夫北，以右手鄣其面，十日居上，女丑居山之上。〔註64〕

〈大荒東經〉：海內有兩人，名曰女丑。

〔註63〕顏崑陽，〈論先秦儒家美學的中心觀念與衍生意義〉，《文學與美學》第 3 集（臺北：文史哲出版社），頁 407。

〔註64〕清‧郝懿行：《山海經箋疏》。

郭璞注曰：即女丑之尸，言其變化無常也，然則一以涉化津而遊神
域者，亦無往而不之，觸感而寄跡矣。范蠡之倫，亦聞其風者也。
〔註65〕

〈大荒西經〉：有人衣青，以袂蔽面，名曰女丑之尸。〔註66〕

《圖讚》曰：十日並煇，女丑以斃。暴於山阿，揮袖自翳。彼美誰
子？逢天之厲。〔註67〕

關於女丑之尸的記載，於《山海經》裡可稱不在少數。觀察神話文本原來的
記述，〈海外西經〉、〈大荒西經〉分別提到了「郭其面」、「蔽面」，使得遮掩面
貌的行為成為女丑的神話特徵。《圖讚》中郭璞對女丑「生而十日炙殺之」的
遭遇充滿了同情。〈海外西經〉中對於女丑形象的刻畫特別強調了「以右手郭
其面」的動作，引起郭璞的注意，在文中他的容貌是美、是醜是無法判斷的。
可是即使在這種情形下，郭璞依然相信原來的她是美麗的。故《讚》辭言「彼
美誰子？」那位美女是誰家的孩子啊！竟遭受如此可怕的炙焚天劫啊！郭璞
在筆墨間，對於女丑流露出深表同情憐憫的感性情懷。在這則神話情節裡，
通過經文的敘述宛若講述了一個女子或許生前美若天仙，在受「十日炙殺之」
的殘酷天刑時，也不願將受刑後的容顏展現世人看，因此「郭其面」而遺留
下對於真面目的難尋。郭璞的想像力似乎將自己置身於超越時空，實際看到
女丑受逢天之厲的旁觀者，在哀憐的同時，也為女丑的「美麗的可能性」帶
入自己的審美判斷中，富有感情地為這位可憐的女子給予崇高的美，在他的
解讀裡淡化了「尸」的可怖，添加了「變化無常」的玄化神奇，可以說重新創
造了女丑神話，也將這則神話詮釋成極富美感的文學性體驗。

2. 西王母：浪漫情懷下對神人愛情的想像

〈大荒西經〉：西王母其狀如人，豹尾虎齒而善嘯，蓬髮戴勝，是司
天之厲及五殘。

郭璞注曰：主知災厲五刑殘殺之氣也。《穆天子傳》曰：「吉日甲
子，天子賓于西王母，執玄圭、白璧以見西王母，獻錦組百純、金
玉百斤，西王母再拜受之。乙丑，天子觴西王母于瑤池之上，西王
母為天子謠曰：「白雲在天，山陵自出。道里悠遠，山川閒之。將子

〔註65〕清‧郝懿行：《山海經箋疏》。
〔註66〕清‧郝懿行：《山海經箋疏》。
〔註67〕晉‧郭璞注，張宗祥校錄：《足本山海經圖讚》，頁33。

無死，尚復能來？」天子畣之曰：「予還東土，和理諸夏。萬民均平，吾顧見汝。比及三年，將復而野。」西王母又為天子吟曰：「徂彼西土，爰居其所。虎豹為羣，鳥鵲與處。嘉命不遷，我惟帝女。彼何世民，又將去子。吹笙鼓簧，中心翱翔。世民之子，惟天之望。」天子遂驅升于奄山，乃紀迹于奄山之石而樹之槐，眉曰：「西王母之山」。〔註68〕

《圖讚》曰：天帝之女，蓬髮〔註69〕虎顏。穆王執贄，賦詩交歡，韻外之事，難以具言。〔註70〕

西王母在《山海經》的原始形象絕對稱不上美麗。她的「蓬髮」與「善嘯」的特質，展現其外顯的原始形象，絕非兼具氣質與華貴的美感。然而，在郭璞的注文裡，卻似乎無視了西王母原典的獸人形象，他大幅引用《穆天子傳》中具有綺麗色彩的周穆王與西王母的會面，那種相敬如賓、嘉禮餽贈、吟詩笙簧的神人互動，看似低調卻頗為彰顯的情感：西王母問穆王「尚復能來？」穆王則回：「吾顧見汝。比及三年，將復而野。」似承諾般的語境，表現出二人身處異界的惆悵悲傷與離情依依，此時西王母猶如褪去獸化的醜陋，變化成更加人性化、女性化，甚至具有知書達禮的帝女（神女）完美形象。

比之民間所流傳神話傳說，《穆天子傳》可以說是先秦唯美浪漫的文學作品。兩人所呈現的愛慕之情，成為郭璞解讀西王母神話的審美判斷，原本注文釋義的「災屬五刑殘殺之氣」的特質不再是郭璞所關注的對象了。因此，在他的《圖讚》裡以「韻外之事，難以具言」來詮釋他對於這則《山海經》神話的理解，到底這兩位天子帝女為何產生情愫？這一神一人間的愛情又是如何交相往來？此「韻外之事」或許是郭璞更想深入探知的領域，也讓《山海經》在郭璞的詮釋下呈現出浪漫又多情的一面。

除了上述女丑之尸、西王母以外，郭璞遇到經中所提到的「女性」，如女祭女戚、帝之二女、赤水女子獻等等，大多仍是針對其姿態、容貌進行美化的想像。郭璞用唯美的眼光看待這些圍繞於奇女子身上的神話記載，發掘隱藏在神話文本底下可能的未知情節，值得一提的是，像這種未知情節的闡釋，

〔註68〕清‧郝懿行：《山海經箋疏》。

〔註69〕張宗祥校錄《足本山海經圖讚》作「蓬頭虎顏」，郝懿行《山海經箋疏》作「蓬髮虎顏」。此依《山海經箋疏》郝氏遺書版本之說。

〔註70〕清‧郝懿行：《山海經箋疏》。

往往建立於該神話人物潛在的美麗與情感，可以說是完全超越了經文本身的內容，表現出郭璞對美麗且靈動的女子心神嚮往，成就文人心中對美感事物的理想投射。

四、從徵引資料中發掘古籍文獻的神話價值

　　觀察郭氏之《山海經注》，處處可見其著力之處，他為《山》的內容進行解讀時，並未以己片面之詞而臆測，反而屢屢利用晉時甫出土的戰國簡牘《竹書紀年》、《穆天子傳》作為校注時的徵引與印證。例如《山海經・大荒東經》言「王亥」之事時稱：

> 有人曰王亥，兩手操鳥，方食其頭。王亥託于有易，河伯僕牛。有易殺王亥，取僕牛。河念有易，有易潛出，為國於獸，方食之，名曰搖民。〔註71〕

單就以〈大荒東經〉整段話來理解，簡略艱澀且晦暗不明。其中「兩手操鳥，方食其頭」的瑣碎書寫和「為國於獸，方食之」強調建國於野獸進出之地且大啖野獸之描述，頗有神話底蘊之感，蓋因於依圖所記而書。然而，在郭璞於此事件作注時，雖未發掘此疑慮，卻另有解讀。此處他引《竹書紀年》加以補述，其言：

> 《竹書》曰：殷王子亥賓於有易而淫焉，有易之君綿臣殺而放之，是故殷王甲微假師于河伯，以伐有易，滅之，遂殺其君綿臣也。
> 〔註72〕

透過徵引《竹書紀年》之說，這段上古史料的前因後果也終於有了較清晰的輪廓面貌。稍作細究，造成此事件的動機，不論有易殺殷商之主王亥是否為了取僕牛（《山海經》說法），或者其實是部落族群之間的衝突（《竹書紀年》說法），但郭璞的徵引，替〈大荒東經〉補足了「有易殺王亥，取僕牛」到「河念有易，有易潛出，為國於獸」之間的因果關係，讓我們知道最終是由王亥之子上甲微為父報仇，滅掉了有易氏部落，殺死了綿臣，成為有易氏部落之所以秘密逃至更為荒涼野獸盡出之地生活的原因。從這則例子的角度切入觀察，郭璞在進行注譯《山海經》的過程中，頗有實事求是的精神，將一些遠古時代傳說的地名或是事蹟透過與它書之間的對校考訂，驗證該書中縱然富有

〔註71〕清・郝懿行：《山海經箋疏》。
〔註72〕清・郝懿行：《山海經箋疏》。

神話色彩的事件，但其緣由並非完全的天馬行空，故不能只以無稽之談而概括言之。又如郭璞考訂《山海經》中載錄夸父（族）所居地：「夸父山其北有桃林。」〔註73〕，即認為「桃林，今弘農湖縣閿鄉南穀中是也；饒野馬山羊山牛也。」〔註74〕又，〈大荒北經〉載曰：「黃帝乃令應龍攻冀州之野。……見《史記・五帝本紀》。」〔註75〕郭璞則斷定：「冀州，中土也。」〔註76〕等等語意，就如此肯定的說法，獲得後來諸家大致的贊同而遂依其言。可見郭氏之注，力求審慎嚴謹，不因玄怪而廢事，反而大多將此視為上古史料的依據。然而，我們卻不該忽略郭璞自身崇仙道術數的學術思路之背景。基本上，郭氏視《山海經》內容所言幾乎是俱信無疑的。所以對於無法用客觀現實經驗解釋的故事走向，不但不加以質疑（如王充的批判性），反而在註解之中更加強了它們的神異性。〈海外西經〉中載輯了一則故事：

> 丈夫國在維鳥北，其為人衣冠帶劍。〔註77〕

郭璞注曰：

> 殷帝太戊使王孟採藥從西王母至此，絕糧不能進，食木實，衣木皮，
>
> 終身無妻而生二子，從形中出，其父即死，是為丈夫民。〔註78〕

郭璞這個說法，應參考於《竹書紀年》於「太戊」目之說：「（太戊）二十六年，西戎來賓，王使王孟聘西戎。」除此之外，在回溯晉朝以前的古典文獻並無更為接近的說法。然而，郭璞將「聘西戎」與「採藥從西王母」之說連結相類，似乎過於牽強附會，且又無法與「衣冠帶劍」之敘述作呼應。如此穿鑿附會之舉，也難怪被後世學者所批判。誠如清代學者郝懿行質疑曰：「西戎豈即西王母與？其無妻生子之說，本《括地圖》，《太平禦覽》七百九十卷引其文，與郭注略同……。」〔註79〕，又亦如陳逢衡直言：「『衣冠戴劍』四字已寫盡

〔註73〕清・郝懿行：《山海經箋疏》。
〔註74〕清・郝懿行：《山海經箋疏》。
〔註75〕清・郝懿行：《山海經箋疏》。
〔註76〕清・郝懿行：《山海經箋疏》。
〔註77〕清・郝懿行：《山海經箋疏》。
〔註78〕清・郝懿行：《山海經箋疏》。
〔註79〕依郝懿行於《山海經箋疏》所言：「竹書云：『殷太戊三十六年，西戎來賓，王使王孟聘西戎。』即斯事也。西戎豈即西王母？與其無妻生子之說，本《括地圖》、《太平禦覽》七百九十卷引其文與郭注略同，但此言從形中出，彼云從背閒出，又《玄中記》云：『從脅閒出』文有不同。」（據清・嘉慶十四年阮氏琅環仙館刻本）其中「殷太戊三十六年」當為郝懿行誤植，應為「殷太戊二十六年」。

丈夫國形狀，何容復贅一詞？乃取《括地圖》之妄說以注此，謬矣。……郭氏添設，節外生枝，遂成奇怪。」〔註80〕換言之，丈夫國的重點應該並不是無妻生子、男性產子之異聞奇事，而是「衣冠帶劍」，所以陳逢衡批評其望文生義，使得簡單的異聞敘述在後代流傳上添增複雜錯亂的情節。歸結來說，郭璞以這種神異之事解怪奇之事的注解方式，誠然有其為人詬病之處，但卻也可以讓我們瞭解到古人將神話解讀過程中展現出故事轉譯、情節變異的神話思維與其詮釋後的對比與延伸。

　　除上述所舉之例外，由於《山海經》中收入了當時非通用的文字，難以解讀，是以郭氏在字形音義上進行辨正和考實，畢竟郭璞本是訓詁專家，他為《爾雅》、《方言》所作的注本研究結果，將之應用於《山海經注》文本中亦屬自然。整體而言，郭氏注《山海經》過程尚可稱全面且嚴謹的。若有不解之處，在註解處便直言「不詳何物」或言「未詳」，絕不會作憑空的猜想。對於《山海經》所言之地理方位、怪異神奇事物之存在或真實性，皆給予高度肯定。是以，我們可以這麼說，郭璞對《山海經》的著眼之處在於將原有的「怪奇」神話事件，藉由歷來文獻典籍的比對與推論，轉化為高度具有「史料」價值的《山海經》文本。不僅是王亥、有易、河伯（稱河伯為「人名」，可見視其為人），談到西王母、后羿等神話人物，皆視為「真實歷史」底下的人物。換言之，郭璞相信神話的「真實性」，倘若真的遇到難以解釋的玄怪、變異之事等等客觀的超現實情節，更以道教神仙之思想或自然之氣化來作為解讀〔註81〕，試圖將奇異內容合理化，符合了神話傳播中「信以為真」的條

〔註80〕清・陳逢衡：《山海經彙說》卷3。

〔註81〕如《山海經・大荒東經》曰：「有黑齒之國。帝俊生黑齒，薑姓，黍食，使四鳥。」郭璞於此注解為：「聖人變化無方，故其後世所降育，多有殊類異狀之人。諸言生者，多謂其苗裔，未必是親所產。」此則言聖人可變化異人，即有「神仙異化」之思維；又，《山海經・大荒西經》中對「壽麻之國」的敘述原為：「有壽麻之國。南嶽娶州山女，名曰女虔。女虔生季格，季格生壽麻。壽麻正立無景，疾呼無嚮。爰有大暑，不可以往。」則郭璞針對「壽麻正立無景」解釋云：「言其稟形氣有異於人也。」或《山海經・西山經》記載「西王母」言：「是司天之厲及五殘。」時，郭璞解讀為：「主知災厲屬五刑殘殺之氣也。」，不論是壽麻的「無景」，還是西王母的「五刑殘殺之氣」，此二例皆以「氣」來解釋玄怪之事。氣，可表是氣化與虛無，肉眼不可見，更能指代且幻化無形。氣化的概念承繼自漢代的學思，至魏晉時仍多引用來解釋萬物形成與存在的普遍觀念。從上述例子可窺探郭璞的神話視野的詮釋，概不脫離神仙思想與宇宙氣化的思維。

件，也讓後人透過此書，理解前人詮釋神話故事時的思路與探索。此外，郭璞所徵引的出土文獻內容，往往就含有對古代神話相關著墨之處，透過這些徵引文獻，更能夠窺視出古人闡釋的神話思維。

只可惜，即使郭璞為《山海經》投下心力，卻未引發當時學者廣大的共鳴。縱有北魏時人酈道元（約470～527）因作《水經注》大量徵引《山海經》之說，間接肯定《山海經》作為地理書籍是有其重要性的，卻也僅止如此，並未造成另一波熱潮。紛亂局面至隋唐盛世開展後，政經局勢穩定且民風開放的世局，《山海經》卻仍未被唐人所重視，僅是零星地被詩人引述作為創作之用。〔註82〕遂至宋代，對《山海經》的研究總算開啟了新的里程。然而，若不限於研究《山海經》的學者，將《山海經》神話投入於文學的創作者卻為數不少。檢視魏晉南北朝時代的文壇，則以陶潛對《山海經》神話的詮釋著墨最多，他以極富文人浪漫的感性書寫，透過神話與文學為其交織出純粹美學視域的綺麗色彩。

第二節　神話的文學視野：陶淵明《讀山海經》的寄情與幽思

陶淵明（約352～427）〔註83〕，一名潛〔註84〕，字元亮，自號五柳先生，私謚靖節徵士，人稱靖節先生。潯陽柴桑人，東晉、劉宋的文學家。他出生於一個沒落的仕宦家庭，其曾祖父為陶侃（259～334）是晉朝名將，官拜大司馬；祖父陶茂曾任武昌太守；陶淵明的父親不見史載，雖也曾出仕，卻性格恬淡清虛，或有隱逸思想，大概到陶淵明父執輩一代，家道已趨衰

〔註82〕今已不存，僅錄書目不見其書。如初唐有手抄本《山海經》21卷（郭璞注見十八卷）、《山海經贊》2卷（郭璞注）、《山海經抄》1卷、《山海經略》1卷、《山海經圖贊》1卷，另有《海外記》40卷，卷數與今本《山海經》不同，內容亦皆不詳，見載於唐貞觀年間《日本國見在書目》中（另備書影於本論文「附錄」中）。〔日本〕藤原佐世：《影舊鈔本日本國見在書目》，《古逸叢書之十九》（光緒十年甲申遵義黎氏刊于日本東京使署）。

〔註83〕關於陶淵明的生卒年，歷來說法不一。本文乃依據《宋書·隱逸傳》所記「元嘉四年卒，時年六十三」之說。南朝梁·沈約：《宋書》（北京：中華書局，1974年10月），卷93，頁2290。

〔註84〕若依《宋書·隱逸傳》記載「陶潛，字淵明，或云淵明，字元亮。」表示名與字說法不一。歷來學者多有考證，於此不再贅言。南朝梁·沈約，《宋書》卷93，頁2290。

落。〔註85〕陶淵明幼年失怙，清寒困頓，甚至貧病交迫，衣食匱乏。然而，他卻勤於學習，對於諸子群經多有涉略。即使「簞瓢屢罄，絺綌冬陳」〔註86〕但他卻仍以樂觀的態度去面對貧困生活，懷著「含歡谷汲，行歌負薪」〔註87〕的愉悅心情，沈浸在沿路的山水風光之間。陶淵明從年輕時便是嚮往過著田園自在的恬靜生活，他曾自述云：「少學琴書，偶愛閑靜，開卷有得，便欣然忘食；見樹木交蔭，時鳥變聲，亦復欣有喜。」〔註88〕字句間洋溢著閱讀操琴時的悠閒，以及對自然界存在景象的愛好之情。

陶淵明的學術歷程是有其階段性的，他自言：「少年罕事，游好在《六經》」〔註89〕，可見最初以治儒家經學思想為主。因此，即使當時的學術氛圍以道家與佛家思想甚為流行，但陶淵明仍是受到儒家那種經世致用、兼濟天下的影響，懷抱著濟世濟民的雄心壯志。〔註90〕但這種宏志，對比陶淵明的天生喜性自由的淡泊性格有所衝突。凡為官者，不可避免須戰戰兢兢地立於官場之中，說白了，這對陶淵明來說是一種拘束和折磨，大多任官不久便自動請辭返家。這也使得他一生中四次當官的官場生涯都非常的短暫。這四次分別是江州祭酒、鎮軍參軍、建威參軍及最後的彭澤縣令。《宋書·隱逸傳》記載：「郡遣督郵至，縣吏白應束帶見之。潛歎曰：『我不能為五斗米折腰向鄉里小人。』即日解印綬去職。」〔註91〕他毅然辭官，寫下著名的〈歸去來兮辭〉，從東晉安帝義熙二年（406）起，告別官場，隱居不仕，一直到他身故前都過著歸隱躬耕的自在生活。陶淵明的四次出仕，都是為了改善過於貧困的生活，而不得不進入他所厭惡的官場世界。他以「疇昔苦長飢，投耒去學仕」的心境去就任，即使是小小的官，卻仍是處於戰亂頻繁，政權腐敗的仕宦環境，使得為了餬口而奴役自己的心靈，更是惆悵萬千。從29歲初入仕途至41歲宣告歸隱，陶淵明經過13年有如反覆循環般當官與辭官的游離曲折，終究徹底認清了政治環境與個人理想的差異，或為了追求自在生活，或為了急流勇退以求明哲保身，在他的品格與世局之間的對立下，註定了他最終的人生抉

〔註85〕龔斌校箋：《陶淵明集校箋》，頁1。
〔註86〕陶淵明：〈自祭文〉，《陶淵明集校箋》，頁462。
〔註87〕陶淵明：〈自祭文〉，《陶淵明集校箋》，頁462。
〔註88〕陶淵明：〈與子儼等疏〉，《陶淵明集校箋》，頁441。
〔註89〕陶淵明：〈飲酒·十六〉，《陶淵明集校箋》，頁240。
〔註90〕陶淵明〈雜詩·五〉曰：「憶我少壯時，無樂自欣豫。猛志逸四海，騫翮思遠翥。」見龔斌校箋：《陶淵明集校箋》，頁296。
〔註91〕南朝梁·沈約：《宋書》卷93，頁2287。

擇——歸隱，而歸田後 20 多年，是他創作最豐富的時期。自劉宋以後，陶淵明的詩文作品漸被文壇重視，其寫作的風格更影響後世深遠，經過他的人生觀的闡釋而寫下的田園詩，是「獨起眾類」〔註 92〕，甚至「有助於風教也」〔註 93〕。他於文壇的影響力，即使在相距不遠的時代，已頗受文人普遍的推崇。南朝梁鍾嶸（約 468～約 518）於《詩品》中便極力稱讚，其曰：

> 文體省淨，殆無長語。篤意真古，辭興婉愜。每觀其文，想其人德。世歎其質直。至如「懽言酌春酒」、「日暮天無雲」，風華清靡，豈直為田家語邪？古今隱逸詩人之宗也。〔註 94〕

鍾嶸藉由「以文觀人」的想像，盛讚陶淵明於濁世仍可保持高風亮節，恬淡自適，最後甚至還反問寫出那樣清麗風華的文辭，哪裡只是一位種田的人呢？言語間對陶淵明的敬佩之情表露無遺。鍾嶸更在此稱陶淵明為「隱逸詩人之宗」，自南朝梁以降多受推崇，而陶詩的藝術成就的卓越評價至唐宋時代達到鼎盛。迄今仍傳世的作品共有詩 125 首，文 12 篇，經後人編為《陶淵明集》。陶淵明因當時政治局勢的黑暗與崇尚自由的天性，使得他一心歸隱，避走塵囂，寄情於田園生活。他的詩文以刻畫自然景物著稱，其詩歌情感真摯質樸，不大用典，簡潔含蓄，富有意境和哲理，主觀寫意，或雜有儒、佛、道各家思想。基本上，他的學術底蘊仍是以儒家思想為宗。他雖為開創「田園派」詩的濫觴，但其詩文裡，卻往往有著隱諷託寓的省思與意涵。這在他〈讀《山海經》十三首〉作品中，可以很明顯的看到他透過神話人物的詮釋，寄託他對國家社會的憂愁、對個人的反省以及對人生哲學的理想投射。

一、陶淵明的人生哲學與其創作文思

〈讀《山海經》十三首〉大約是陶淵明 44 歲以前（晉安帝義熙四年（408））時所作。〔註 95〕此組詩乃是陶淵明在閱讀《山海經》及其圖時，時有感而發之作。它可謂是一個情感思緒豐富的詩人遇見神話文本時所觸發激盪的藝術結晶。觀其內容，或超然而遺世獨立；或寄託於情；甚或暗藏怒目之斥，據此可以想見歷來注家對此組詩的看法不一，這也表現出本為遊走虛實之間的《山

〔註 92〕南朝梁・蕭統：〈陶淵明集序〉，《陶淵明集校箋》，頁 470。
〔註 93〕南朝梁・蕭統：〈陶淵明集序〉，《陶淵明集校箋》，頁 470。
〔註 94〕南朝梁・鍾嶸，曹旭集注：《詩品集注》（上海：上海古籍出版社，1994 年 10 月），頁 260。
〔註 95〕參見龔斌之說。龔斌校箋：《陶淵明集校箋》，頁 335～336。

海經》，經過文學創作的再譯，更豐富了原神話情節的人文思維。現檢視〈讀《山海經》十三首〉中的第一首，就內容而言便有作「序言」之用，我們更可以依其詩之說，瞭解陶淵明閱覽《山海經》時的心境和情懷：

> 孟夏草木長，繞屋樹扶疏。眾鳥欣有託，吾亦愛吾廬。既耕亦已種，
> 時還讀我書。窮巷隔深轍，頗迴故人車。歡然酌春酒，摘我園中蔬。
> 微雨從東來，好風與之俱。泛覽《周王傳》，流觀《山海圖》。俯仰
> 終宇宙，不樂復何如？〔註96〕

從〈讀《山海經》十三首・其一〉詩來看，顯然是陶淵明歸隱田園後，閑居躬耕，生活尚有餘裕之時所作。他以「歡然」的心情，將《山海經》、《穆天子傳》一併觀之，並且透過這兩部奇偉之書，得以「俯仰終宇宙」，神遊遍及宇宙萬物而知自然運行的道理，怎麼會不「樂」呢？每逢閱讀之時，倘若有所思緒感觸，便執筆抒發，整首詩在語境上使用了複數以上表達開心愉悅之修辭，強調「快意」生活，他在營造良好的讀書環境之後，便因《穆天子傳》和《山海經》而陶醉在奇聞奇事、神話傳說之中，對於一位喜歡讀書的人來說，這可是真正得到了無限的樂趣啊！詩人的率真自然，使得之後十二首，從怡情、遊仙、懷古至悲愴等等漸進式的情感抒發，讓〈讀《山海經》十三首〉組詩在抒情本質中，充滿詩人豐富的感性想像空間。筆者於下表中一一羅列〈讀《山海經》十三首〉的完整內容，藉此觀察此組詩引用神話而構成的文學創作中，所展現詩人的人生哲學與其解讀《山海經》神話的觀察視域之所在：

表5：陶淵明〈讀《山海經》十三首〉與其所錄神話對照表〔註97〕

詩序	〈讀《山海經》十三首〉	《山海經》	《穆天子傳》
其一	孟夏草木長，繞屋樹扶疏。 眾鳥欣有託，吾亦愛吾廬。 既耕亦已種，時還讀我書。 窮巷隔深轍，頗迴故人車。 歡然酌春酒，摘我園中蔬。 微雨從東來，好風與之俱。 泛覽周王傳，流觀山海圖。 俯仰終宇宙，不樂復何如？	×	×

〔註96〕龔斌校箋：《陶淵明集校箋》，頁334～335。
〔註97〕表格內〈讀《山海經》十三首〉版本來源，依據龔斌《陶淵明集校箋》為底本。龔斌校箋：《陶淵明集校箋》，頁334～355。

其二	玉臺凌霞秀，王母怡妙顏。 天地共俱生，不知幾何年。 靈化無窮已，館宇非一山。 高酣發新謠，寧效俗中言。	〈西山經〉：西王母其 狀如人，豹尾虎齒而 善嘯，蓬髮戴勝，是司 天之厲及五殘。	〈卷三〉：吉日甲子，天 子賓于西王母。…… 天子觴西王母于瑤池 之上。西王母為天子 謠。
其三	迢遞槐江嶺，是謂玄圃丘。 西南望崑墟，光氣難與儔。 亭亭明玕照，落落清瑤流。 恨不及周穆，托乘一來游。	〈西山經〉：南望昆侖， 其光熊熊，其氣魂 魂。……西南四百里， 曰昆侖之丘。	〈卷二〉：吉日辛酉，天 子升于昆侖之丘，以 觀黃帝之宮，而豐隆 之葬，以詔後世。
其四	丹木生何許？乃在峚山陽。 黃花復朱實，食之壽命長。 白玉凝素液，瑾瑜發奇光。 豈伊君子寶，見重我軒黃。	〈西山經〉：又西北四百二十里，曰峚山，其上 多丹木，員葉而赤莖……丹水出焉，西流注于 稷澤，其中多白玉，是有玉膏，其源沸沸湯湯， 黃帝是食是饗。……瑾瑜之玉為良，堅粟精 密，濁澤有而光。……君子服之，以禦不祥。
其五	翩翩三青鳥，毛色奇可憐。 朝為王母使，暮歸三危山。 我欲因此鳥，具向王母言。 在世無所須，惟酒與長年。	〈西山經〉：又西二百二十里，曰三危之山， 三青鳥居之。是山也，廣員百里。〈海內北 經〉：西王母梯几而戴勝杖，其南有三青鳥， 為西王母取食。在崑崙虛北。
其六	逍遙蕪皋上，杳然望扶木。 洪柯百萬尋，森散覆暘谷。 靈人侍丹池，朝朝為日浴。 神景一登天，何幽不見燭。	〈大荒東經〉：大荒之中，有山名曰孽搖頵羝， 上有扶木……有谷曰溫源谷，湯源谷上有扶木。 一日方至，一日方出，皆載於烏。〈海外東 經〉：下有湯谷。湯谷上有扶桑，十日所浴， 在黑齒北。居水中，有大木，九日居下枝，一 日居上枝。
其七	粲粲三珠樹，寄生赤水陰； 亭亭凌風桂，八干共成林。 靈鳳撫雲舞，神鸞調玉音， 雖非世上寶，爰得王母心。	〈海內西經〉：開明北有視肉、珠樹、文玉樹、 玗琪樹、不死樹。鳳凰、鸞鳥皆載瞂。〈南山 經〉：英水出焉，西南流注于赤水，其中多白 玉，多丹粟。〈大荒西經〉：西海之南，流沙之 濱，赤水之後，黑水之前，有大山，名曰昆侖 之丘。有神，人面虎身，有文有尾，皆白，處 之。……有人戴勝，虎齒，有豹尾，穴處，名 曰西王母。此山萬物盡有。
其八	自古皆有沒，何人得靈長？ 不死復不老，萬歲如平常。 赤泉給我飲，員丘足我糧。 方與三辰游，壽考豈渠央。	〈海外南經〉：不死民在其東，其為人黑色， 壽，不死。郭璞注：「有員丘山，上有不死樹， 食之乃壽；亦有赤泉，飲之不老。」
其九	夸父誕宏志，乃與日競走。 俱至虞淵下，似若無勝負。 神力既殊妙，傾河焉足有？ 餘跡寄鄧林，功竟在身後。	〈海外北經〉：夸父與日逐走，入日。渴，欲 得飲，飲於河渭；河渭不足，北飲大澤。未至， 道渴而死。棄其杖，化為鄧林。〈大荒北經〉： 夸父不量力，欲追日景，逮之於禺谷。捋飲河 而不足也，將走大澤，未至，死于此。

其十	精衛銜微木，將以填滄海； 刑天舞干戚，猛志故常在！ 同物既無慮，化去不復悔。 徒設在昔心，良晨詎可待？	〈北山經〉：發鳩之山，其上多柘木。有鳥焉，其狀如烏，文首、白喙、赤足，名曰精衛，其鳴自詨。是炎帝之少女，名曰女娃，女娃遊于東海，溺而不返，故為精衛，常銜西山之木石，以堙于東海。漳水出焉，東流注于河。〈海外西經〉：形天與帝至此爭神，帝斷其首，葬之常羊之山，乃以乳為目，以臍為口，操干戚以舞。
其十一	臣危肆威暴，欽䲹違帝旨。 窫窳強能變，祖江遂獨死。 明明上天鑒，為惡不可履。 長枯固已劇，鵔鶚豈足恃。	〈海內西經〉：貳負之臣曰危，危與貳負殺窫窳。帝乃梏之疏屬之山，桎其右足，反縛兩手與髮，繫之山上木。在開題西北。〈西山經〉：又西北四百二十里，曰鍾山，其子曰鼓，其狀如人面而龍身，是與欽䲹殺葆江于昆侖之陽，帝乃戮之鍾山之東曰崦崖，欽䲹化為大鶚，其狀如鵰而黑文白首，赤喙而虎爪，其音如晨鵠，見則有大兵。
其十二	鴟鵩見城邑，其國有放士。 念彼懷王世，當時數來止？ 青丘有奇鳥，自言獨見爾。 本為迷者生，不以喻君子。	〈南山經〉：有鳥焉，其狀如鴟而人手，其音如痺，其名曰鵩，其鳴自號也，見則其縣多放士。〈南山經〉：又東三百里，曰青丘之山，其陽多玉，其陰多青䨌。……有鳥焉，其狀如鳩，其音若呵，名曰灌灌，佩之不惑。
其十三	巖巖顯朝市，帝者慎用才。 何以廢共鯀？重華為之來。 仲父獻誠言，姜公乃見猜。 臨沒告飢渴，當復何及哉！	〈海內經〉：洪水滔天。鯀竊帝之息壤以堙洪水，不待帝命。帝令祝融殺鯀于羽郊。

若仔細觀詳此十三首詩，則會發現陶淵明以《山海經》中所述的神話內容作為歌詠物件的主題，並不是將情感直接的表現出來，而是透過這些神話人物的舉止事蹟，以稍為委婉曲折地筆觸寄託著詩人賦予的特定情感與思想。因此，它所具有的特殊性在於為過去歷史的神話傳說故事添加了閱讀當下個人的情感與想像之外，更有著對比周遭環境的觀察，使得〈讀《山海經》十三首〉系列組詩是兼具遊仙詩與詠史詩色彩的文學藝術作品。

陶淵明〈讀《山海經》十三首〉若依其所表現的內容來劃分，可略分為「遊仙」、「詠史」二大類型，並兼有「序詩」共三個部分：〈其一〉是組詩的總序；〈其二〉至〈其八〉風格偏「遊仙」之寄託；〈其九〉至〈其十三〉內容則轉為偏向古史人物的批判與反思。如此豐富的詩作，連結背後的社會意識是頗具多元卻又複雜的時代潮流。魏晉可謂是一個「覺醒」時代，它包含了自由的覺醒、逍遙的覺醒，甚至是思想的覺醒。士人經過連年戰亂和政情壓

迫，逐漸掙脫原有儒家思想的束縛，經學不再是唯一尊崇的閱讀範本。陶淵明的歸田隱居，表面上是不得不脫離政治的牢籠，卻也因此能在內心深處獲得更大的自主空間，他主動切斷「學」、「仕」之間的鏈條，並不代表不再關心世間情勢，只是在徹底當個世俗邊緣人的同時，時而逃避縱情於遊仙的理想世界；時而回到現實、面對生活與政經局勢，透過筆墨間宣洩自己的憂心與無奈。

在中國古代詩歌史上，詠史多為諷今，遊仙多為托情，陶淵明的《讀山海經》無疑繼承了這一傳統表現模式。在組詩中他常常通過神話英雄形象的描繪寄託自己的豪壯之氣，也常通過這些英雄的理想不可實現的悲劇寄託自己主觀願望與客觀現實相矛盾所帶來的悲傷激憤心理。同時，詩人更多是從遊仙避世中表達自己對真世淳風的嚮往。〔註98〕簡而言之，書寫遊仙詩與他的人生哲學並不會產生矛盾和衝突。承前文所言，陶淵明在〈其一〉中描述了「泛覽《周王傳》，流觀《山海圖》」，事實上主要出於一種審美欣賞，所以他在閱讀時保持著高度的愉悅之情，並且接受《山海經》神話給他的思考體驗。這也是他閱讀時普遍應有的態度。誠如他於《五柳先生傳》之自述：「好讀書，不求甚解，每有會意，便欣然忘食。」〔註99〕依龔斌先生所釋義，「不求甚解」指的是讀書不過份執著於字句，以免穿鑿附會失去了本意。〔註100〕理解本身就擁有個人的主觀意識，它往往包含為了讓自己瞭解，而使之改易成容易理解的思路，因此具有創造性。陶淵明在閱讀《山海經》的過程中，透過想像、觀察、經驗和感悟，融入自我人格和思維，對《山海經》的符號進行解碼，並因為抒發而產生詮釋行為。因此，他借遊仙之遐想寄託心中情志，並且透過閱讀與玩味《山海經》的活動，得以與神話相契合，或以自己的對世間的一切事物進行判斷，這些都婉轉傳達了陶淵明對人生哲學與生活現實的理解和評判，使之得以面對《山海經》文本時，能發思古之情，生想像之思，神遊於幻想與現實羅織而成的神話文學世界。

二、寄情託興的偶發：連結神話與遊仙的抒情詮釋

在〈讀《山海經》十三首〉之中，除了〈其六〉以「太陽神話」為描述主

〔註98〕其說參見龍文玲：〈陶淵明《讀山海經》的幽憤與娛情〉，《廣西師院學報》（1995年7月），第3期，頁44。
〔註99〕龔斌校箋：《陶淵明集校箋》，頁420。
〔註100〕龔斌校箋：《陶淵明集校箋》，頁422。

題外，〈其二〉、〈其三〉、〈其四〉、〈其五〉和〈其七〉，都可說是以「西王母神話」為主題所作的遊仙詩。在這裡他不但跟郭璞一樣，把《穆天子傳》裡那美麗的西王母形象置入於遊仙情懷中，更添加了《山海經》裡圍繞於西王母故事類型的「不死」、「昆侖」等等的情節，兼揉了詩人感性的抒發，構成了奇幻、祥和的美好仙境世界。若以拆解詩作的方式，來觀察這五首詩，則會發現陶淵明不僅只是寄情於西王母的想像，並且，更懷有偶發個人解讀《山海經》神話心理層面下的個人思想：

〈其二〉：

天地共俱生，不知幾何年。→時間性（抒發「不死」的想像。）

〈其三〉：

恨不及周穆，托乘一來游。→空間性（抒發「遊歷仙境」的欣羨。）

〈其四〉：

黃花復朱實，食之壽命長。→時間性（抒發「不死」的想像。）

〈其四〉：

豈伊君子寶，見重我軒黃。→託興（抒發物的「珍」與「俗」乃因人而異。）

〈其五〉：

在世無所須，惟酒與長年。→託興（藉向西王母求酒與壽，抒發可永久暢懷「出世」、「隱逸」之情。）

〈其七〉：

雖非世上寶，爰得王母心。→託興（藉靈鳳以舞，神鸞以音的景象，抒發珍奇異寶等俗物，不如最純粹的舞蹈與音樂還來得更加怡情、動人。）

陶淵明對「西王母神話」的著眼處，從上文所列可以發覺對於時間的掌控（生命）以及空間的穿梭（遊仙）為這一系列詩的抒發起點。再者，藉以對神仙的嚮往，觀察神人之間的對比性，天上人間自有相似處，道出人世間最珍貴的並非權勢與金銀財寶，而是更為純粹簡單的東西，如美酒佳餚，如舞蹈音樂，都是自適自在的人生快意且享受之事。在寄託情懷之際，陶淵明並未去強調對神仙道術的推崇，在圍繞著「長生不老」的詩文字句裡，寄託欣羨之情，卻又很明確反應生命永恆的不可能性。在清代理學家李光地（1642～1718）的

《榕村續語錄·詩文》中，曾針對陶淵明的遊仙情懷提出一些評價及看法，他認為：

> （陶淵明）公宗尚《六經》，絕口仙、釋，而且超然於生死之際。乃有〈讀山海經〉數章，頗言天外事，蓋託意寓言，屈原《天問》、《遠遊》之類也。〔註101〕

李光地特別提到陶淵明「絕口仙、釋」，不若郭璞對神仙境界的嚮往，故「超然於生死之際」，不信神仙道術，生則來，死則去，他對於人的生命與其生死議題始終抱持著自然達觀的態度。李光地之說甚是，陶淵明不止一次在其詩文中表現出他對於神仙思想的不敢興趣，或者說是不相信人類可以長生不死。例如，他於〈形贈影〉一詩中，藉「自然山川」與「人類」的生命長短對比，認為「我無騰化術，必爾不復疑」〔註102〕，意即即使人類是所謂的萬物靈長，但在生命這個議題上，卻反而不能像某些天地山川植物等自然一樣年年復發，生命能得以恆久，表達追求長生求仙之術的妄想卻又明知是無用的；又如另一詩作〈挽歌詩三首·其一〉中以「有生必有死，早終非命促」〔註103〕展現了他認為生命本有向度，此乃自然之化，難以強求。那麼，既然陶淵明「絕口仙、釋」，為何在他的〈讀《山海經》十三首〉組詩裡，卻又出現類似「遊仙情懷」的內容呢？

在〈讀《山海經》十三首·其八〉中，陶淵明表現出他雖不信長生不死，卻不免羨慕起神話傳說中神仙的長壽與逍遙自在之情：

> 自古皆有沒，何人得靈長？不死復不老，萬歲如平常。赤泉給我飲，員丘足我糧。方與三辰游，壽考豈渠央。〔註104〕

「靈長」，即福佑也。〔註105〕作者在此詩中表達「自古以來都有死，敢問誰曾見過有人類真能得其福佑而長生不死？」的疑問。詩人在《山海經》中看到不少著墨於「不死」的神話情節與神奇物種，頗為疑惑，故言「不死復不老，萬歲如平常」，好似周遭活了千萬歲月且生命不滅的例子是很平常的。陶淵明在〈其一〉中頗有自我調侃之趣，倘若真如《山海經》神話所記載真

〔註101〕清·李光地著，陳祖武點校：《榕村語錄·榕村續語錄》（北京：中華書局，1995年6月），卷20，頁887。

〔註102〕龔斌校箋：《陶淵明集校箋》，頁59。

〔註103〕龔斌校箋：《陶淵明集校箋》，頁355。

〔註104〕龔斌校箋：《陶淵明集校箋》，頁345。

〔註105〕袁行霈：《陶淵明集箋注》（北京：中華書局，2003年4月），頁408。

的有無盡「赤泉」與「員丘」供應飲食，那當然可以與日月星辰一起遨遊在無窮的時間與空間裡。陶淵明幻想著遨遊仙境的情景，實際上乃是詩人對生命長度的追求。這跟陶淵明對生死問題泰然處之的態度是全然不矛盾的。人都生活在一定的時間和空間裡，期望在時間上獲得永恆，在空間上擺脫束縛，達到「俯仰終宇宙」的超然境界，是人類的共同欲求。當此願望終不可實現時，詩人只好透過歌詠遊仙的方式，表達對生命的禮讚。陶淵明反映了有生必有死的客觀經驗法則，故他的遊仙詩裡，雖描寫了丹木、神泉等長生效果，但並未涉及到引導修道、或煉丹等等具體的修真思考。可以說，他透過美化西王母的形象，兼容《山海經》神話的「不死」之說，詮釋成超越時間與空間、個人情懷與仙境想像所組織而成獨特的陶氏「神仙思想」，表達人類本能的求生願望，並寄託著生命與自然緣起緣滅的哲思情懷。據此，〈讀《山海經》十三首〉的創作情感上並不會因為「絕口仙、釋」而不談神仙思想，現實常理下雖知「仙道」的無稽，但卻仍可以透過想像抒發寄情於文學的創作中，這也是與同時代的郭璞於詮釋《山海經》神話過程裡最為大相徑庭之處。

三、詠史與懷古：藉《山海經》神話反思人性課題

　　除了前述所提及的詩作類型偏向「遊仙詩」之外，陶淵明的〈讀《山海經》十三首〉組詩從〈其八〉之後似乎成了分水嶺。〈其八〉以「自古皆有沒，何人得靈長？」之句，不但為前數首詩下了個遊仙總結，更開啟了後面數首於詩作中抒發了短暫人生中不斷要面對的人生課題。陶淵明從〈其九〉開始，一改前八首詩的風格，跳脫仙境夢幻的浪漫色彩，所引述的神話主題或人物更忠於《山海經》文本的原型，如夸父逐日、精衛填海，以及刑天、危、欽鵶、窫窳和葆江等頗具刑殺特徵的神話人物。觀察〈其九〉至〈其十二〉詩作之內容呈現，在陶淵明的視域裡，這些神話人物不比西王母那般直接視為神仙，而是遊走在人、神的屬性之間，使得陶淵明更能藉以敘事角度的變換上，一方面純粹詠嘆神話人物展現的神奇力量，更重要的，又可從古史角度，詮釋這些上古人物的行為事蹟所帶來的借鏡與省思，展現文人的憂患意識與悲天憫人的情懷。以下列舉數則〈讀《山海經》十三首〉中〈其九〉至〈其十三〉的詩文，試著窺探陶淵明藉詠史詩之筆觸，並透過他個人對神話情節的詮釋，探索他於人性的關懷與其心理投射：

（一）夸父誕弘志：從「不自量力」詮釋成「功竟身後」的同情與讚譽

〈讀《山海經》十三首·其九〉：

夸父誕宏志，乃與日競走。俱至虞淵下，似若無勝負。

神力既殊妙，傾河焉足有？餘跡寄鄧林，功竟在身後。

「夸父逐日」神話於《山海經》文本中主要分別記載於〈海外北經〉和〈大荒北經〉。在〈海外北經〉裡，很單純的記述了「飲河不足」、「道渴而死」、「杖化鄧林」的故事情節，但在後來的〈大荒北經〉裡不言「化為鄧林」之說，反而添加了頗具評論語句的「不自量力」之說。此後，世人常以「不自量力的夸父」作為論理撰述時常徵引的典故。然而，在陶淵明的理解裡，顯然對《海外北經》所言的「化為鄧林」更感興趣，這從他寫下「神力既殊妙」一句表現出他認為神話裡的夸父自身存有的神力，因此立下誇張的志向去追日，甚至喝乾河水，種種事蹟毋用「不自量力」去定論夸父。陶淵明最後以「餘跡寄鄧林，功竟在身後」來詮釋這則神話的寓意，逝去的夸父，竟仍為人世間遺留一片綠意盎然的鄧林，這是他的身後為人類造福的功績。然而，世人卻多譏其志向浮誇，直到身後才被人知曉宏大之志。

陶淵明藉由不同的切入點，藉由重新詮釋夸父神話，而道盡了人性的矛盾。誠如明代黃文煥（1598～1667）於其作《陶詩析義》評〈其九〉之言：「寓意甚遠甚大。天下忠臣義士，及身之時，事或有所不能濟，而其志其功足留萬古者，皆夸父之類，非俗人目論所能知也。胸中饒有幽憤。」〔註106〕詠詩述懷，似惋惜，似憐憫，一方面投射於自己的人生境遇，其間不乏無奈之情，以及隱晦委婉的批判眼界。

（二）精衛銜微木·刑天舞干戚·欽鵶違帝旨：寄託不應「徒設昔心」的勸誡之情

〈讀《山海經》十三首·其十〉：

精衛銜微木，將以填滄海；刑天舞干戚，猛志故常在！

同物既無慮，化去不復悔。徒設在昔心，良晨詎可待？

〈讀《山海經》十三首·其十一〉：

臣危肆威暴，欽鵶違帝旨。窫窳強能變，祖江遂獨死。

〔註106〕此言轉引自袁行霈所撰的〈其九·考辨〉一文，見袁行霈：《陶淵明集箋注》，頁409～410。

　　明明上天鑒，為惡不可履。長枯固已劇，鵔鳸豈足恃。

陶淵明在〈其十〉與〈其十一〉中，各自徵引了以原有的人類姿態卻因故死後幻化為「物」的《山海經》「變形神話」類型。此二首詩，雖然各有其詠史抒發的寓意，但若整體觀之，則會發掘它們頗為一致而投射的人文思維與情志。首先，以〈其十〉的內容來觀察，詩人以精衛填海、刑天舞干戚於故事中「徒勞無功」的情節作為切入點，思考二者既然已同身成為「物」，就不應仍存在猶如人類思想般的行為，故不應有所悔恨的情緒存在。陶淵明以「同物既無慮，化去不復悔」強調「物化」後今非昔比的思考，不因應時代、環境的變遷而一直秉持過去的志向，只是蹉跎光陰而已。而另一首〈其十一〉詩作，其主題以〈海內西經〉：「危與貳負殺窫窳」〔註107〕與〈西山經〉：「鼓與欽鴀殺葆江」〔註108〕的「下剋上」殺戮情節展開詩作的鋪陳，他們的下場卻是接受了「帝」的刑罰：危被「梏之」，欽鴀被「戮之」。陶淵明經由〈其十一〉的創作筆觸闡釋了亂臣賊子逃不過天理昭昭，惡果必報的醒世警語。

　　然而，端詳兩首詩所引用的主題特徵，如前所述幾乎圍繞在「變形神話」的情節上。詩作中的「化物」，可以是幻化成「動物」；亦可為幻化成「怪物」。因此，與精衛、刑天相較，〈其十一〉的「鼓」與「欽鴀」同樣也是失去了降罪以前的姿態、職位或能力；「危」被桎梏，同樣地也失去往昔的榮光，上述這些神話人物，若仍想自恃往昔之志，殊不認清「化去不復悔」、「長枯固已劇」的客觀事實，縱使生命能延續，已身為鵔鳸鳥禽或怪物的變形身體，儘管一直保有「昔心」，也只是徒勞無用罷了。陶淵明的這兩首詩，都借題發揮將它們詮釋成何以堅持昔日之心，卻蹉跎、浪費良辰。頗有不在其位，不謀其政，不思其事的寄託寓意。似乎也暗示自己縱然仍有心繫朝政局勢之時，卻勿忘已歸田隱居，徒增無用憂慮，珍惜自適快意的美好時光，是勸誡，也是自省。

（三）青丘有奇鳥・何以廢共鯀：以《山海經》神話規勸為王者「知能善任」的重要

〈讀《山海經》十三首・其十二〉：

鴟鵂見城邑，其國有放士。念彼懷王世，當時數來止？

青丘有奇鳥，自言獨見爾。本為迷者生，不以喻君子。

〔註107〕清・郝懿行：《山海經箋疏》。

〔註108〕清・郝懿行：《山海經箋疏》。

〈讀《山海經》十三首‧其十三〉：

巖巖顯朝市，帝者慎用才。何以廢共鯀？重華為之來。

仲父獻誠言，姜公乃見猜。臨沒告飢渴，當復何及哉！

這兩首詩可謂是〈讀《山海經》十三首〉中最直白的詠史詩。其中各穿插了《山海經》神話與歷史人物的事例，看似仍以閱讀《山海經》而撰寫心得，但卻在書寫過程，加入了歷史事件的參照。換言之，在陶淵明閱讀《山海經》的後期，已不自覺地進入神話與歷史的互證、互譯的思路當中。〈其十二〉引述〈南山經〉所記載的柜山「鴟鴸」鳥，以及青丘之山的「灌灌」鳥的奇異事蹟：見鴟鴸，則「其縣有放士」；遇灌灌，則「佩之不惑」〔註109〕。詩人以青丘之鳥歡歡的存在「本為迷者生」，像君子那般明達事理的人，根本就不會被迷惑，又何需攜帶灌灌呢？藉以連結戰國時期楚懷王受小人迷惑，致使屈原招流放，感慨懷王執迷不悟也！至於組詩的最後一首，更是力言「帝者慎用才」的重要。同樣都是處於高堂之上的帝王，何以堯帝能舉賢能而遠「共工」與「鯀」，齊桓公卻無法分辨管仲病危之諫言而輕信小人，導致桓公最後不得善終。陶淵明從《山海經》的眾帝事蹟，以及下剋上的刑殺神話，聯想到血淋淋的歷史事件，總結史載中盛衰興亡的教訓，寄託為政者能如古史神話的堯舜聖王一樣「知能善任」，慎選人才。無意間透露出他縱然寄情山水田園之間，卻仍為國事擔憂的感慨，這正是詠史詩的一大特徵。

值得一提的是，歷來研究陶淵明〈讀《山海經》十三首〉組詩的學者們，對於進入〈其九〉之後的文思轉變提出了解釋，在其中，更不乏將它們視為陶淵明「政治批判」視域下所展現的詮釋特徵。陶淵明生活在一個戰爭頻繁、政權更迭快速的時代，因此，魯迅（1881～1936）於《且介亭雜文二集‧「題未定」草六》中稱〈讀《山海經》十三首〉不論是談到精衛，還是刑天，都是表現出詩人「金剛怒目式」〔註110〕的激憤；清人陶澍（1779～1839）則認為〈其九〉以「夸父追日」神話來寄託：「此蓋笑宋武垂暮舉事，急圖禪代，而志欲無厭。究其統緒所貽，不過一隅之陰而已。乃反言若正也」〔註111〕是抒發對劉裕篡晉朝廷更迭的譏諷和憤怒。儘管他們都言之鑿鑿，但在詩文未有

〔註109〕清‧郝懿行：《山海經箋疏》。

〔註110〕魯迅：《且介亭雜文二集》，《魯迅全集》（上海：人民文學出版社，1973年12月），頁415。

〔註111〕其說轉引自袁行霈撰：《陶淵明集箋注》，頁410。

直言針對某歷史事件的說明時，是否為臆測過度之見，仍難有定說。為保嚴謹，筆者雖只能以字面上的語意，來探究詩意的本質，然而，那些具有高度政治性語言的解讀揣測，不啻是另一種詮釋的思考。因此，誠如前文已言，一位秉持著「不求甚解」的態度，不去做過多的衍論和闡釋的詩人，卻仍可在創作中抒發自己的心得與感想。筆者認為，不論陶淵明是否具有針對當時政治現實的批判意圖，對於《山海經》神話的理解，仍是詩人自我的抒發和感受。故藉神話來進行批判世俗現象的最根本源頭，還是來自於觀察人性的光明與黑暗面，時而自喻，時而言事，或許未必是針對某件特定的政治事件，但面對當時撥亂紛紛的朝局，有感而發於詩作中，亦屬自然。

　　總的來說，檢視陶淵明的生平、經歷與其學術思想，再加上〈其一〉所述的「窮巷隔深轍，頗迴故人車」之說，可見他並非是完全隱密於山林，徹底與世隔絕的邊緣隱士。以儒學為其學術涵養根本的他，縱然歸隱，那種根深蒂固的「經世濟民」的思想應當仍潛藏於內心。所以，當他流觀《山海圖》時，便以自己的生命體驗導入《山海經》中的神話世界，並交會著歷史和現實，觸景感慨，執筆創作，在文人特有的超然視域下，陶淵明的〈讀《山海經》十三首〉成為開啟後世文學作品與連結《山海經》神話於接受美學思維的新篇章。完全不受限於原《山海經》神話文本的情節，跳脫時空，講求美學的體驗，同時期另有歷仕南朝宋、齊、梁三朝的江淹（444～505）結合〈天問〉文體結構與《山海經》的神話，並導入佛教思想，創作〈遂古篇〉一文，藉「問句」呈現浩瀚宇宙、天地的神秘與不解。可以說，透過魏晉學者與文人對原典的詮釋，擴大了《山海經》神話的寓意，促使《山海經》進入唐代以後成為文學取材的重要文本。

第三章　唐宋疑經思想對《山海經》神話的破譯

　　自魏晉南北朝以來，《山海經》的詮釋眼界已不再拘泥於單純的釋義注解，而是在某一部分走向文學的創作，成為唐代文人藝術創作的能量；至於另一部分，則走回對原典來歷的探究，特別是唐中葉以後的學者便以嚴謹的研究目光，持「疑古」、「議經」的視域，以釐清環繞於《山海經》文本諸多的身世之謎。

　　「疑經」是中國古代經學史上一種較為常見的傳統學術現象，此風氣從唐朝中期復古運動開始，至宋朝成為發展最為鼎盛的時代。他們結合經學與文獻學的研究角度，探討了古代經典的各個面向，其中包含了對原典真偽的判別、對作者身份的疑慮，或是為真偽混同於一書的釐清等等。身為先秦文獻之一的《山海經》當然無可倖免，爬梳它可能的來歷，思辨它的形成與存在性，使得《山海經》在當時得到治經諸公們對其內容、來歷方面進行相關釋疑之研究。例如南宋藏書家尤袤（1127～1194 年）端詳《山海經》之後認為：「是書所載，自開闢數千萬年，遐方異域，不可結知之事。蓋自〈禹貢〉、〈職方氏〉之外，其辨山川草木，鳥獸所出，莫備於此書。」[註1] 由此約略可知，宋人雖然對《山海經》的來歷與真實性進行批判，卻也同時肯定《山海經》作為先秦古籍中「窮神辨物」的價值。唐宋以前，中土戰爭不斷，許多書籍於此時因而遭殃亡佚，《山海經》亦受其波及，雖過渡了戰火綿延的亂世，

〔註 1〕南宋・尤袤：〈山海經・跋〉，《山海經傳》（北京：中華書局，1983 年，據北京圖書館藏南宋淳熙七年跋刊本）。

但經中內容仍有脫落，甚至郭璞、陶淵明所見《山海經圖》也已不存於世，著實可惜。此後，歷劫歸來的《山海經》不再僅輾轉於私人之手，幸其受官方之重視，以及印刷術的發展，使得終能編入官修圖書中，這也表示唐宋時期雖未出現對《山海經》研究的專書或注本，但卻對《山海經》進行了重要的保存工作而使之不散佚。

然而，《山海經》在唐代，或許是年代久遠，使得私人注疏的作品流通不易，幾乎不見為《山海經》進行研究的學者或其作品流傳於世，除了大量的筆叢類書所徵引的內容，作為他書注疏資料外（例如：歐陽詢的《藝文類聚》、徐堅的《初學記》與白居易《白氏六帖》等等），就僅以詩文作品所佔比例較多。誠然如本文前章所言，這類型的文學創作在數量上是極為龐大的，並且依本文的研究議題，研究對象的取材仍以聚焦於《山海經》為主題的文學作品，對該書有著緊密的關連性，而非流於單純的傳說或典故，這是與不少宋人注意到《山海經》的面向和情況是大相徑庭的。《山海經》進入宋代以後，由於受到諸多學者的關注，以及對其內容的判析，使得它一方面成為重要參考書籍之餘，也成為被研究的對象。因此，這個時代出現了許多精彩的釋義結果，可以說宋代是個讓《山海經》能於明清時代進入研究高峰的重要關鍵時代。在唐代考察文本不足的情況下，本章主要以宋代學者文人為主要的觀察對象，探索這個時代間對《山海經》解構與重釋的特色。

第一節　唐宋時代《山海經》神話的想像與疑慮

自西晉永嘉之亂（311 年）以來長達 280 年的分裂局勢，終至隋文帝楊堅（541～604）再造統一之局，結束了魏晉南北朝以來的戰亂與紛擾，並締造隋唐盛世。從文化與學術的層面上來端詳，進入大一統帝國的隋朝雖國祚僅有短短 39 年（581～619），但卻吸收了自南北朝以來，儒、釋、道三教的主流思想，成為當代學術風氣大開的表徵。這完全是因隋文帝楊堅於在位時期主張調和宗教與儒學，採用三教並重，相輔治國的策略所造成的學術氛圍和環境。雖其晚年立場驟變，崇尚刑法，倡佛反儒，然其漢族與胡族大融合的朝代特色，與唐朝合為中國歷史上最為開放、極具創造性且包容的時代。三教兼容的文化氛圍，也帶動了唐人面對《山海經》那般詭譎不明的神話特徵而引發文學藝術上的創作美學意識，它們或許參考、承襲了陶淵明〈讀《山海經》十三首〉中將神話與詩歌結合的美感經驗，經典詮釋，寄託寓意，抒發

情思，猶如為唐代《山海經》學術的這片荒漠之地，灑上了一縷沁人心脾的玉泉，重鑄神話與文學的藝術美感。

唐代是一個社會相對穩定，文化全面發展的世代，同樣有不少學者文人關注《山海經》，最顯著的事例便是在修定官書時將《山海經》編入其中。如魏徵、房玄齡等人領詔奉敕所撰的《隋書‧經籍志》，便將《山海經》列入「史部‧地理類」之首「稱《山海經》二十三卷郭璞注」〔註2〕，並認為：「漢初，蕭何得秦圖書，故知天下之要害，後又得《山海經》，相傳以為夏禹所記。」〔註3〕魏徵將《山海經》與秦圖書作類比，這無疑認定《山海經》的紀實特性，並直白地肯定它作為地理志的價值所在。唐代經學家陸淳（？～806）於《春秋集傳纂例》中引其師啖助（724～770）所提到的《山海經》之見，認為：「《山海經》廣說殷時，而云夏禹所有記。……本皆口傳，後之學者，乃著竹帛」〔註4〕，啖助認為《山海經》原是屬於先民口傳的古代歷史，日後被人們用文字書寫於竹帛而完成，使得典籍得以流傳於今。從這角度來看，啖助亦認同《山海經》所記之史料是具有可信價值的。當然，亦有持反對立場者，如唐人杜佑（735～812）曾於《通典》中提到他的懷疑之處：「又按《禹本紀》、《山海經》不知何代之書，詳其恢怪不經。宜夫子刪《詩》、《書》以後尚奇者所作，或先有其書，如詭誕之言，必後人所加也，若古《周書》、《吳越春秋》、《越絕書》諸緯書之流是矣。」〔註5〕以評判內容的詭譎不明，認為不符合史籍地志的性質，書中所言之怪誕，必為後世好奇者所附會而成，故不足以信。

唐代對於《山海經》所記神話的關注，除了上述提及的學者之外，亦有從事文學創作的文學家展現對神話高度的興趣，並且，以自我的見解，闡釋於詩文之中，或是寄託情懷，或是歌詠諸神。當然唐代文人所徵引的神話，不見得一定出自於《山海經》，那是因為神話的流傳與變異性之廣，人們所聽所聞，不應僅止於孤本之說。因此，如李白（701～762）、岑參（715～770）、柳宗元（773～819）、白居易（772～846）、王建（767～830）、韓愈（768～824）等為數不少的唐代詩人，都曾以這些同樣載於《山海經》的神話情節來

〔註2〕唐‧魏徵等：《隋書‧經籍志》（北京：中華書局，1973 年 8 月），卷 33，頁982。

〔註3〕唐‧魏徵等：《隋書‧經籍志》卷 33，頁 987。

〔註4〕唐‧陸淳：《春秋集傳纂例》（京都：中文出版社，《古經解彙函》據嘉興錢氏經苑本影印，1998 年），頁 1443。

〔註5〕唐‧杜佑：《通典》（北京：中華書局，1988 年 12 月），頁 4562。

創作詩文。現階段雖難以斷定《山海經》與這些唐代文人作家之間是否存在著緊密且深刻的關係，但不論是原典記載，或是成為家喻戶曉的故事，都是重釋「語怪」敘事的具體行為。例如：以〈北山經〉所記述的「精衛填海」神話為例，邊塞詩人岑參作〈精衛〉一詩以「精衛填海」神話為題，一方面惋惜其「怨積徒有志，力微竟不成。西山木石盡，巨壑何時平。」〔註6〕的徒勞無功，一方面也寄託個人情懷；韓愈也曾以此為題作〈學諸進士作精衛銜石填海〉一首，卻反而以「人皆譏造次，我獨賞專精。豈計休無日，惟應盡此生。」〔註7〕之文思，字裡行間表達出敬佩其志的堅定不移；再比對唐人王建〈精衛詞〉的「精衛誰教爾填海」〔註8〕之首句，透過發問者（詩人）與回答者（精衛）之間的對話，展現出戲劇的張力而跳脫出原有敘事角度的面貌。可以說，即使中間歷經了眾多神話傳播者，但回歸《山海經》神話這個源頭，它依然間接給予了這些才華洋溢的唐代詩人豐富的創作材料，在接受美學的自然驅動下，他們再次詮釋出自己所理解或感受的神話寓意與寄託。

至唐入宋，學術風氣一改前期，對古籍經典的全方位批判、疑古和議經等學術潮流漸起，此風大致可從中唐時期的啖助、趙匡（766～779）、陸淳等經學家起，後於北宋仁宗慶曆年間大興，直至南宋後期仍不衰，這股學術潮流已成為宋代經學的主要現象，此風被稱為「疑經」。所謂「疑經」其主要內容在於「懷疑前人公認的經書作者、懷疑經書的真實性和完整性、非議經書部分內容的合理性，範圍包括古代《五經》和到宋代新升格的經書（《孟子》最晚）共十三經」〔註9〕使得宋代經學研究的著作與成果深受後人的重視，也直接影響了理學的發展。在這個學術背景下，《山海經》作為先秦文獻典籍的

〔註6〕岑參〈精衛〉全詩為：「負劍出北門，乘桴適東溟。一鳥海上飛，云是帝女靈。玉顏溺水死，精衛空為名。怨積徒有志，力微竟不成。西山木石盡，巨壑何時平。」見《全唐詩》第3冊（北京：中華書局，1999年1月），卷198，頁2055。

〔註7〕韓愈〈學諸進士作精衛銜石填海〉全詩為：「鳥有償冤者，終年抱寸誠。口銜山石細，心望海波平。渺渺功難見，區區命已輕。人皆譏造次，我獨賞專精。豈計休無日，惟應盡此生。何慚刺客傳，不著報仇名。」見《全唐詩》第5冊，卷343，頁3853。

〔註8〕王建〈精衛詞〉全詩為：「精衛誰教爾填海，海邊石子青磊磊。但得海水作枯池，海中魚龍何所為。口穿豈為空銜石，山中草木無全枝。朝在樹頭暮海裏，飛多羽折時墮水。高山未盡海未平，願我身死子還生。」見《全唐詩》第5冊，卷298，頁3370。

〔註9〕楊新勛：《宋代疑經研究》（北京：中華書局，2007年3月），頁5。

具體存在，也促使學者開始對該書作一些考證式的研究。

　　整體而言，宋代對於《山海經》貢獻是極大的，最主要的原因在於當時學者們不約而同地對該書進行編目與收藏，致使《山海經》不至落入有目無本而亡佚的下場。縱使當時為數不少的經學大儒對《山海經》依然多所批評，但仍是將之保留下來，直到印刷刊刻之術發展成熟，免去散佚的危機，可見宋人愛書惜書之風。再者，宋代崇文抑武，學思蓬勃多元，此風一直延續到明代學界，許多理學家不再將眼界侷限於儒學一門，多兼通釋、道與其他諸子之學的學問涵養，使得可以用更具理性的觀察角度，評斷《山海經》的存在意義。此外，《山海經》在這個時代另有一個重要的指標，那就是從宋真宗大宗祥福五年（1012），命當時道人張君房（生卒年不詳）奉敕編修《道藏》以來，有宋之世歷經三修，《山海經》也正式宣告進入「官修群書集成」之中，不再僅入史載書目之名。張君房此舉，除了提高社會對《山海經》的認識度與地位之外，也一定程度保障了該書版本於傳世時的穩定性。被編入宋本《道藏》之中的《山海經》，一躍而成為了宗教經典，不但在流傳上更顯能見度，亦提升原有「博物」性質以外的宗教地位。

　　除了《道藏》的版本外，南宋時代亦經善詩作文者——尤袤（1127～1194）之手，透過諸本進行校對，刊刻成《山海經傳》。尤袤本的出現，成為明清學者作注時大多採用的刊本，遂成今日所見十八卷的標準通行本。

第二節　從「鑄鼎象物」至「窮神辨物」：歐陽修、薛季宣與尤袤

　　宋代學者普遍嚴謹的求學和治經的態度，使針對《山海經》研究開啟了不同往昔總以郭璞釋義為宗的情況。過去，郭璞於釋經時，很多時候所採取的是以「漠視」或「沈默」的態度去處理文本所呈現的不合理之處。如前已述，這或許是來自於郭璞所秉持的神仙思想與玄學的前見所造成的注經特色。經過中唐期間經學家的「疑古」之啟發，至北宋仁宗朝之際，以歐陽修（1007～1072）一派為宗，提倡對經典採取自由討論的風氣，破除章句註疏的束縛，從經文本身尋求經旨大義，據經義而不據注疏。誠如司馬光（1019～1086）對當世聞風學術的觀察後於〈論風俗劄子〉所作的批判：

　　　新進後生，未知臧否，口傳耳剽，翕然成風。至有讀《易》未識卦、

> 爻，已謂《十翼》非孔子之言；讀《禮》未知篇數，已謂《周官》
> 為戰國之書；讀《詩》未盡〈周南〉、〈召南〉，已謂毛、鄭為章句之
> 學；讀《春秋》未知十二公，已謂《三傳》可束之高閣。循守注疏
> 者，謂之腐儒；穿鑿附會者，謂之精義。〔註10〕

司馬光批判當朝之學風，使得許多新生學子未盡書而論書的謬境。這段文字
反映了當時經學的研究氛圍，宋代經學由於深受懷疑論與理性主義的影響，
其特徵便是勇於回歸原典進行實驗性的新詮釋。然而，過與不及皆是弊病，
疑經的學術思路雖然有效的釐清判斷古籍經書的真偽，卻有時甚至將頗具可
靠性的經書提出過度的質疑。但無論如何，將學術研究加以理論化、系統化、
重新透過原典詮釋改善舊有的學術沉痾，以維護尊經道統的目的。過去經學
自漢代以來被蒙上神學讖緯等迷信的色彩，也正因宋代「疑經」的治學態度，
使其與文獻脫離，轉化為重新回到純粹儒家經典的道統論學中。此乃宋代經
學所造就的新氣象，更連帶地一併影響其他對非經學古籍的研究態度，《山海
經》便是最為顯著之例。雖然，宋人對於《山海經》的關注，我們從產出注本
數量來看，當然無法與其他文學、經學或藝術學門相提並論，但這時代的學
者，卻把觀察焦點放置在《山海經》的成書問題上。他們紛紛不約而同地推
翻劉歆以來所認為的作者「禹益說」觀點，而是從常理經驗，思考《山海經》
圖與文的關係，進而提出「禹鼎說」。換言之，它們並不認同文本的成立來自
於單一時代、單一批人之手，而是透過漸進式文圖話語之間轉譯而來。可以
說，打破以往對該書年代主觀的既定觀點。

一、歐陽修〈讀《山海經圖》〉：夏鼎象九州，《山經》有遺載

　　最早提出「禹鼎說」的學者，即是北宋大文豪歐陽修。歐陽修，一作歐
陽脩〔註11〕，字永叔，號醉翁、六一居士，吉州廬陵人，幼敏過人。〔註12〕
北宋時期文學家、史學家、政治家。歷仕仁宗、英宗、神宗三朝，官至翰林學

〔註10〕北宋・司馬光：〈論風俗箚子〉，《全宋文》第 55 冊，頁 190～191。

〔註11〕據學者蔡根祥考證，歐陽脩本名當作「修」。歐陽脩本人則因出於書法美感的
　　　　考慮，自己署名習慣寫作「歐陽脩」。然而，北京中華書局出版的《宋史》書
　　　　「歐陽脩」，於此一併提出，本文以蔡根祥說法，取「修」撰之。蔡根祥：〈歐
　　　　陽「修」？抑或歐陽「脩」？〉，《中國學術年刊》（臺北：國立臺灣師範大學
　　　　國文學系，2007 年 3 月），第 29 期，頁 43～84。

〔註12〕元・脫脫等著：《宋史・歐陽修傳》（北京：中華書局，1977 年 11 月）卷 319，
　　　　頁 10375。

士、樞密副使、參知政事，諡號文忠，世稱「歐陽文忠公」。在政治上負有盛名，已不必詳說，他忠君愛國，並且不吝惜提攜後進。文學成就更享譽古今，不但是唐代韓愈、柳宗元所倡導之古文運動的繼承者及推動者，革新了宋代文壇的風氣，為古文發展作出了巨大貢獻。其散文風格平易自然，韻味深美，詩歌風格平易清新，為宋詩奠下基礎。《宋史》給予歐陽修極高的評價，稱他：「為文天才自然，豐約中度。其言簡而明，信而通，引物連類，折之於至理，以服人心。超然獨騖，眾莫能及，故天下翕然師尊之。獎引後進，如恐不及，賞識之下，率為聞人。曾鞏、王安石、蘇洵、洵子軾、轍，布衣屏處，未為人知，修即遊其聲譽，謂必顯於世。」〔註13〕除留下眾多的詩文策論作品外，另有兩部史書《新唐書》（與宋祁、范鎮、呂夏卿等奉敕合撰）及《新五代史》（私修）皆被列入廿四部正史之中，於經學研究上，開創宋人直接解經、不依註疏的新格局。據此，由於歐陽修個人對於經典詮釋的疑古觀，也讓他思考圍繞於《山海經》一書中所含有不合邏輯的地方。或者，也可能是受到了啖助的「如詭誕之言，必後人所加也」的影響。歐陽修在其作〈讀《山海經圖》〉詩中陳述了對《山海經》的看法與理解：

夏鼎象九州，《山經》有遺載。空濛大荒中，杳靄羣山會。

炎海積歊蒸，陰幽異明晦。奔趨各異種，倏忽俄萬態。

羣倫固殊稟，至理寧一槩。駭者自云驚，生分孰知怪。

未能識造化，但爾披圖繪。不有萬物殊，豈知方輿大。〔註14〕

事實上，這首詩觀察的主體並非《山海經》，而是《山海經圖》。從文獻記載考察，郭璞以後，歷代畫《山海經圖》者為數不少。〔註15〕南宋《中興館閣書目》亦載云：「《山海經圖》十卷，本梁張僧繇畫，咸平二年校理舒雅銓次館閣圖書，見僧繇舊蹤尚有存者，重繪為十卷。」〔註16〕後人另有摹此畫者，如

〔註13〕元・脫脫等著：《宋史・歐陽修傳》卷319，頁10381。

〔註14〕北京大學古典文獻研究所編：《全宋詩》第 6 冊（北京：北京大學出版社，1992 年 8 月），卷 298，頁 3748。

〔註15〕依唐・張彥遠於〈述古之祕畫珍圖〉云：「古之祕畫珍圖固多散逸，人間不得見之。今粗舉領袖，則有⋯⋯《西王母益地圖舜》⋯⋯《山海經圖》（六又《鈔圖》一）⋯⋯《大荒經圖二十六》⋯⋯」見《歷代名畫記・卷三》，《景印文淵閣四庫全書》第 812 冊（臺北：臺灣商務印書館，1986 年 10 月），頁 312～313。

〔註16〕轉引自馬昌儀：《全像山海經圖比較・導論》（北京：學苑出版社，2003 年 8 月），頁 5。

北宋舒雅(生卒年不詳)根據張繇所繪的《山海經圖》,於宋真宗咸平二年(999)重製臨摹此畫。「舒雅之圖在《崇文總目》、《通志》、《郡齋圖書志》、《直齋書錄解題》、《文獻通考》均有著錄,非常著名。」〔註17〕因此,位居高官的歐陽修在當時很有可能看到的是舒雅所繪的《山海經圖》。

仔細端詳〈讀《山海經圖》〉一詩,他以「異種」、「萬態」、「殊稟」等詞彙,具體形容了《山海經圖》所繪所記的萬物稟性各有千秋差異,然而,只因人類的眼耳所及不夠,而質疑《山海經圖》記述內容之荒謬,這正好更可說明了《山海經》的出現,代表世界之廣大無窮,不應以狹隘片面的眼界去觀詳、評論他物。言下之意,則暗示了《山海經》的價值在於該書具有幫助辨別物種的知識價值。歐陽修似以藉此抒發寄託,但從詩文首句點出的「夏鼎象九州,《山經》有遺載」之辭,表示歐陽修思考著《山海經》與經、史文獻裡常提到的「禹鼎」之間可能有所關連。他引《左傳》宣公三年提到「昔夏之方有德也,遠方圖物,貢金九牧,鑄鼎象物」〔註18〕的古史傳說典故,將「鑄鼎」、「夏禹」和《山海經》串聯在一起,以此來解釋《山海經》文本的來歷。事實上,這個傳說的基本架構也是來自於大禹治水神話,只不過把原先直接認定《山海經》的作者(直接書寫而成),透過「禹鼎說」,連帶的也改變了敘述視角。

歐陽修雖以詩作簡要委婉地提出《山海經》、《山海經圖》與「禹鼎」之間可能的緊密關係,不論是某贊同其說,卻仍深深影響後繼學者文人對於《山海經》的觀察,並且在「禹鼎說」背後所代表的「鑄鼎象物」的寓意,紛紛理解為《山海經》為古代先王聖賢遺留給人民的「窮神辨物」之珍貴書籍。如南宋學者薛季宣、尤袤,皆承文忠公之說,從「窮神辨物」的角度重新理解該書的性質與內容,直至明代仍不乏從其說者。

二、薛季宣〈敘山海經〉:窮神辨物,非先秦有夏遺書

南宋學者薛季宣(1134~1173),字士龍,號艮齋,世稱「艮齋先生」,永嘉人。為南宋永嘉學派創始人。師事程頤(1033~1107)弟子袁溉(生卒年不詳),得其所學,通古封建、井田、鄉遂等〔註19〕,官至大理寺主簿。薛季宣

〔註17〕陳連山:《山海經學術史考論》,頁108。
〔註18〕楊伯峻編著:《春秋左傳注》,頁669。
〔註19〕元‧脫脫等著:《宋史‧薛季宣傳》卷434,頁12883。

為學重「事功」，倡導天下國家之用的實用思想。晚年與朱熹、呂祖謙交往頻繁，撰文議論。薛季宣於《詩》、《書》、《春秋》、《中庸》、《大學》、《論語》皆有私家訓義。亦有雜著《浪語集》傳世。〔註20〕

　　薛季宣向來以反對空談義理而養學論作反對認為理學家空談「性與天命」，對其「靜坐」、「存養」功夫尤為不滿。倡言功利，主張習百家之學、考訂歷代典章名物，以培養對社會有實際作為的人才。如此注重博採各家思想，其批判視野自然也關注於《山海經》「博物」的特性上。所著的〈敘山海經〉一文，其內容從論及版本聚散流傳，至批判內容之虛實與其存在價值皆頗有見地。雖僅是小論一篇，但字句間可見細究之處。也為我們後人保留了唐代以來，對《山海經》版本、篇目，流傳狀況的些許紀錄。茲以摘錄全文如下：

> 古《山海經》，劉歆所上書十三篇。內別五山，外紀八海。郭璞注集釐十八卷，其十卷〈五山經〉、八卷〈海外〉、二〈海內〉、〈大荒經〉也。〈五山〉、〈海外〉經端有條緒，《海內》、《大荒經》汗漫有不可通者。是書流傳既少，今獨《道藏》有之，又圖十卷，文多闕略，世有範本。張僧繇畫《山海經圖》，詳于《道藏》圖本，然《道藏》所畫不出十三篇中，模本畫圖，有經未嘗見者。按〈五山經〉山多亡軼，意僧繇畫時其文尚完，不然，後人傳託名之，不可知也。不敢按據模本，姑以《道藏》經、圖參校繕寫藏之。於所傳疑，「有曰」、「一曰」、「或作」之類，皆郭注之舊，云「一作」、「圖作」者今所存也。走初讀《楚辭》、《文選》、《陶元亮集》，見其多有《山海經》事，恨未之見，夐求將二十歲，方始得之。其所名山川，已隨世變；草木鳥獸，類非久存之物；神怪荒唐之說，人耳目所不到。郭氏所注，不能皆得其實，而上世故實，可供文墨之用者，前人採摘稱引略盡，則此書之垂亡僅在固宜。《左氏傳》稱大禹鑄鼎象物，以知神姦，入山林者不逢不若，魑魅魍魎莫能方物，《山海》所述，不幾是也？經言大川所出，及舜所葬，皆秦、漢時郡縣，又有成湯、文王之事，《管子》之文，其非先秦有夏遺書審矣。劉歆《集略》，直云伯益所記，又分伯益、柏翳以為二人，皆未之詳。考于《太史公記》、漢西京書，非後世之作也。《山海經》要為有本于古，秦、漢增益之

書，太史公謂：「言九州山川，《尚書》近之，至《山海經》、《禹本記》所言怪物，余不敢言也。」然哉！郭氏歎：「道所存，俗之所棄。」不無稱許之過。要之《楚辭》之學，在《山海經》為所本，君子窮神辨物，此書有不可廢者。所謂「臣秀」即劉歆也，歆以有新之朝更名以應光武之讖，校讎之世，必當王氏時也。走讀《漢・藝文志》，念其書不多見，此《山海經》雖在，亦且亡矣。愛之不忍捐棄，故錄置家藏書中。〔註21〕

綜觀薛季宣面對《山海經》內容的看法與評判，從文中可歸結二項論點：

（一）從《山海經》的流傳狀況，觀察前朝人普遍對其內容不做深究之實

薛季宣藉由經查「是書流傳既少」的現狀，言及世代更迭導致書中所輯錄的山川地理、草木鳥獸早已今非昔比，更何況所謂光怪陸離之事，常人並無遇見。使得《山海經》所言之事，往往「前人採摘稱引略盡」，有限度的擷取書中所言，或供「文墨之用者」等種種流傳狀況，本來就容易使該書遭致存亡的危機。是以，在這之前的文人普遍僅引用書中符合古代地理、歷史的資料作為徵引的參考資料，其他如帶有玄怪奇幻色彩的神話情節，則視為警世寓言般，充作構思文賦詩詞之用途。所謂「神怪荒唐之說」，南北朝以來言志異類的筆叢小書至唐代後猶如雨後春筍般地風靡一時。然而，內容雖一樣陳述離奇怪異之事，儘管引發當時人們的目光，但與筆記傳奇這類的故事內容多述人與神、仙、妖的情形相比，《山海經》所敘述的神話情節如上古帝王、海外奇異諸國、各式奇型怪獸等更是過於無因果性、天馬行空的，故言「人耳目所不到」。換言之，過去對於《山海經》的普遍認知，是將神話情節視為方外之物，不必深究或為其多作贅言，荒誕不經的詭譎內容聊以參閱即可。如此也似乎回應到，郭璞以下至截至南宋以前不見其他校注研究的著作，僅零星傳有郭璞注本、重製圖本和抄本，倒是可略證得其說。

此外，他深考經中文句，發現《山海經》中充斥著「有曰」、「一曰」、「或作」、「一作」、「圖作」之類的敘事語境。其實，這也是造成《山海經》內容之所以呈現雜亂無章的原因之一，而薛季宣算是最早注意到轉引「他說」語境用法的問題，並提出「『有曰』、『一曰』、『或作』之類，皆郭注之舊，云『一

〔註21〕南宋・薛季宣：〈敘山海經〉，《全宋文》第 257 冊，頁 333～334。此處雖引《全宋文》版本，但依個人之見，已作句讀上的修正。

作』、『圖作』者今所存也」的考證結果，是非常具有價值的。

（二）引《左傳》禹鼎之說，藉以肯定《山海經》存在的可貴價值

《左傳‧宣公三年》：「楚子問鼎之大小、輕重焉。對曰；「在德不在鼎。昔夏之方有德也，遠方圖物，貢金九牧，鑄鼎象物，百物而為之備，使民知神、姦。故民入川澤、山林，不逢不若。螭魅罔兩，莫能逢之。」〔註22〕薛季宣藉由上古時代禹鼎的史蹟來比喻《山海經》的存在意義。世人不應僅將《山海經》視為荒誕玄怪、漫天奇談的邪門歪道之小書，事實上，該書內容大量一一歷記了古代物種、山川、史地等等之貌，具有「窮神辨物」的價值。因此，就如同古代聖王繪物於鼎面上，使得人民依圖所記而辨別聖物與魍魎的不同，入山林不致因無知迷惘而受害。同樣的道理，禹鼎與《山海經》之相類，豈非不同？故薛氏惋惜《山海經》明明含著蓋天道之理，而多數世人卻視其為小道，君子若要窮理考證名物，《山海經》是一本很重要的古代參考資料，而這正是薛季宣言「此書有不可廢者」的主要原因。遂「愛之不忍捐棄，故錄置家藏書中」，有宋之際，真正仍流傳的漢籍已不多見，這或許也是《山海經》逐漸受到重視的關鍵。

薛季宣對於《山海經》神話內容的認知雖參考了歐陽修「禹鼎說」的概念，但就內容所言仍視其為「神怪荒唐」，並且實非「夏遺書」。卻不能抹滅該書具有作為「窮神辨物」與「古史參照」的重要性。在敘文中，薛氏舉《楚辭》內容多以《山海經》所記述為本，無疑也肯定了該書具有應被重視的價值。然而，薛氏並不若郭璞那樣幾近全面地接受書中所有的怪異內容，他依然保持宋人理性的批判思維，批評郭璞對於《山海經》過度的讚賞溢辭，而這或許也是宋代文人所具備的批判視野。他們獨具慧眼地重新定義《山海經》於古籍類門的地位，後出的學者大多也秉持著對該書內容亦褒亦貶的理性思考，進行從其成書來源的背景（如注意到《山海經》完成定本的時間應落在新莽時期）、敘事角度錯亂、語言使用的差異等等逐一進行相關的判讀與思考，充分展現出宋人為學理性的態度。

三、尤袤〈山海經跋〉：是書所言具可信，為先秦書不疑也

南宋文人尤袤（1127～1194），字延之，號遂初居士，晚年號樂溪，為南

〔註22〕楊伯峻編著，《春秋左傳注》，頁 669～671。

宋詩詞四大家之一。尤袤一生嗜書，凡未識之書，便盡其所能蒐羅傳抄，收藏入自家書庫，每每若有心得，則作記云云。亦把自家藏書進行編目，作成《遂初堂書目》一卷，這是中國最早的一部版本目錄著作之一，對研究中國古籍具有相當的參考價值。著錄有 3000 餘種書籍。分經、史、子集四部 44 類。僅記書名，不具解題，不詳記卷數和著述人姓氏。〔註23〕可惜尤袤藏書在他逝世後遭遇祝融，焚之一炬。另著有《遂出小稿》六十卷、《內外制》三十卷、《梁溪集》五十卷。〔註24〕尤袤如此愛書惜書之心情，於其撰寫的《山海經·跋》一文裡表露無遺。對於《山海經》觀感，在一定程度上大致與薛季宣有著同樣的觀察。茲節錄〈山海經跋〉一文如下：

> 《山海經》十八篇，世云「夏禹為之」，非也。其間或撰啟及有窮后羿之事。漢儒云「翳為之」，亦非也。然屈原《離騷經》多摘取其事，則其為先秦書不疑也。是書所言，多荒忽誕謾，若不可信，故世君子以為「六合之外，聖人之所不論」。以予觀之，則亦無足疑也。
>
> 方天地未奠之初，彝倫固未始有序也。獸蹄鳥迹之道，交於中國，則人與禽獸未能有別也。夫性命之未得其正，則賦形於天者，不能一定，其詭異固宜。逮夫天尊地卑而乾坤定，於是手持足蹈以為人，戴角傅翼以為鳥獸，類聚群分，始能有以自別。而聖人者出而君長之。以為人者，不特其形之如是也，又從而制為仁義禮樂以為之尸文，俾之自別於禽獸，而人蓋尊。故夫人者，其初亦天地之一物而特靈者耳。自今觀之，凡若遂言之，所言故多怪誕。自古觀之，則理固有是，而不足疑也。是書所載，自開闢數千萬年，遐方異域，不可結知之事。蓋自〈禹貢〉、《職方氏》之外，其辨山川草木，鳥獸所出，莫備於此書。又秦漢學者多引《山海經》，茲固益可信。古書得存於今，如是者鮮矣，則豈不可貴且重乎？始予得京都舊印本三卷，頗疎略。繼得《道藏》本，〈南山〉、〈東山經〉各自為一卷，〈西山〉、〈北山〉各分為上下兩卷，〈中山〉為上中下三卷，別以〈中

〔註23〕李玉安、陳傳藝，《中國藏書家辭典》（湖北：湖北教育出版社，1989 年 9 月），頁 90。

〔註24〕楊立誠、金步瀛《中國藏書家考略》（上海：上海古籍出版社，1987 年 4 月），頁 9。

山東、北〉為一卷。〈海外南〉、〈海外東、北〉、〈海內西、南〉、〈海內東、北〉、〈大荒東、南〉、〈大荒西〉、〈大荒北〉、〈海內經〉，揔為十八篇。雖編簡號為均一，而篇目錯亂不齊。晚得劉歆所定書，其〈南〉、〈西〉、〈北〉、〈東〉，及〈中山〉，號〈五藏經〉，為五篇，其文最多。〈海內〉、〈海外〉、〈大荒〉三經，〈南〉、〈西〉、〈北〉、〈東〉各一篇，并〈海內經〉一篇，亦揔為十八篇。多者十餘簡，少者三二簡，雖若卷帙不均，而篇次整比最古，遂為定本。

予自紹興辛未至今□三十年所見無慮十數本，參校得失，於是稍無舛訛可繕寫。其卷後或題「建平元年四月丙戌，待詔太常屬臣望校治，侍中光祿勳臣龔、侍中奉車都尉光祿大夫臣秀領主省。」建平實漢哀帝年號，是歲劉歆以欲應圖讖，始改名秀。而龔則王龔也。哀帝時朝臣有兩名望者，一則丁望，一則蟜望，而此疑為丁望云。

　　淳熙庚子仲春八日，梁溪尤袤題〔註25〕

尤袤對《山海經》神話內容的看法與薛季宣儼然一致，一方面提出其書內容「多荒忽誕謾，若不可信」，另一方面卻又肯定其「是書所載，自開闢數千萬年，遐方異域，不可結知之事」是如此具有通古事、辨博物的實用價值。因此，將《山海經》與長期受傳統儒學者所重視的《尚書·禹貢》、《周禮·職方氏》相比擬，言「蓋自〈禹貢〉、〈職方氏〉之外，其辨山川草木，鳥獸所出，莫備於此書。又秦漢學者多引《山海經》，茲固益可信。」顯現《山海經》之傳世可謂彌足珍貴。

　　另值得一提的是，薛、尤二人皆不約而同關注到《山海經》成書和定本的時間問題，並且，很明顯他們對於劉歆為《山海經》定本的時間推論上意見是分歧的。尤袤所見本書有「建平元年四月丙戌，待詔太常屬臣望校治，侍中光祿勳臣龔、侍中奉車都尉光祿大夫臣秀領主省」字樣，以此斷定為漢哀帝甫登基未久即校定完成；薛季宣並未注意到此字樣，或者更有可能他所見之本（依其言可能是《道藏》本）並未有其題字，故依坊間劉歆改名以應圖讖的說法，判定為新莽時期完成定本。從這裡可以發現，南宋所傳之《山海經》至少有三本以上（按尤袤所言，分別是：「京都舊印本三卷」、「道藏本」、「劉歆本」等），而尤袤所言的「劉歆本」，即為現今傳世的通行本。

〔註25〕南宋·尤袤〈山海經·跋〉:《山海經傳》（北京：中華書局，1983年，據北京圖書館藏南宋淳熙七年跋刊本）。

　　言及於此，縱然《山海經》首度被列入官修《道藏》之中，是一項官方認可的宗教書籍，實際所看重的仍是因其內容多有魏晉以來談論神仙道術煉丹等等的文獻記錄，而這些在傳統儒學者眼中，實非經學道統。這也可能使宋人在面對含有神話情節的敘述時，自然而然地將內容劃分成「合理性」（做為史料→如何與他籍互作徵引？）與「不合理性」（不可盡信→《山海經》作者為何如此作想？）。具體的說，宋人對《山海經》的神話視野逐漸擺脫了漢魏六朝時代原有的全然接受與推崇。除了帶著批判意味濃厚的眼界、視域外，卻也開始去探討創作的產生背景與神話內容的敘事模式，如薛季宣注意到「有曰」、「一曰」、「或作」、「一作」或「圖作」等等的異說；又比方尤袤認為《山海經》若是真的從記錄遠古洪荒之事開始傳作，那麼「方天地未奠之初，彝倫固未始有序也。……逮夫天尊地卑而乾坤定，於是手持足蹈以為人，戴角傅翼以為鳥獸。」所以，不能全盤否定虛妄內容，而是應該試著理解古人做此不合一般常理的敘述以進行紀錄的原因為何。

第三節　朱熹對《山海經》神話敘事語言的破解

　　著眼整個宋代，對《山海經》內容描述的方式與結構上提出前瞻性看法的學者，蓋非朱熹（1130～1200）莫屬了。朱熹是南宋一代極具指標性的大學者，朱子之學的蔚為風尚，更引發當朝後進學者的推崇，縱使南宋政經局勢不穩，其謹慎而理性的學風依舊延續，朱熹是程顥（1032～1085）、程頤（1033～1107）的三傳弟子李侗（1093～1163）的學生，後人將朱熹與二程合稱為「程朱學派」。朱熹的理學思想對元、明、清三朝影響很大，爾後更成為三朝的官方學術思想，他的「道問學」的治學思想，也終讓他注意到非儒家經學典籍的《山海經》。

　　朱熹，字元晦，一字仲晦，齋號晦庵。生於南宋高宗建炎四年，卒於寧宗慶元六年。為南宋著名理學家，儒學集大成者，世人尊稱為「朱子」。《宋史・朱熹傳》著錄一則佳話：「熹幼穎悟，甫能言，父指天示之曰：『天也。』熹問曰：『天之上何物？』松異之。就傅，授以《孝經》」〔註26〕，可見朱熹自小極為聰穎，對於事情的觀察力極為敏銳。年18歲取貢生，翌年中進士第，後授主泉州同安縣主簿。後「延平李侗老矣，嘗學於羅從彥，熹歸自同安，不

〔註26〕元・脫脫等著：《宋史・朱熹傳》卷429，頁12751。

遠數百里，徒步往從之。」〔註27〕朱熹就此從李侗為師，奠定了朱熹以後學說的基礎。「其為學，大抵窮理以致其知，反躬以踐其實，而以居敬為主。嘗謂聖賢道統之傳散在方冊，聖經之旨不明，而道統之傳始晦。於是竭其精力，以研窮聖賢之經訓」〔註28〕他一生雖以專研經學為務，但卻仍廣博他學，其注重實證的態度，對教育、天文、地理、醫藥之學多有涉獵專研。其著作豐富，除一般經學研究之外，另有《西銘解》、《通書解》、《太極圖說解》、《韓文考異》、《楚辭集注辨正》、《參同契考異》等書，甚至在詩詞等文學創作上，也頗受世人肯定。

葛兆光先生認為朱熹通過對經典的詮釋、歷史的重構以及對思想世俗化的努力，指示理解經義的新途徑，並將這些經義所闡釋出來的道德與倫理原則，透過知識的傳播漸進式地傳入民眾的生活世界中。此外，他對事物的觀察亦有一套細膩的看法：

> （朱熹）他相信，在外在現象世界中是一本萬殊，也就是林林總總各有分宜，但「天下之物莫不有理」，正式這種均衡與合理的存在，蘊含了一個普遍的「理」，因而需要對各種事物與現象有深入的省察，從而在這些不同事物中體會絕對與一同一的「理」，這就是「格物致知」或「即物窮理」。〔註29〕

如此對於知識的深入省察與追求，也讓朱熹的學問更為淵博，除了博覽群書外，更會關注社會以至於自然世界的種種現象。因此，探索各種的新知，強調著「觀物」與「讀書」，對應事物、觀察事物的道理，都是格物的精神。觀察他的著作，大致可以瞭解在進行對古籍的推衍、考證、逐句逐字的理會等等，都因為需要參詳諸說，而進行旁徵博引的研究方式，可以說從「道問學」升入「尊德性」的歷程中，藉由讀書觀物來涵養自己的心靈與性情。由此可見，《山海經》能夠被朱熹注意到，想必也是因其群解眾學時，藉翻閱參照時的徵引目的，遂發現《山海經》內容的問題，進而讓朱熹有了探索分析之問學情況。誠然，朱子雖未對《山海經》作注疏或神話內容探究等專著，但仍對該書提出顛覆以往傳統對神話敘述內容的解讀。如他於〈記山海經〉云：

> 浙江出三天子都在其東，在閩西北，入海，餘暨南；盧江出三天子

〔註27〕元‧脫脫等著：《宋史‧朱熹傳》卷429，頁12769。
〔註28〕元‧脫脫等著：《宋史‧朱熹傳》卷429，頁12769。
〔註29〕葛兆光，《中國思想史》第2卷，頁210。

都，入江，彭澤西，一曰天子鄣。右出《山海經》第十三卷。按《山
海經》唯此數卷所記頗得古今山川形勢之實，而無荒誕譎恠之詞。
然諸經皆莫之考，而其它卷謬悠之說則往往誦而傳之，雖陶公不免
也。此數語者，又為得今江浙形勢之實，但經中「浙」字，《漢志》
注中作「湔」，蓋字之誤，石林〔註30〕已嘗辨之。注中「龜中」字，
羅端良所著《歙浦志》乃作「率山」，未知孰是。盧江得名不知何義，
其入江處西有大山，亦以盧名，說者便謂即是三天子都，此固非是。
然其名之相因，則似不無說也。「都」一作「鄣」，亦未詳其孰是。
但盧江出丹陽郡陵陽縣，而其旁縣有以鄣名者，則疑作「鄣」為是
也。予嘗讀《山海》諸篇記諸異物飛走之類，多云「東向」，或云「東
首」，皆為一定而不易之形。疑本依圖畫而為之，非實紀載此處有此
物也。古人有圖畫之學，如《九歌》、《天問》皆其類。〔註31〕

上文〈記山海經〉一篇，開頭以徵引「浙江出三天子都在其東」的《山海經》
部分內容，產生疑慮而進行辨說，猶如朱子讀書須臾間起興所感，隨筆之
作，卻大致對該書進行詳盡的觀察及透析。在文章開頭，也同薛季宣、尤袤
之說，大致認同《山海經》在部分數章的確具有地理物產等史料價值，不應
過度貶低而一律將其內容視為誕譎荒誕。當然，更不可忽視該書的確有「其
它卷謬悠之說」的狀況。也正因如此，朱熹於自己另一著作《楚辭辯證》中提
出《山海經》乃戰國末至秦漢間好事者假託禹益，附會夏書，實以緣〈天問〉
而來：

大氏古今說〈天問〉者，皆本此二書（《山海經》、《淮南子》）。今以
文意考之，疑此二書本皆緣解此〈問〉而作。而此〈問〉之言，特
戰國時俚俗相傳之語，如今世俗僧伽降無之祈、許遜斬蛟蜃精之
類，本無稽據。而好事者，遂假託撰造以實之。明理之士，皆可以
一笑而揮之，政不必深與辯也〔註32〕

此說一反過去以來《山海經》成書年代早於〈天問〉的共識，對於當時而言可
謂頗新穎之見，此論若可成立，那麼就完全顛覆了東漢以來王逸（生卒年不

〔註30〕石林，即宋代文人葉夢得（1077～1148），字少蘊，自號石林居士。
〔註31〕南宋・朱熹：〈記山海經〉，《全宋文》第 251 冊，頁 301～302。
〔註32〕南宋・朱熹：《楚辭辯證下》，《楚辭集註辯證後語（及其他兩種）》（北京：中
　　　　華書局，據古印叢書本排印初編，1991 年），頁 145～146。

詳）、洪興祖（1090～1155）等為《楚辭》做章句注文的學者之研究變得無意義（因其於注文中徵引大量《山海經》文作注語）。朱熹此番推論，看似假說，卻也引起後人的重視，如明人胡應麟、清人姚際恒（約1647～1715）等學者各自在其辨偽學相關的著作中引用朱熹的看法（有關胡應麟徵引朱熹之說，請詳見本文第五章），在明清以後相關的《山海經》研究上，不論是持肯定或否定朱熹立場，皆提供了不少研究和解讀上的啟發。

　　除此之外，朱熹經過對《山海經》神話敘述的深究後，更判斷該書似乎全非作者「親身經歷」而記述的驚人發現。《山海經》的內容有實有虛，這是大部分的宋代學者普遍認同的共識，然而，朱熹認為，《山海經》的敘述內容似真似虛的原因，在於不僅是原先歷來學者大多堅信此書曾經透過實地訪查等等的行動，才將沿途所見所聞紀錄下來，是以「走訪實測」的敘述模式[註33]撰寫而成。然而，事實應並非如此，《山海經》可能更存在著以「圖說」的方式進行書中內容的敘述，是屬於透過「轉譯」的理解過程所書寫下來的。

　　簡而言之，真正所謂現實時空下《山海經》神話內容的產生，是由兩個不同的敘述視角所構成：其一，是身歷其境的敘事語境（這部分，以《五藏山經》敘述模式的呈現較為符合）；其二，便是以「圖像解讀」的敘事語境（這類敘述模式，約從〈海經〉開始出現）。前者文字讀來感覺相對具體真實，後者字句間反而經過多層轉譯的想像空間，因此，更添加了神異之感，朱熹所謂「非實紀載此處有此物也」，其意在此，甚至可視為《山海經》中具有「多層次敘述」的例證，這是朱熹對《山海經》研究的重大珍貴，後世學者大多依其說。

　　朱熹可稱得上是最早提出《山海經》具有不同神話敘述角度的學者。他首先注意到書中對方向敘述上有著截然不同的陳述語境，特別是在「記諸異物飛走之類」的內容時，凡是言「東向」、「東首」方位之詞，皆「一定而不易之形」。換言之，朱子之所以產生懷疑《山海經》是依照圖像描繪進行謄寫的端倪，是因為書中對神異怪奇類的記載，出現了大量不必要的「方向」描述，

〔註33〕如劉秀〈上《山海經》表〉中認為：「益與伯翳主驅禽獸，命山川，類草木，別水土，四嶽佐之，以週四方，逮人跡所希至，及舟輿之所罕到。……益等類物善惡，著《山海經》。」所言，《山海經》的成書應由禹、益、伯翳等人藉勘輿地理物產之過程，而完成的實測記錄。可參考前文第一章言《山海經》作者背景之處。

而這種敘述語境的呈現往往過於平面而無距離之感，甚至強調著「固定不可變動」的方向氛圍。朱子的起疑或許無法即時言明其怪異之處。若以今見，事實上，《山海經》在記錄眼前所見之物時，是以一種觀察「靜止畫面」的語言模式來進行描寫。故朱熹驚覺此應為「依圖畫而為之」的敘述角度。

這約略是古代圖畫中尚無進步的構圖技巧，在透視或比例上，所繪的人、事、物大多固定朝向著某個方向，使得撰寫《山海經》的人，因為看到圖畫中某物朝向某方，遂跟著在其描述上依圖所記，也因此造究了如此趣味十足的敘述視野。朱熹在〈記山海經〉文中所舉的「東向」、「東首」之例，並非僅「東」、「首」、「向」之詞，凡方位者（如東、西、南、北）無一倖免，皆有以圖說的敘事語境頻繁地交替出現，且多分佈在〈海經〉、〈荒經〉等類篇中。如〈海內南經〉曰：「兕在舜葬東，湘水南，其狀如牛，蒼黑，一角。」〔註34〕後文又有言：「狌狌西北有犀牛，其狀如牛而黑。」〔註35〕若以一般寫作方式來看，此二則所述內容堪稱十分「笨拙」，「兕」、「狌狌」、「犀牛」三者都是動物，不可能永遠固定在某某的東邊、西北邊，顯然不符合紀實文學的敘述模式。由此可見，《山海經》中充斥著大量「按圖宣說」的神話情節。朱熹在教學時，也曾經談到他對《山海經》的「圖說敘事」的發現。於〈朱子語類・雜類〉中有著這樣的記載：

> 問《山海經》。曰：「一卷說山川者好。如說禽獸之形，往往是記錄
> 漢家宮室中所畫者，如說南向北向，可知其為畫本也。」〔註36〕

在這則為其弟子解惑《山海經》之書的對話間，可以看到朱子直接將該書視為「依圖所記」的古籍。此外，這裡更進一步按照敘述語境而分類為二：

其一，「禽獸之形」的姿態描述；其二，「南向北向」的方向描述。朱熹所言「南向北向，可知其為畫本也」之說法，同其〈山海經〉的理論相同，都是指出《山海經》原為圖畫。然而，他這裡另外特別指出「禽獸之形，往往是記錄漢家宮室中所畫者」一說，卻頗耐人尋味。「禽獸之形」到底是依據漢朝宮廷的什麼部分的圖案（建築裝飾、宮藏圖冊或其他）而撰成《山海經》一文，朱子並未明說，或許只是他初步的聯想與揣測，但卻無意間透露出一個朱熹

〔註34〕清・郝懿行：《山海經箋疏》。
〔註35〕清・郝懿行：《山海經箋疏》。
〔註36〕朱熹，〈朱子語類〉，《朱子全書》第 18 冊（上海：上海古籍出版社，2002 年
　　　　12 月），卷 138，頁 4265。

個人解讀訊息──《山海經》撰寫的時間比起屈原〈天問〉的寫成時間還要晚得多。也開啟後來研究《山海經》者，大多會關注《山海經》與〈天問〉之間的承襲關係，這當中包含了二書的孰先孰後、二者神話的表述特色差異等等議題。

　　歸結而論，朱熹的這一重大發現，影響後世極深，提供了我們後人重新認識《山海經》的成書背景與內容意義，明清以後的學者多依循此發現，展開對原典的解讀與破譯。明人胡應麟（1551～1602）便曾讚譽：「紫陽之善讀書也！即此文義之間，古今博雅所未究而獨能察之，況平生精力萃於經傳者可淺窺乎？陶泛覽《周王傳》，流觀《山海圖》則知此經古有圖也。」〔註37〕實為朱熹應得之褒語，因其所思，自此打破了以往研究《山海經》的眼界，影響所及，至明清時代善考據之學者，仍多從此立足點的見解立場上（待後文再述），不斷地翻新對《山海經》神話敘事思維的解讀和當代人文思想的新詮釋。

　　從歷史的文獻考察中，薛季宣、尤袤和朱熹等學者，在對《山海經》神話內容的認識上大多不跳脫「窮神辨物」及「依圖而記」的成書內容。特別是後者，不論是依「禹鼎」而來，抑或是依「圖畫」而來，都無法改變《山海經》的敘述語言本身就具有「圖說」的語境特質。此外，經宋代學者對《山海經》具有「窮神辨物」一脈相傳的高度認同，是以後輩便更加頻繁地將該書內容運用在註解其他經典時之參照，我們可以說，此種情況屢見不鮮。如南宋末年，學承程朱派的經史學家王應麟（1223～1296），當他在注經解意時，屢次參考《山海經》內容的記載，為它書作徵引考證之用。

第四節　王應麟的「地理」考釋與《山海經》神話的互證

　　王應麟，字伯厚，號深寧，慶元府人，南宋末年的政治人物，亦是著名的經史學家、文字學家。宋理宗淳祐元年（1241）舉進士，寶祐四年（1256）考取「博學宏辭科」〔註38〕，曾任國史編修，官至禮部尚書兼給事中。雖在

〔註37〕明・胡應麟，〈四部正譌下〉，《少室山房筆叢・丁部》（北京：中華書局，1958年10月），頁413。

〔註38〕博學巨集辭科，或作「宏詞」、「鴻詞」、「弘辭」等，通稱「博學鴻儒科」。為科舉制科的一種，始於唐玄宗開元年間。屬吏部科目，與一般士族子弟參與

朝為官，卻也同時勤於研讀經史，後因朝中局勢嚴峻，王應麟屢次上疏諫言皆不受，遂辭官歸隱。〔註39〕宋亡後（1276）在家鄉隱居講述經史二十餘年，他秉持著高度研究精神，專研而著述。因此，他一生著作豐碩且學術價值甚高，備受清代學者們的推崇重視。〔註40〕就學術淵源而言，王應麟和南宋中後期的朱、陸等學派都有師承關係，歸其學思，王氏雖以尊朱熹的理學體系為主，但仍可從其著作中見其博采眾家之長的特色。王應麟自入元後，所有著作只寫甲子不寫年號，以示不向元朝稱臣。他一生著作甚豐，並且大多皆是學術價值頗高的作品。《宋史・儒林八》記載其作計有：《深寧集》一百卷、《玉堂類稿》二十三卷、《掖垣類稿》二十二卷、《詩考》五卷、《詩地理考》五卷、《漢藝文藝誌考證》十卷、《通鑑地理考》一百卷、《通鑑地理通釋》十六卷、《通鑑答問》四卷、《困學紀聞》二十卷、《蒙訓》七十卷、《集解踐阼篇》、《補注急就篇》六卷、《補注王會篇》、《小學紺珠》十卷、《玉海》二百卷、《詞學指南》四卷、《詞學題苑》四十卷、《姓氏急就篇》六卷、《漢制攷》四卷、《六經天文編》六卷、《小學諷詠》四卷。〔註41〕

在王應麟的作品中，以《玉海》、《困學紀聞》、《漢制考》、《通鑑地理通釋》、《詩地理考》等等最為人熟知。《玉海》的內容性質屬於類書，是當年為了準備博學宏辭科考試時所整理的學習劄記；《困學紀聞》亦屬筆記類之著作，集合其大量經史研究的心得成果。《漢制考》為對漢朝典章制度考證的歷史作品；《通鑑地理通釋》的內容則是史地類紀錄與考證之書；《詩地理考》更是對《詩經》中所言地理地名之考證，是《詩經》地理學的開山之作。概觀其著作，易於發現王應麟的著作多是在研讀經史時，相關資料查找的隨筆紀

的明經科不同，寒門進士通常要通過博學宏辭科，才能就仕。其榜首稱為「敕頭」。

〔註39〕元・脫脫等著：《宋史・王應麟傳》卷438，頁12991。

〔註40〕如《四庫全書總目》評述《困學紀聞》時，讚稱：「應麟博洽多聞，在宋代罕其倫比。雖淵源亦出朱子，然書中辨正朱子語誤數條，如《論語註》『不舍晝夜』『舍』字之音，《孟子註》「曹交，曹君之弟」，及謂《大戴禮》為鄭康成註之類，皆考證是非，不相阿附，不宵如元胡炳文諸人堅持門戶，亦不至如明楊慎、陳耀文、國朝毛奇齡諸人，肆相攻擊。蓋學問既深，意氣自平，能知漢唐諸儒，本本原原，具有根柢，未可妄詆以空言；又能知洛、閩諸儒，亦非全無心得，未可概視為弇陋。故能兼收竝取，絕無黨同伐異之私。所考率切實可據，良有由也。」清・永瑢等編纂：《欽定四庫全書總目》第3冊，卷118，頁43～44，總頁2376。

〔註41〕元・脫脫等著：《宋史・王應麟傳》卷438，頁12991。

錄，日後再經集結成作。故《山海經》作為保存先秦史料的性質，成為王應麟專研學術時重要的參考資料，這點在他的著作裡常徵引《山海經》之說，可以為證。

　　今檢視王應麟對《山海經》的看法和闡釋，大致可從《玉海》這部博識類書中，將《山海經》列入「地理書」類目之舉可推敲一二，透露出王應麟仍認為其地理史料具有高度的參考性。他亦整理出《山海經》的版本流傳與歷來文人評價、文獻徵引之況，摘要成〈禹山海經〉一篇，約略摘錄前人對《山海經》的看法，可當成是王應麟作為學習研讀時的摘要筆記之彙整，此文中並無對《山海經》神話內容多作評論。但在其他專著裡，仍有些許獨特的看法。例如於《困學紀聞》裡，針對《周禮‧地官》談論「里宰」而有所謂「以歲時合耦於鋤，以治稼穡，趨其耕耨」〔註42〕之職務時，對於論「耦」耕之辯提出些許看法，《困學紀聞‧卷四》曰：

　　人耦牛耦，鄭氏注：合耦並言之。疏謂：周時未有牛耦耕，至漢趙
　　過始教民牛耕。今考《山海經》后稷之孫叔均，始作牛耕。周益公
　　云：「孔子有犁牛之言。冉耕，亦字伯牛。《賈誼書》、《新序》載鄒
　　穆公曰：『百姓飽牛而耕。』《月令》季冬出土牛，示農耕早晚。何
　　待趙過？過特教人耦犁，費省而功倍爾。」〔註43〕

王應麟引《山海經‧海內經》所載之事：「后稷是播百穀。稷之孫曰叔均，是始作牛耕。」〔註44〕來駁斥賈公彥〔註45〕之說。此處藉《山海經》等諸說來證明「牛耕」並非漢代趙過之創，而是已於周代（至少是春秋時代）既存在的農耕技術。這樣的論證方式，也顯現出王應麟並不把《山海經》當作漢際才完成的書，而是視為紀錄周代真實古史的先秦古籍。《山海經》對宋代學者來說，因其具有地理參考性而多持肯定該書的價值，但也知道書中所述之方位距離、地名，與現實中的地理環境相比，差異甚大，因此，在有宋之際，有些

〔註42〕清‧孫詒讓撰，《周禮正義》，頁1160。
〔註43〕宋‧王應麟，《困學紀聞‧卷四》（四部叢刊三編景元本）。
〔註44〕袁珂，《山海經校注》，頁469。
〔註45〕賈公彥（生卒年不詳），為唐代經學家，官至太常博士。他選用鄭玄注本十二
　　　　卷，匯綜諸家經說，體例上仿照《五經正義》，撰成《周禮義疏》50卷。另著
　　　　有《儀禮義疏》四十卷。《四庫全書總目提要》評曰：「公彥之疏，亦極博該，
　　　　足以發揮鄭學。朱子語錄稱『五經疏中，《周禮疏》最好。』蓋宋儒惟朱子深
　　　　於《禮》，故能知鄭、賈之善云。」（參見清‧永瑢等編纂，《欽定四庫全書總
　　　　目》第1冊，卷19，頁399～400。

學者仍然對此保有遲疑，再議的研究態度。〔註46〕王應麟反而從另一角度來
為其轉圜，對於書中內容所記是否真實等疑問，他於《通鑑地理通釋‧序》作
如是說：

> 太極肇分，天先成而地後定，天依形，地附氣，地圍於天者也，而
> 言地理者難於言天。何為其難也？日月星辰之度終古而不易，郡國
> 山川之名屢變而無窮。是故圖以經之，書以緯之，仰觀俯察，其用
> 一也。《虞書》「九共」，先儒以為九丘，其篇軼焉，傳於今者，〈禹
> 貢〉、《職方》而止耳。若《山海經》、《周書‧王會》、《爾雅》之〈釋
> 地〉、《管氏》之〈地員〉、《呂覽》之〈有始〉、《鴻烈》之〈墜形〉，
> 亦好古愛奇者所不廢。然諸儒之傳注異，歷代之區寓殊。禹之九河，
> 班《志》僅得其三；商之八遷，孔《疏》未聞其四。漢水東西之分，
> 積石大小之辨，……穀、小穀之有別，父城、城父之不同，此《春
> 秋》之疑也。二地而一名者，若王城、葵丘、酒泉、貝丘、鍾離之
> 類。一地而二名者，若白羽、夾穀、夷、垂葭、發陽之類。……郡
> 名非古，如雲之雲中，平之北平，薊之漁陽。縣名非古，如京兆之
> 武功，豐州之九原，皆非秦漢之舊。或若異而同，或似是而非，不
> 可謂博識為玩物而不之攷也。〔註47〕

王氏藉由自然與人文於運行過程中普遍恆常之理，來看待《山海經》敘事內
容可信與否的問題。正所謂「言地理者難於言天」，他思考到大自然，特別是
天體的運行本就「終古而不易」，卻因人類發展的政權更迭、城市建設或戰爭
破壞等屢屢所造成的地景地貌之大變，故言「郡國山川之名屢變而無窮」。再

〔註46〕如南宋目錄學家陳振孫（1179～1262 年）於《直齋書錄解題》中針對《山海
　　經》內容看法云：「漢侍中、奉車都尉臣秀所校秘書。秀即劉歆也。晉郭璞注。
　　按《唐志》，二十三卷，《音》二卷。今本錫山尤袤延之校定。世傳禹、益所
　　作，其事見《吳越春秋》，曰：『禹東巡，登南嶽，得金簡玉字，通水之理，
　　遂行四瀆，與益共謀，所至使益疏而記之，名《山海經》。』此其為說，恢誕
　　不典。司馬遷曰：『言九州山川，《尚書》近之矣，至《禹本紀》、《山海經》
　　所書怪物，余不敢言之也。』可謂名言。孰曰多愛乎！故尤跋明其非禹、伯
　　翳所作，而以為先秦古書無疑。然莫能名其何人也。……古今相傳既久，姑
　　以冠『地理書』之錄。」藉《尚書‧禹貢》所描繪的地理山川方位反而更符
　　合現實的地理空間樣貌，進而駁斥《山海經》的荒誕不經之看法。參見南宋‧
　　陳振孫撰，《直齋書錄解題‧卷八》（清刻武英殿聚珍版叢書本）。
〔註47〕南宋‧王應麟，〈通鑑地理通釋序〉，《通鑑地理通釋》，（北京：中華書局，收
　　於《叢書集成新編》，1985 年），頁 1。

加上後來群儒學者注經不慎誤解，雖幸有「好古愛奇者所不廢」，但往後學者若只因自恃博學，或為賞玩而不考證其實，一味秉持著「似是而非」態度，是應該避免的。王應麟透過重新審視歷來文獻經典地名地理的考證，而提出對如《山海經》之類屬書籍的思考，認為這些古籍中所記載的史地資訊難以與當代現實符合，可以懷疑，但不應全然否定，它們仍是具有高度的參考價值。其因在於，錯訛的並非是《山海經》蓄意的天花亂墜而胡言亂語，而是歷史演變所造成的巨大差異。

依此，檢視王應麟徵引《山海經》做訓解之用時，在資料備齊允許的情況下，大多注重該區地名地貌上古今之演變，並且，僅觀察其著《通鑑地理通釋》所列條目中，更可隱約透露出王氏仍具有些許承認神話荒誕的情節作為引述。例如條目「四極・四荒」中引《山海經・大荒西經》所載的西王母神話、日所入之處、昆侖之丘等神話思維來解釋方位中的西極之地；在「大川・浙江」條目中解釋海濤（潮汐）現象時曰：「《山海經》以為海鰌出入穴之度。」〔註48〕此二例，王氏皆未於文中駁斥，此類徵引之舉，亦可窺見王應麟在材料取捨上對於《山海經》荒誕怪奇之敘述仍有一定的重視。

南宋一代，長期與金國處於緊張的對峙局面。軍事上大多不敵金國，統治範圍被迫限於淮水秦嶺以南地區。看似衰弱的國力，然而卻更加刺激著不論是官方還是民間皆於經濟、文化、思想、醫療、科技等等全面蓬勃的發展。我們可以說，整個國祚僅有一百五十餘年的南宋時期，卻是創造出高度人文薈萃的文化盛世，不但是開創，更是引領明清政經與學術思想的新啟蒙時期。這個時期的文人，不再一味地因襲前朝文人之見，而是從站在前人研究的成果上，再進而延伸做積極且具前瞻性的推論、批判，如薛季宣、尤袤、朱熹與王應麟等等，都曾經因著眼於《山海經》的特殊性，繼而多所深究。除上述所提的文人之外，在宋末元初另有一位學者對《山海經》產生關注，則是南宋末年著名的愛國詩詞家劉辰翁（1232～1297）。字會孟，別號須溪，其生平《宋史》無傳。清代學者陸心源（1838～1894）編著的《宋史翼》有為立傳。劉辰翁於景定三年（1262）登進士第，後即隨宋亡而隱於鄉里，從此勤於著述。平生關注於文學的創作和文學批評，批點評選古人詩文達十餘種之多，為後世文壇留下了可貴的豐厚文化遺產。遺著由其子劉將孫編為《須溪先生全集》。〔註49〕

〔註48〕南宋・王應麟，《通鑑地理通釋》卷5，頁79。
〔註49〕陸心源，《宋史翼》（北京：中華書局，1991年12月），卷35，頁373。

另有《宋史‧藝文志》著錄為一百卷，惜今已佚。今日有關劉辰翁的《山海經》評論，大致已不通行於世，存本僅有「《山海經》十八卷，晉郭璞注‧宋劉辰翁評。明末刊本」〔註50〕見存。然筆者力有未逮，無法親見，故難以得知該版本是否依然保存劉辰翁評論之完整性。因此，劉辰翁的評點解釋，僅能透過清代吳任臣（1628～1689）撰寫的《山海經廣注》中〔註51〕，所轉引計 70 條「劉會孟評點」〔註52〕的說法稍作瞭解〔註53〕（筆者並整理其說條目，約略點校，置於論文「附錄」處以作參酌一二），進而管窺得知他對《山海經》神話內容的觀察主要仍以地理考釋、人文風俗等資料補充為主。當然，也或許是吳任臣僅摘錄劉氏的地理資訊、鄉里民譚之說為主。種種揣測，雖難以定論，但僅針對所見條目的評點之說，可以看到南宋末年至元初與之匹配的資訊仍然關注於《山海經》的「窮神辨物」的立場上。即使經過「疑經」學術觀念的檢視，宋人依然肯定《山海經》於古代博物史地承載記憶上的存在意義與價值。

歸結前文所述之宋代文人學者對《山海經》神話內容的看法與研究，似乎皆不約而同地對該書產生一個共同的問題意識，即──「作者的敘述問題」。作者為何如此敘述？這牽引到《山海經》創作的視野描寫；創作者筆下到底想傳達什麼樣的世界觀？則牽涉到古代的歷史、地理所呈現的文本與現實的對應狀況，以及虛實環境的探討；最後是，作者想留給後人的意圖到底是什麼？若是鄉野奇談，後人可當作全然的文學創作；若是古代史地資訊，

〔註50〕此善本規格「卷端第二行刻『晉郭璞景純注‧宋劉辰翁會孟評‧明錢唐閣光表子儀訂』書名據序及版心，鐫有眉批及佚名圈點，鈐有『笑讀古人書』等朱印。」依《中國小說史略考證著錄篇小說目 3》所言，此本藏於湖北、遼寧二地。來源參考自〔日本〕中島長文編，《中國小說史略考證著錄篇小說目 3》（颱風の会電子資料：2013 年 10 月 6 日初版発行），頁 30。

〔註51〕筆者所見為文淵閣《欽定四庫全書》之版本。

〔註52〕近年來，研究《山海經》注本、版本的學者，都不約而同注意到「劉會孟評點」這個可能存在的版本。然而，卻因未詳查「劉會孟」為何人，而僅以「未詳其人」、「明代人士」之詞含糊帶過，如陳連山《山海經學術史考論》、張祝平〈古代《山海經》研究史略〉不論是其文所述、年代排序，都視「劉會孟」為明代人，此甚謬矣！劉會孟乃是宋末元初文人劉辰翁，「會孟」乃其字也，筆者以此勘誤，供學術參考。

〔註53〕目前市面所傳之本，唯有「《山海經》十八卷：晉郭璞傳，宋劉辰翁評，明閣光表訂，明末刻本（九行二十字白口四周單邊）」之版本，但因收藏不明，是否仍傳世見在，筆者力有未逮，難以知悉。僅摘錄此版本資訊，供有志者參酌一二。

則大可放心作為重要的歷史依據。宋代學者跳脫過去以往單純的信與不信，開始進入二分法的閱讀區別。當認定為可信時，作為考據之用；判斷為荒誕之說時，則作為理解古人之思考，與對萬物的詮釋、想像。我們可以說，宋人在學術上比起前朝諸代來說，更力求嚴謹而理性，正因如此，使得《山海經》神話研究進入璀璨的明清時期。

第四章　明代學人於《山海經》神話情節的再詮釋

　　十三世紀上半葉，元太宗窩闊臺（1186～1241）滅金，南宋開始面對比起金國在軍事武力上更為強悍的蒙古帝國。儘管時值宋理宗趙昀（1205～1264）治理下的南宋朝積弱不振，但也基於當時的蒙古帝國正用兵征討西方，宋室僅以納幣結好外，倒也苟延殘喘了 40 餘年，卻也間接造成漢族於元朝統治之下受到的悲苦與困境。面對階級制度這道隔閡的高牆，特別是南人（指原南宋朝之百姓）亦重受其荼毒。清史學家趙翼（1727～1814）於《廿二史劄記》「元世祖嗜利黷武」條目中稱這個時期的特徵為「戕民命如草芥」〔註 1〕的時代，可見當時南宋舊民之苦悶，自不在話下。

　　在學術上，儘管隨著蒙古、色目族人也形成了認同儒學的集團，其文化策略有了深刻的轉變，即使於政治制度上，壟斷了不少漢人晉仕的機會和資源，但仍不得不向漢人為絕大多數之處，接受了漢人的歷史與傳統。最終形成了將儒學制度化的政治社會現象。除了少數透過科舉考試而入仕之外，唯二的方法就是出任各地的儒學教官，以及擔任地方官屬部門的職員。前者的職責是負責教學；後者是把儒學運用在實際的政策上。慢慢地，南宋以來理學家的那種富於批判的思想和知識，變成了學校的教條與政治的手段。換個角度來看，元代似乎雖重現了漢代「以儒為吏」的模式，卻最終自然地限制

〔註 1〕清・趙翼：《廿二史劄記》（北京：中國書店，據世界書局 1939 年版影印，1987
　　　年 4 月），卷 30，頁 431。

住文人學者的自由思考。因此,儒學在元代相對於前朝,則呈現較為沈寂平靜的歷史階段,這裡所指的是比起南宋時代有朱熹、呂祖謙和陸九淵等大儒來說,元代儒學者少有新的進展,他們大多遵循南宋理學以來「天理」、「人心」、「格物」、「致知」上。〔註2〕縱有曾任國子監祭酒的理學家許衡(1209~1281)竭盡所能地推廣儒學,但除了奠定元朝國子學基礎和闡揚程朱學說之外,未有推波助瀾的影響。因此,在文壇上取而代之的是寄情於當時民間流行文化活動所帶來轉變的文學契機,「元曲」和「雜劇」成為元代的標誌,甚至,也影響後來明代「雅」、「俗」文學並行的風氣,以及社會階層壓力解放後,學術終將進入璀璨的時代。

　　以歷時性的角度縱向觀察著《山海經》於各朝代流轉間所呈現的情況,可以發現,在元朝國祚將近100年的時間裡,《山海經》的傳播情形似乎不太活躍,相比前朝,反而較少見於元代文壇。即使在「元曲」等文學創作上,也不若唐宋詩詞筆叢那般地大量引用有關《山海經》的內容進行轉注或敘事。此時的《山海經》就像靜靜地等待蒙元政治集團離去的那一日,在此之前的韜光養晦,彷彿期待著後繼明清王朝的來臨。倘若不是基於藝術的保存珍藏,由活躍於元末明初之際的書法家曹善(生卒年不詳)所謄寫的《山海經》抄本,可能也會隨著時代的變遷,亡佚於煙硝塵世之中。

　　曹善,字世良,號棲散生,松江人,〔註3〕是元代頗富盛名的書法家。他以楷書抄寫的《山海經》共四冊,含郭璞注與其《山海經圖讚》303則,是目前收入最為完整的《圖讚》本,經明代文人輾轉收藏,明亡後,入清廷皇室,終歸於舊北平時代的故宮博物院所藏。然故宮遷臺後,曾一度引發學界對該手抄書去向的關注。大陸學者吳郁芳曾在上世紀末研究曹善手抄本時談到:「是書未及攜出,誠屬憾事,然應留存大陸」〔註4〕,提到該抄本去向不明的情況。如此說法,是由於當時的時空背景之下,僅能從民國二十一年(1932)起依序分別載於《故宮周刊》的手抄書書影得到相關資訊。

　　有關曹善《山海經》抄本內容,以小楷所書。當時分別連載於《故宮周刊》第435期至440期、第443期至455期,連載僅刊有〈南山經〉、〈西山

〔註2〕此說參考葛兆光:《中國思想史》第2卷,頁251~256。

〔註3〕國立北平故宮博物院編:《故宮周刊》第6冊(上海:上海書店影印,據1929~1936年《故宮周刊》原版影印,1988年12月),頁1216。

〔註4〕吳郁芳:〈元曹善《山海經》手抄本簡介〉,《古籍整理研究學刊》(吉林:東北師範大學古籍整理研究所,1997年),第1期,頁11。

經〉、〈北山經〉，以及郭璞〈序〉、部分〈山海經圖讚〉內容。〔註5〕又，據《故宮周刊》刊載說明：「第四冊末幅隸書款識云『至正乙巳年東吳曹善書』」〔註6〕可知完稿時間落在元惠宗至正二十五年（1365），正值元末時期，元惠宗北遁前五年，是現今已知僅存最早的抄本之一，也是唯一所見出於元代的《山海經》版本。

　　進入二十一世紀後的今日，古籍電子化的發展迅速而成熟。關於元・曹善所書的《山海經》手抄本到底去向何處？答案已然揭曉，即目前典藏在臺北故宮博物院，想必亦是隨著當年故宮文物一同播遷來臺，珍藏於館中。自2016年陸續建置的「故宮書畫數位典藏資料檢索」中上架完成，全本的曹善《山海經》抄本被完整的登陸其中，圖檔畫素頗為清晰，所載相關資訊詳盡。依其說明，該書共四冊，摺裝方幅式，題跋由明代書畫家姚公綬（1423～1495）以篆書寫成，內容簡述曹善生平軼事，今摘錄於下：

> 曹世良名善，號樗散生，松江人。有詩名，侍母至孝，處事剛正，不合於時。徙居吳門妻侯里，慕范仲淹為人，復遷天平山，苦志臨池。初學鍾元常，行草學二王，與兄世長、兄子恭，俱有書名。一時稱為「東吳三曹」，與高季迪張羽友善。宋景濂薦於朝，太祖屢徵不起，後買舟放浪山水間，攸攸自得。壽八十六歿於秀水鄉（點去），吾鄉貝助教具棺葬焉。具名瓊，楊鐵厓門人也。七十老人姚綬公父書。〔註7〕

　　曹善於當時即美名於世，獲明初重臣宋濂（1310～1387）推薦入朝卻不赴任，寧可寄情山水之間，過著悠然自性的生活，以八十六歲之高壽而歿，一生頗有瀟灑自在之感。正所謂其人如其字，觀覽曹善《山海經》手抄本頗有同感。然而，細讀曹善抄本，其中有些字與今日通行版本略有不同，是否為曹善抄寫時有所錯訛誤漏，抑或是現今通行版本於流傳過程中出現的訛誤，此等議題因不在本論題研究範圍內，期待有志者另闢研究途徑。

〔註5〕按《故宮周刊》的刊載說明：「楷書《山海經》並前後序」而得知，《故宮周刊》僅刊載曹善〈前序〉影稿。見國立北平故宮博物院編：《故宮周刊》第6冊，頁1216。

〔註6〕國立北平故宮博物院編：《故宮周刊》第6冊，頁1216。

〔註7〕引自網頁 https://painting.npm.gov.tw/Painting_Page.aspx?dep=P&PaintingId=638，來源「故宮書畫數位典藏資料檢索」。

圖6：元・曹善《山海經》抄本書影

　　總而言之，《山海經》歷經宋人的保存、刊刻與研究，度過了隱晦的元代，至元明代易後，由於民間戲曲、小說等世俗性文學創作風氣大開的推波助瀾之下，《山海經》文本內容的特質反而廣受民眾所喜愛，各種刊刻本的出現，也使其進入大眾生活的閱讀文化之中。此時的《山海經》不再是束之高閣的珍貴古籍，而是人人得以輕易取得的文獻讀物。〔註8〕成為大眾讀物的《山海經》，相對也出現隨之而來的各種校注、釋義、評論本等等的產生。我們幾乎可以認定，明代《山海經》的研究逐漸朝向全方位的發展。再者，明代學者相較於宋代文人在學術研究上更為寬鬆而開放，過去以來，宋代學者對於《山海經》的判讀與理解，大抵上多將重心置於「真實與否」的史料間膠著，然而，到了明代對其研究的視域，已然進入了更加唯心的自我詮釋之中。觀詳明代文人所理解的《山海經》神話情節，或許多了點臆測之詞，但也顯現此時文人不再拘泥於是「歷史」？還是「神話」？甚至，明代的學者更完全將《山海經》內容「化繁為一」，作整體性的綜述、評論與重新定義。他們消除了前人以「經學考證」的研究視域之界線後，將《山海經》神話敘事中的思維詮釋推展至開花結果之局面。這時代對《山海經》的專研學者，以楊慎、王崇慶及胡應麟為主要探討對象，他們或受其各自學術背景的前見影響，使得所理解的《山海經》神話出現大相徑庭的詮釋結果，將神話情節跳脫了「窮神辨物」的藩籬，甚至給予神話再造的可能性。

〔註8〕此處參考陳連山在其《山海經學術史考論》中曾整理的通行版本說法，作為《山海經》風行於明代之佐證，其言：「……目前已知刻本有正統年間道藏本，成化四年北京國子監刻本，嘉靖十五年潘侃前山書屋刻本，嘉靖年間翻刻宋本，萬曆十三年《山海經・水經》合刻本。」其說見陳連山撰，《山海經學術史考論》，頁118；除此說之外，日人中島長文編，《中國小說史略考證著錄篇小說目3》（颱風の会電子資料：2013年10月6日初版發行）中，羅列的十餘種《山海經》現存目明代刊刻版本中亦可得其佐證之二。

第一節　王崇慶《山海經釋義》於神話敘事的道德詮釋

刊刻於明代中葉嘉靖年間的《山海經釋義》可謂是自晉朝郭璞以來，對《山海經》一書做全面性研究的繼起者。作者王崇慶（1484～1565），字德徵，號端溪，為明代政治人物，官至南京吏部尚書。雖然王崇慶曾在朝為官十數載，但《明史》未列其傳，只有在〈藝文志〉中著錄多本王崇慶撰寫之書目。王崇慶愛書，且亦善工筆著述，一生作品豐碩，其著有《周易議卦》、《五經心義》、《山海經釋義》、《端溪集》、《南京戶部志》、《開州志》等等，從其著作中可得知此人於經學、史地、文學皆有涉及，學識堪為淵博。

一、《山海經》焉能成「經」？王崇慶的釋義動機與立場

王崇慶對《山海經》的解讀，有別於前人之說，可以說是跳脫既定的神話情節單元，並遵從自己的思想立場，為《山海經》注入了全新的解釋。然而，作〈山海經釋義〉的理由，卻來自於他對該書所記得「毫無常理」的文本內容感到無法理解，甚至亦有所駁斥之見。我們從其〈序《山海經》釋義〉中所言，概可瞭解王崇慶對《山海經》的基本態度與著作動機：

> 甚哉！先王之道，不明於後世也。異言出而教衰，邪音奏而雅亡；甚哉！先王之道，不明於後世也。今夫經常也，道之體也，一日而缺常是缺道也。是故聖人履常，所以神化也；君子信道，所以昭訓也；先王守一不二，所以正人也。《山海經》何為者與？是故以之治世，則頗而不平；以之序倫，則幻而鮮實；以之垂永，則禒而寡要。惡在其為「經」也。顧歷世既經傳者，寢廣大荒而後蓋又□焉。仁者見之，則曰理無往而不可體也；知者見之，則曰言無往而不可察也。是何怪其混六籍而並行至於今也。雖然晉之郭璞，吾將奇其人而偉其博也。然而弗信理而信物，不語常而語怪也。此吾釋義之所由作也，君子尚有擇於斯乎！尚有感於斯乎！潭淵後學端溪子王崇慶序。〔註9〕

王崇慶似乎對《山海經》為何能稱為「經」感到不滿，或不解。在他的觀念裡，能稱「經」者，唯有孔子所傳的六經，但早在自司馬遷以「經」作稱起，

〔註9〕明・王崇慶：《山海經釋義》（萬曆二十五年堯山堂刻本）。

《山海經》甫以稱名於歷朝是不爭的事實。再者，若觀其內容，則「頗而不平」、「幻而鮮實」、「褋而寡要」，在王崇慶的視域裡，這些特色都說明《山海經》難以成為達觀天下的經典書籍，因此更加奇怪到底《山海經》為何能與六經一樣流傳至今呢？那麼，《山海經》必有其應當稱「經」的價值，就如同歷代儒學者注經立說，以求合乎經世道統，探求隱藏六經底蘊下的倫理道德。他觀察郭璞的注文，感嘆郭氏一身才學博識，卻仍以「弗信理而信物，不語常而語怪」的研究態度去理解《山海經》的內容，無怪乎王崇慶於〈序〉首反覆興起「甚哉！先王之道，不明於後世也」的感慨，那種自北宋二程以來不斷發出憂心忡忡的「道之不明，異端害也」〔註10〕之言論，直到明代中葉的理學者依然存有著這種明「道」排「異」的分化辨析為己任。因此，王氏決意仿效宋代以來理學家注經的精神，在遵循儒家道統的前提下，重新釋義《山海經》所記述的深層意義。

他對《山海經》神話的理解，跳脫以往「地理象物」之說，所以不見字詞間原義的訓詁，通篇多以「論理」進行闡釋，這倒也符合其書名《山海經釋義》之說。依明代董漢儒（1562～1628）〔註11〕曾撰〈重刻《山海經釋義》〉一文來評議王崇慶其人其文：「夫公立朝若干年，素以道學自許。九邊八蠻，際蟠所極，莫不欲其歸於總理，使聖明之所化，無遠弗屆，其為釋，非無意也。」〔註12〕除此之外，董氏又言：「非公釋《山海經》，乃經釋公也。」〔註13〕字句間充分表現出對王氏的讚賞之外，更能從中認識到王崇慶以「道學」為自我期許，並包含著一定程度的自信和自負。如此將儒家正統道學從己身向外宣揚教化的王崇慶，勢必對於《山海經》中諸多光怪陸離的神話內容有所議論。陳連山於其作《山海經學術史考論》針對王崇慶釋義《山海經》的評論內容，筆者大致為其歸納出三大面向：其一，以儒家正統立場釋經；

〔註10〕此言出於程顥（1032～1085）。見元・脫脫等著：《宋史・程顥傳》卷427，頁12717。

〔註11〕董漢儒，開州（今濮陽）人，明代將領，於萬曆十七年（1589年）取進士。歷任河南推官入戶部主事、湖廣左右布政使、兵部右侍郎，總督宣府、大同、山西軍務，天啟二年（1622年），升兵尚書。後因朝事屢諫不被納，旋以母喪之由歸里。後魏忠賢掌政，亦不起用，遂卒於家。贈少保，諡肅敏。史稱開州「八都」之一。

〔註12〕明・董漢儒：〈重刻山海經釋義序〉，《山海經釋義》（萬曆二十五年堯山堂刻本）。

〔註13〕明・董漢儒：〈重刻山海經釋義序〉，《山海經釋義》。

其二，以宋明義理之學評述；其三，詮釋成世俗化勸世之寓言。從上述之說，大抵上可總結陳連山之觀點，他點出了王崇慶因崇儒之道統，兼受宋明義理思維，使得對於《山海經》所言所事的解讀從生活經驗之常理來判斷內容真實與否。因此，所論立場往往忠於道德倫理，故將《山海經》神話詮釋成警世寓言，有別於前人觀察《山海經》文本的研究角度。〔註14〕陳連山此方論證，概可謂善論也。

　　歸結而論，觀詳王氏所作之《山海經釋義》，其著力點的確處於儒學的角度來逐一闡釋《山海經》的文本內容，加之宋元以來，理學家對義理的重視逐漸大過傳統的章句訓義，這或許也是《山海經釋義》較無王氏自己的訓詁考辨的原因之一，且多藉由郭璞之注文作為反駁或推論的參考基石。他把重點放在自我對該書的理解，甚至我們還能發現他從「聖人履常，所以神化」的因果性思考，來為其神話釋義轉化為符合儒家道統的遊戲規則，以往對《山海經》探求「真假」、「虛實」的註解任務，在王崇慶眼中已經不具有必要性了。可以說，《山海經釋義》已非傳統的注本，而是具有教化宣導的議論書籍，而他的每則釋義中，幾乎都能成為神話詮釋過程常有的典型步驟——拆解、添加與構成。將光怪陸離的神話情節，添加道德思維，去蕪存菁，重新構成教化寓意的《山海經》，使其成為名副其實的「經」典。

二、聖人履常，所以神化：王崇慶神話詮釋的「義理」通解原則

　　倘若我們觀察《尚書》與《山海經》所各自講述的「大禹治水」，將容易分別出何者為「歷史敘述」？何者為「神話敘述」？如《山海經·海內經》曰：「洪水滔天。鯀竊帝之息壤以堙洪水，不待帝命。帝令祝融殺鯀于羽郊。鯀復生禹。帝乃命禹卒布土以定九州。」〔註15〕這種以「竊息土」、「復生」等等充滿玄幻離奇色彩的陳述句，對比《尚書·鴻範》所言：「鯀陻洪水，汩陳其五行。帝乃震怒，不畀洪範九疇，彝倫攸斁。鯀則殛死，禹乃嗣興，天乃錫禹洪範九疇，彝倫攸敘。」〔註16〕這種強調施作不彰，刑賞分明的歷史寫實敘事，則可輕易看出二者於敘事目的與主題上的極大差距。從前文徵引王崇慶於自序所觀察的《山海經》看法，那種「幻而鮮實」的詭譎，並且「襍而

〔註14〕陳連山：《山海經學術史考論》，頁120～126。
〔註15〕清·郝懿行：《山海經箋疏》。
〔註16〕清·皮錫瑞：《今文尚書考證》（北京：中華書局。1989年12月），頁242。

寡要」零散的篇幅、無要旨主軸的記述內容,是他認為該書最大的弊病之處。
是以,他觀察所述內容,發掘與古之聖賢可互為連接的關係——因聖人的作
為合乎世間的常理,所遺留的聖蹟被百姓和後帶子孫所歌頌,遂「神化」其
事,這包含了由人格轉為神格化、由功績轉化為神蹟。至於,王崇慶所需要
作的釋義,則是將原有的「神化」元素抽掉,加強其符合義理的情節成分,使
之合乎儒家道德思維的歷史經驗與世間常規。

　　換言之,中國古代思想總是要由歷史和傳統來支持其合理性和權威性,
這在中唐韓愈以降,特別是宋代以後的儒家學說就特別重視所謂的「道統」,
也更注重建構屬於自己能認同上溯聖賢的「歷史」。〔註17〕今日觀察《山海經
釋義》裡王崇慶所秉持的「道統」,則以「義理之學」為核心,作為面對神話
進行釋義的原則。所謂「義理之學」,廣義來說是指「普遍皆宜的道理」,或講
求儒家經義,探究名理之學問。王崇慶評議《山海經》,有陳述、有論理、有
解讀、有詮釋,這之中當然不僅只以儒學思維切入剖析,更包含所謂「生活
觀察與經驗」的邏輯性思考,他遵守經驗常理,不論怪異之象,以求探索該
書何以能成「經」的深層要義。例如,王氏解〈海內南經〉之「窫窳龍首,居
弱水中」時,其《釋義》曰:

　　　窫窳,郭氏以為蛇身人面,貳負所殺,復化為此物。嗟呼!窫窳既
　　　殺,而又化有,是理否?凡書中稱「化」,大率出於佛氏。如所謂如
　　　來法身報身,及化身云者。後世理學湮塞,宜邪說之熾。〔註18〕

王崇慶引郭璞對窫窳之說而展開議論,原本郭氏認為「窫窳,本蛇身人面,
為貳負臣所殺,復化而成此物也。」〔註19〕故按照其推論,窫窳從原來的蛇
身人面的天神姿態,被殺後復生化成龍首怪物。在神話思維裡,先民經常出
現對特定人物生命被迫消亡而讓其以另外一種形式「復生」的情節展現,雖
「復生化物」,但生命不滅。強烈反映出死而化身神話在古代原始社會中先民
所寄託的神、人、自然之間生命不死的關係,因此,這樣使生命相互轉化的
情節,是先民思維中很自然的世俗判斷。然而,郭璞這樣因果推論很顯然地
令王崇慶頗不以為然。其言「嗟呼!窫窳既殺,而又化有,是理否?」之語,
在明代頗為理性科學的時代視野之下,將窫窳之「復生化物」視為無稽之談

────────────────

〔註17〕此說參考葛兆光:《中國思想史》第 2 卷,頁 275。
〔註18〕明・王崇慶:《山海經釋義》。
〔註19〕清・郝懿行:《山海經箋疏》。

是很具客觀的生命邏輯概念。

　　另外，值得注意的是王崇慶提出了世人總易以「佛學」思維來解讀《山海經》中言「化」意涵的情況。在大乘佛教中有所謂的「三身」說，即佛陀具有「法身」、「報身」、「化身」（或稱「應身」、「應化身」）的相。〔註20〕概要地說，所謂「法身」，原意為佛的寂靜不滅之身；意指真正的生命，不會有形體或形狀，故肉眼不可見，亦是不生不滅。法身空寂，本自清淨，山河大地、日月星辰，乃至一切物象、心念等，都是法身所現；「報身」，是指佛福報因緣的果身，顧名思義就是報應或福德所得之身，含有輪迴、因果之意。「化身」，是佛為化度眾生時的變化之身，可說是變化萬千的身份。以一個人為個體，面對不同的時空和人事物的情況下，就會有相異的身份。從這角度來看，筆者認為王崇慶將郭璞於書中所言的「化」，皆解讀為受佛學所言的「三身」、「果報」的影響而來。由於輪迴轉生之說是佛教最根本的思想，並非傳統儒家的主張，所以，王崇慶藉此批評這化身之說能夠被流傳，就是因為儒學、理學的不彰所導致。事實上，這也是宋代理學以來常見的儒、佛衝突。〔註21〕雖然，理學思潮的生成興起，的確受到佛教思想的影響，如佛學對理學中的心性論影響頗深。然而，各種思想合流的結果，也促使各種非傳統學術視域的異端學說興起，使歷史和傳統難以維持正統，並剝奪了士人取得儒家經典解釋而確立思想的權力。這種各家學術的互相借用、提供解經靈感，看似合作，卻又衍生眾多政治社會上的矛盾，直到明代依然如此。

　　回到《山海經》「貳負殺窫窳」的神話，王氏在〈海內西經〉言「貳負臣殺窫窳，帝乃梏之」時，又從另外一種角度來進行詮釋：

　　　　貳負殺窫窳恐終屬荒唐。夫福善禍淫，天之道也。各以類應，非上

〔註20〕印度「三身說」的成立在西元 4 至 5 世紀，隨著唯識經典在中國的譯出，「三身說」從 6 世紀後半葉開始在中國佛教界流行。中國學僧對三身說的認識，存在真諦譯典中法、應、化三身說和菩提流支譯典中法、報、應（化）三身說兩個系統。隋代以後佛教受菩提流支三身說的影響較大，慧遠、智顗、吉藏皆依法、報、應（化）三身說來構建其佛身理論。此說參見張凱：〈論淨影慧遠的佛身思想〉，《佛教學研究》（成都：四川大學道教與宗教文化研究所，2015 年 12 月），第 4 期，頁 120。

〔註21〕如北宋泰山學派的孫復（992～1057）曾斥此風：「佛老之徒，橫於中國，彼以死生，禍福虛無報應之事，千萬其端，給我生民，絕滅仁義，摒棄禮樂……亂我聖人之教！」見明．黃宗羲：《宋元學案》第 1 冊（北京：中華書局：1986 年 12 月），頁 100。

　　帝自為而臨之也。及縛桎足之說，吾終疑焉。〔註22〕

馮友蘭（1895～1990）曾於其著作《中國哲學史》中談自古以來人類對「天」
的概念與解釋，並將此概念劃分為五種意義：

　　在中國文字中，所謂天有五義：曰「物質之天」，即與地相對之天；
　　曰「主宰之天」，即所謂皇天上帝，有人格的天，帝；曰「運命之天」，
　　乃指人生中吾人所無奈何者，如孟子所謂「若夫成功則天也」之天
　　是也；曰「自然之天」，乃指自然之運行，如《荀子・天論》篇所說
　　之天是也；曰「義理之天」，乃謂宇宙之最高原理，如〈中庸〉所說
　　「天命之為性」之天是也。《詩》、《書》、《左傳》、《國語》中所謂之
　　天，除指物質之天外，似皆指主宰之天。《論語》中孔子所說之天，
　　亦皆主宰之天也。〔註23〕

依馮友蘭《中國哲學史》所歸納指出，中國古人對「天」有五種理解：即是
「物質之天」、「主宰之天」、「運命之天」、「自然之天」、「義理之天」。古代由
於認識能力有限，古人對自然現象及其變化難以理解，在最初把「天」看成
是一個有意志，有人格的宇宙最高主宰。然而到了春秋時代，天子權威下降，
「天」和「上帝」的絕對權威也開始分歧。天道遙遠，人道近切，「天道」與
「人道」關係雖產生區別，但在傳統儒學者的認知裡，「天」所展現的仍是一
切道德的本源，而孔子所言的「子不語怪力亂神」，深刻影響宋明理學家對鬼
神之說的批判，因此王氏提出「各以類應，非上帝自為而臨之也」，來駁斥《山
海經》神話總以設立一位「天帝」的存在，來作為賞罰的決斷施行者。否認鬼
神迷離之說的，並非僅有王崇慶，如明代中葉王廷相（1474～1544）他亦反對
神秘、鬼神和迷信，強調「人定勝天」思想，認為天地萬物的本源就是元氣。
重視「見聞之知」，認為知識是「思」與「見聞」相結合的產物。王廷相與王
崇慶同屬一個時代，二人各自在學術與官場上各領風騷，王崇慶雖未有闡釋
個人理學立場的哲學專著，但若僅從《山海經釋義》中所論之言，倒與王廷
相的哲學立場頗為一致。在這個時代，明代文人逐漸脫離程朱學派的學術藩
籬與僵化，反思佛道說法，藉此觀察王崇慶對於窫窳故事情節強調著「帝」
能懲罰謀逆叛上的惡臣之事，並含有佛家「果報」、「化身」之說，予以駁斥。
他認為類似這種「報應」情節是荒唐至極的說法，禍福本由天道運行，非所

〔註22〕明・王崇慶：《山海經釋義》。
〔註23〕馮友蘭：《中國哲學史》上冊（臺北：臺灣商務印書館，1996年），頁55。

謂的上帝親臨懲戒之，是以判斷全然不足採信。

　　王崇慶對於《山海經》的解讀，處處顯見出明代理學思維的影子，特別言及唯物思維的氣化論時最為顯著，略舉實例如下：

　　　　（1）〈海外北經〉：「北方禺彊，人面鳥身，珥兩青蛇，踐兩青蛇。」

　　　　　　《山海經釋義》解：「禺彊，玄冥，水神也。珥踐青蛇，水生木也，其自然之氣乎。」〔註24〕

　　　　（2）〈海外南經〉：「地之所載，六合之閒。」

　　　　　　《山海經釋義》解：「宇宙一氣也。無內外，無遠近，無夭壽，合而一之者也。」〔註25〕

　　　　（3）〈大荒南經〉：「有羽民之國，其民皆生毛羽。有卵民之國，其民皆生卵。」

　　　　　　《山海經釋義》解：「萬物之生也，有形化，有氣化。夫民形化也，故有夫婦而後有父子；夫鳥氣化也，故卵生。」〔註26〕

承上所述，言禺彊所持之青蛇為氣化所生之物，認為所謂六合，所謂萬物，皆由氣所生所化，其評論之立場頗與理學家北宋張載、明代王廷相的說法相符，可見《山海經釋義》的內容多以義理立場切入評斷，而這難道不就是另一種神話解讀？若以今觀古，從神話思維角度觀察，王崇慶儼然成為新的神話詮釋者，至於其所詮釋的目的，往往藉由神話情節的批判評析，使之用於教化宣說。事實上，他自己也認定其釋義有寓意教化之舉，其云：

　　　　海內、海外，即大荒在矣，而又列大荒與？故知《大荒》，寓言也。

　　　　故寓言當以意而會也。（大荒東經）〔註27〕

從經常世俗的眼界來判斷海內、海外、大荒在語意上的地理關係。既然海內與海外的詞彙本就指荒野之外（國土未至處），那麼此三者區域又有何差別呢？因此，我們可以理解王崇慶之所以直接了當地將大荒視為絕對虛無的地理區，是創作《山海經・大荒經》系列的作者再次詮釋的化外國境，所以王氏認為這種以語言文字所敘述的語意世界，便是「寓言」，藉以曉喻世事，經緯倫常。

〔註24〕明・王崇慶，《山海經釋義》。
〔註25〕明・王崇慶，《山海經釋義》。
〔註26〕明・王崇慶，《山海經釋義》。
〔註27〕明・王崇慶，《山海經釋義》。

再舉另一例子,如〈大荒東經〉所言的「東海之外大壑,少昊之國。少昊孺帝顓頊於此,棄其琴瑟。有甘山者,甘水出焉,生甘淵」,在王氏的詮釋之下,更貼近道德義理的闡釋:

> 既如少昊在上古,都我中夏,非海外也。而何嘗生帝顓頊?於是夫
> 琴瑟樂之雅也,正人之況也。甘水、甘淵苦之反也,小人之情也,
> 故君子不可不近也,是琴瑟之不可去也。舍是而用小人,其何以訓,
> 故曰棄其琴瑟。〔註28〕

少昊為上古華夏諸帝之一,當然不可能至海外極地之處生養顓頊。因此,王崇慶認為《山海經》所言的「棄其琴瑟」,應另有寓意。傳說少昊善琴,在東海之外授雅樂予顓頊,後顓頊棄其樂器於大壑之中。依理應該取其琴瑟(世人常以「琴瑟」意謂親近君子),但《山海經》說棄其琴瑟,反倒是捨君子而從小人了,如此一來,還有什麼可做為告誡呢?所以說棄其琴瑟,就是要告誡不可以棄君子(琴瑟)而親近小人(甘水)。王氏透過「將琴瑟雅樂」擯棄之舉,解讀成捨安逸、遠小人,符合儒家經說。又如針對〈大荒東經〉敘述「君子之國,其人衣冠帶劍」時,解曰:

> 大荒而有君子之國,豈天地之秉彝貫六合與?觀曰其人衣冠帶劍,
> 謂貌君子而心小人,常欲中傷人耳。不然衣冠帶劍,吾恐其不在大
> 荒也。〔註29〕

古代士人戴冠配劍以符禮制,君子國顧名思義居民皆以「君子」自處,〈海外東經〉亦云:「君子國在其北,衣冠帶劍,食獸,使二大虎在旁,其人好讓不爭。」〔註30〕衣冠帶劍、好讓不爭,正所謂謙謙君子之風範德行也。然而,王崇慶認為大荒之中不應有君子國存在,若有大概也是徒有外在衣冠楚楚,表裡難以如一,藉此衍生為小人往往是禽獸衣冠之人,警喻世人。

從前文所舉的「窫窳」、「太昊」、「卵民國」、「君子國」等等事例中,便可看得出王崇慶欲以維持儒家道統思想的理念從《山海經釋義》中完全盡現。或許可以做出這樣的結論,王崇慶從「聖人履常,所以神化」的歷史誘因,回溯《山海經》所記內容是來自於過度包裝史實而成的「神話」事件,因此將無法視為常理、不合邏輯的情節內容(或可說無法回溯聖人事蹟的內容),斥為

〔註28〕明‧王崇慶,《山海經釋義》。
〔註29〕明‧王崇慶,《山海經釋義》。
〔註30〕清‧郝懿行,《山海經箋疏》。

無稽之談；能符合常理者，縱為異獸玄怪，則釋為寓言，兼宣以教化。縱使清人於《四庫全書提要》將其貶評為：「崇慶閒有論說，詞皆膚淺，其圖亦書肆俗工所臆作，不為典據。」〔註31〕然王氏之《山海經釋義》是否望文生義、矯枉過正，筆者認為若為探求原典原意，則王氏之說的確是過於片面武斷，離題甚多；但若以個人的詮釋角度觀察，則不難發現王崇慶試圖將《山海經》與現實人文社會中人情事理做連結。如此，《山海經》將更加符合於世俗的生活經驗，為長久以來世人對於荒誕不經的神話內容提供另一種反省自修，進而闡釋以德教化的新釋義，似乎也更顯現出對神話想像世界裡潛在的人文寓意。

第二節　楊慎《山海經補注》：從雅俗文化探求神話的合理性

　　活躍於明代中期的大才子楊慎（1488～1559），字用修，號升庵，別號博南山人，明代著名文學家。楊慎年少聰穎且博學多識，於明武宗正德六年（1511）狀元及第，任翰林院修撰，參與編修《武宗實錄》。世宗繼位，任經筵講官。後因朝政事務不寧所累〔註32〕，謫戍於雲南永昌衛。從此「或歸蜀，或居雲南會城，或留戍所」〔註33〕，楊慎雖是帶罪之身，但其所到之處「大吏咸善視之」，可見深受當時士人的尊敬與推崇。嘉靖三十八年（1559），楊慎卒於戍所，年七十二歲。〔註34〕明穆宗（1537～1572）時追贈光祿寺少卿，明熹宗（1605～1627）時追諡「文憲」，世稱「楊文憲」。〔註35〕楊慎由於政治拖累，而投荒多暇，期間群書無所不覽，著作豐富。對異地文化、地理、俗信等領域多有涉獵。《明史》讚譽：「明世記誦之博，著作之富，推慎為第一。詩文外，雜著至一百餘種，並行於世。」〔註36〕楊慎主要著作有文集《升庵集》，其他另有《滇程記》、《丹鉛總錄》、《轉注古音略》等作品，《明史·藝文

〔註31〕清·永瑢等編纂：《欽定四庫全書總目》第4冊，卷19，總頁2835。
〔註32〕受明世宗嘉靖三年「大禮儀事件」所累，遭貶雲南，終老於戍地。清·張廷玉等奉敕撰：《明史·楊慎傳》（北京：中華書局，2007年12月），卷192，頁5082。
〔註33〕清·張廷玉等奉敕撰：《明史·楊慎傳》卷192，頁5082。
〔註34〕清·張廷玉等奉敕撰：《明史·楊慎傳》卷192，頁5083。
〔註35〕清·張廷玉等奉敕撰：《明史·楊慎傳》卷192，頁5083。
〔註36〕清·張廷玉等奉敕撰：《明史·楊慎傳》卷192，頁5083。

志》共著錄其作計 21 部，涉及小學音訓、地理方志、經史、文學創作等等。除了在這些作品中，頻繁出現徵引《山海經》事例之外，他也為該書作注本，題名為《山海經補注》。

不同以往某些鴻儒學者對《山海經》的漠視或輕蔑，他對《山海經》的喜愛溢於言表，在他撰寫的《山海經補注》一書裡，可以看到楊慎對山川地理風俗多有考證，或補充相關資料於其中，除了釋義，更具有相關資料補充的性質。然而，雖是稱「注」，但並非是完整的為《山海經》訓解的注本。他從文本中，挑選他所關注的事件，以條目的方式，一一作注，計有 107 條，其間闡釋自己觀文之心得，似注文亦似筆記，可謂在成書內容上頗具獨特性。楊慎曾於〈跋《山海經》〉一文中以一則逸事，用來闡述六經道學與《山海經》研讀觀感之差異，藉此表露出對該書高度的愛好，其云：

> 昔者，吾友亳州薛氏君寀來，雅以同好，相過從善焉。一日廣座中，君寀誦《文選》、《山海經》，相與訂疑。旁有薛之同官一人，顰眉曰：「二書吾不暇觀，吾有暇則觀六經耳。」君寀笑曰：「待有暇始觀書，恐六經亦不暇觀矣。」余為之解曰：「某公之言亦是。」六經，五穀也，豈有人而不食五穀者乎？雖然，六經之外，如《文選》、《山海經》，食品之山珍海錯也。徒食穀而卻奇品，亦村疃之富農，苟詆者或以贏牸老羝目之矣。〔註37〕

他將六經喻為日常所食的五穀，而《文選》、《山海經》等非六經之書籍，則為山珍海味般的「奇品」，是人類於精神生活中的營養素，更是能拓展視野、陶冶性情，不啻是豐富人文思想的知識寶庫。

楊慎以全然開闊的視野，展開對《山海經》神話內容的解讀，並且補述原郭璞傳注之不足，提出實際的探訪考察、各部落、民族等文化活動來相輔解釋，試著以當代所見之實例來詮釋《山海經》所書神話情節的可能性。這樣的思考模式，以及進行的研究方法，大致可以從其序言中一窺究竟。於此徵引《山海經補注・序》全文如下：

> 《左傳》曰：「昔夏氏之方，有德也。遠方圖物，貢金九牧，鑄鼎象物，百物而為之備，使民知神姦，入山林不逢不若，魑魅魍魎莫能逢之。」此《山海經》之所由始也。神禹既錫玄圭，以成水功，遂受舜禪以家天下，於是乎收九牧之金，以鑄鼎。鼎之象則取遠方之

〔註37〕明・楊慎：《山海經補注・跋山海經》（明嘉靖三十三年周爽刊本）。

圖，山之奇，水之奇，草之奇，木之奇，禽之奇，獸之奇，說其形，著其生，別其性，分其類，其神奇殊彙，駭世驚聽者，或見或聞，或恒有，或時有，或不必有，皆一一書焉。蓋其經而可守者，具在〈禹貢〉，奇而不法者，則備在九鼎。九鼎既成，以觀萬國，同彼象而魏之，日使耳而目之，脫輶軒之使，重譯之貢，續有呈焉。固以為恒而不怪矣，此聖王明民牖俗之意也。夏后氏之世雖曰尚忠，而文反過於成周，太史終古藏古今之圖，至桀焚黃圖，終古乃抱之以歸殷。又史官孔甲于黃帝姚姒盤盂之銘，皆緝之以為書，則九鼎之圖其傳固出於終古，孔甲之流也，謂之曰《山海圖》，其文則謂之《山海經》。至秦而九鼎亡，獨圖與經存。晉陶潛詩：「流觀山海圖」；阮氏《七錄》有張僧繇《山海圖》可證。已今則經存而圖亡，後人因其義例而推廣之，益以秦漢郡縣地名，故讀者疑信相牛，信者直以為禹、益所著，既迷其元；而疑者遂斥為後人贗作詭譔，抑亦軋矣。漢劉歆《七署》所上其文古矣，晉郭璞注釋所序其說奇矣，此書之傳二子之功與！但其著作之源，後學或忽，故著其說，附之筴尾。〔註38〕

承襲宋儒之見，楊慎亦認為《山海經》的成書來自於「禹鼎」。鑄鼎象物，使民以能辨別神姦。再者，所記之物，各有奇形，有時常見，有時難得一見，皆詳記其中，分其性，遂分二方承傳，即「可守者，具在〈禹貢〉」與「不法者，則備在九鼎」，故古代聖人以此昭告下，所以楊慎認為這種奇風異獸之事在當年並不為怪，只是歷來研讀《山海經》的後人因釋其義而多有偏頗，觀念也因時地差異，移風易俗，而輾轉另解。是以，《山海經》才有在語言敘述上的奇怪現象，乃因其是記述「禹鼎」上的圖案之所作。而這個詮釋角度也在《山海經補注》中，可以見其蹤跡，如〈海外北經〉中的「（隅）有一蛇，虎色，首衝南方」之情節陳述，楊氏則認為「首衝南方者，記鼎上所鑄之像，虎色者蛇斑如虎，蓋鼎上之象又以彩色點染別之。」〔註39〕他不但承襲著自宋代以來的「禹鼎說」，更深化了朱熹的「述圖說」於《山海經》特有的語境觀察。甚至，楊慎為了更加強《山海經》與「禹鼎」的合理性，更模擬出古人製作「禹鼎」的理由，即──在文字或書寫工具不太發達的時代，如何傳承延續

〔註38〕明‧楊慎：〈跋山海經〉，《山海經補注》。
〔註39〕明‧楊慎：〈跋山海經〉，《山海經補注》。

古代的知識與記憶，成為鑄鼎最合理的理由。因此，在〈序文〉文末，楊慎為
《山海經》建立一套流傳始末的路徑，認為由夏桀史官終古，挾古圖奔周室
而得以保存至今。推敲細究，多為臆測之詞，但卻可以發現楊慎透過自我思
維對神話作出詮釋，試圖合理化《山海經》的詭譎敘事與玄怪之情節。除此
之外，由於楊慎肯定《山海經》的記述內容，亦從文學的角度，來類比或欣賞
神話的感官感受。

一、以「風俗文化」破解《山海經》的荒誕情節

觀察《山海經補注》中，楊慎對其地理敘述、奇人異獸等內容提供了親
探訪查所得資訊作為補充之外，尤長以字義推衍，以文演繹。如此自我詮釋
的情形，在其作中屢見不鮮，更以異地文化之事例作為證據，使其閱讀者信
服。如〈南山經〉中針對「亶爰之山有獸焉，其狀如狸而有髦，其名曰類，自
為牝牡，食者不妒。」〔註40〕其補注云：

> 今雲南蒙化府有此獸，土人謂之香髦，具兩體。二十八宿《真形
> 圖》，心房二宿，皆具兩體。星禽家演房宿為兔，心宿為狐。今之兔
> 有雌無雄，撐目而孕；狐有兩體，故能媚惑。亶爰之類，自為牝牡，
> 又何疑焉？再考此獸名類，蓋種無異同，雄亦類雌，雌亦類雄，類
> 字之義，愈益可期。許氏《說文》云：「犬多相類，故類字從大。」
> 〔註41〕非也！犬亦有食犬、吠犬、獵犬之分，其色又別，何得言相
> 類乎？古人制字，凡獸多從犬、從羊，未必盡取義也。〔註42〕

楊慎考訂奇獸「類」有兩個觀察方向：其一，以雲南地區產「香髦」來證明
「類」物種存在的可信度；其二，以文字釋義的角度訓其「自為牝牡」的可
能性。前者藉實際物證而言具有雌雄同體的動物是真實存在，並不為奇；後
者以古人用字命名的角度，詮釋「類」的意涵。探究其意，先不論雲南地區
的「香髦」與「類」是否為同一物種，依楊慎所見，古人以「類」字作稱，乃
因於此獸雌雄無任何的差異分別，既無分雌雄，故以「類」而命名之，此
「類」字本有相似、雷同或同屬之意。文末兼批評《說文》之論，筆者對此不
多作評述。

〔註40〕清·郝懿行：《山海經箋疏》。
〔註41〕原文為「類：種類相似，唯犬為甚。從犬頪聲。」參見漢·許慎撰，清·段
　　　　玉裁注：《說文解字》，頁 481。
〔註42〕明·楊慎：《山海經補注》。

　　除此之外，於「亶爰山之類」的補述中，亦有值得注意之處。楊慎以「兔撐目而孕」及「狐有兩體能媚惑」的例子來解讀「類」獸的存在。前者之說源於漢魏民譚〔註43〕，王充《論衡·奇怪》曰：「兔吮毫而懷子，及其子生，從口而出。」〔註44〕「毫」即長毛；至晉代張華《博物志》又加以闡釋而云：「兔舐毫望月而孕，口中吐子。」從單純的「兔吮毫」增添了「望月」而孕的動作。甚至到了元末明初，文人陶宗儀（1329～1410年）以兔撐目望月而孕之說法，用以暗喻婦女不夫而妊，將兔視為淫亂的象徵。〔註45〕流傳至明清時代，對於兔子撐目望月而孕的說法仍普遍，明·張瀚《松窗夢語·卷五》云：「兔視月孕，以月有顧兔」〔註46〕，顧兔為雄，雌兔唯有望月得以受孕，如此說來，似乎全天下的兔子皆為雌性，唯一的雄姓是月亮上的那隻玉兔。以今觀古，從生物學而言，兔子的外觀本就雌雄難辨，古人無法辨識，卻又驚訝於其強大的繁衍力，若非牝牡同體之類屬，難以解釋周全。而楊慎之意本在此，故言「兔有雌無雄」，又言「雄亦類雌，雌亦類雄」。楊慎除舉兔子為例之外，後又引「狐有兩體，故能媚惑」的說法。不若兔子，狐的雌雄相對易於辨別，會以兼有兩體喻狐，得因於自古以來狐媚人心的印象。楊慎以狐作寓意的詮釋，將兔之外在形體與狐之內在形象，來解讀牝牡同體動物的常見，所以不應有疑。

　　又如〈大荒西經〉中所載的日月神話：「有女子方浴月。帝俊妻常義，生月十有二，此始浴之。」〔註47〕楊慎則參考郭璞於〈大荒南經〉解讀「有羲和之國，有女子名曰羲和，方浴於甘淵。」〔註48〕一文時，所言的：「蓋天地始生，主日月者也，其後世遂為此國作日月之象而掌之沐浴運轉於甘水中，以效其出入湯谷虞淵也」〔註49〕的看法，將文化實況導入其中，他認為：

<hr>

〔註43〕原文云：「兔舐毫望月而孕，口中吐子，舊有此說，余目所未見也。」見晉·張華，范寧校證：《博物志校證》卷4，頁45。

〔註44〕東漢·王充撰，黃暉校釋，《論衡校釋》（北京：中華書局，2009年2月），頁159。

〔註45〕原文「眷皆為撐目兔，舍人總作縮頭龜」，陶宗儀解云：「夫兔撐目望月而孕，則婦女之不夫而妊也。」出自於元·陶宗儀撰：《南村輟耕錄·卷二十八》（四部叢刊三編景元本）。

〔註46〕明·張瀚：《松窗夢語》（清光緒武林往哲遺著本）。

〔註47〕清·郝懿行：《山海經箋疏》。

〔註48〕清·郝懿行：《山海經箋疏》。

〔註49〕明·楊慎：《山海經補注》。

其曰帝俊之妻，生十日，自甲至癸也；生月十又二，自子至亥也。
〔註50〕

楊慎直接把長久以來中華民族的天干地支之計時歲次，表時間的文化傳統置入於「生十日」、「生十二月」的意義中。換言之，在他的概念裡，這則神話含有「象徵性」，亦即《山海經》的創作者使用隱喻的方式，表現當時（可能是遠古時代）的人們標記時間曆算的工具或記憶方式。楊慎此說確實合理合情，清代作《山海經彙說》的陳逢衡，便依其說再行發展他對《山海經》日月神話的解讀和看法，楊慎此解可謂創舉。

在《山海經補注》中，以「風俗文化」作為詮釋《山海經》所記內容的合理性比比皆是，可以說有效的將神話文本，轉成博物文本的最佳利器。即使是最無邏輯性、最詭譎的神話情節，似乎擺在楊慎面前的都是單純的民情記事。如〈大荒西經〉的「魚婦神話」：「風道北來，天乃大水泉，蛇乃化為魚，是謂魚婦。」〔註51〕看似丈二摸不著頭緒的故事情節，無明顯因果關係的敘事，楊氏僅以「今南中百夷能以術呪尸為魚而食之」的異民族風俗習信，完成神話合理化的步驟，這是楊慎詮釋《山海經》的特色，他更可以說是將《山海經》作合理化詮釋的濫觴。

將一則故事視為歷史，我們便不應做過多的臆測與衍伸；反之，若將其視為文學體裁以待之，則能跳脫既定框架而天馬行空，或聯想，或創作。楊慎對《山海經》的研究顯然與宋人不同，從世俗化的角度來體會《山海經》的趣味，並以文學文本的觀察，重新詮釋每個情節的細節，他將族群的文化意識導入神話思維之中，解放了過去學者長久以來總是拘泥於地理考實的研究視野。比如提出書中舉凡「帝俊生黑齒」、「帝俊生后稷」等等所用「生」字之意，並不一定具有實質的血緣關係，藉《尚書》虞舜之例，認為「生」者，亦可為「賜姓」之舉，藉此化異為同，遂成後世共主。〔註52〕此一解讀，不但考慮了中華民族傳統文化與習性的必然性，更跳脫了傳統字詞字義的表像解讀，這種研究思考是楊慎於《山海經》上的卓越貢獻。

誠然，依前文所舉楊慎解讀「亶爰山之類」、「羲和浴日月」、「蛇化魚婦」、「帝俊生黑齒」等等情節以實際的經驗作為思考方向，但仍不免俗的會遇到

〔註50〕明·楊慎：《山海經補注》。
〔註51〕清·郝懿行：《山海經箋疏》。
〔註52〕明·楊慎：《山海經補注》。

無解之況，此時楊慎會選擇避之不談。就如同前文的「魚婦神話」，在原經文裡除了「蛇乃化為魚」的情節外，還有被提及兩次的「顓頊死即復蘇」〔註 53〕這個難以理解的內容，但楊慎卻巧妙的避開，這也表現了即使是刻意想將《山海經》視為對世界真實敘述的文本，至少在楊慎手裡，仍然無法完全達成。據此，楊氏雖秉持著實事求是之態度，但就整體而論，卻處處顯現對《山海經》的推崇。正所謂物極必反，一但過於肯定而堅信書中所述，則易流於盲從。這在閱讀《山海經補注》時，不得不審慎觀之，故清代學者畢沅（1730～1797）就批評楊慎「多由踏虛，而非徵實」〔註 54〕，楊慎雖傲持自己的實地探訪行動，卻因過於將《山海經》視為信本，使得其解亦有虛華不實之處。親訪不代表就不用仔細考證求實，雖堪稱為弊，卻也因此將《山海經》融入個人的閱讀與詮釋經驗，此舉乃可視為楊慎之一大貢獻。

二、以「文學視域」詮釋《山海經》神話的合理性

在前文所引述的〈跋《山海經》〉中有提到楊慎將「六經」喻為主食五穀，而《文選》、《山海經》則為山珍海味，是珍稀奇品，食之趣味盎然。他把《山海經》與《文選》置於一處，也展現出亦視《山海經》為文學文本的存在意義。加之大文豪的身份，使得楊慎或在不自覺間，以文學的視域觀察著《山海經》的文本特色，甚至以文學作品類比的方式，來解決奇幻的神話情節。《山海經》中常有直言「神」者，楊氏並未去刻意糾結「神」的存在性與否，倒是利用文學立場的想像力去進行詮釋，透過此思維模式所釋義出的成效，往往具有文藝美感。在〈西山經〉中有「長留之山」：「其神白帝少昊居之。其獸皆文尾，其鳥皆文首。是多文玉石。實惟員神磈氏之宮。是神也，主司反景。」〔註 55〕郭璞云：「日西入則景反東照，主司察之。」楊慎解曰：

> 日西入則景反東照，故曰「反景」。揚雄〈賦〉：「所謂倒景也」。……
> 《山海經》司反景亦居之白帝，蓋倒景反照，在秋為多。其變千狀，
> 有作胭脂紅者，諺所謂「日沒胭脂紅，無雨必有風」也。有如金縷
> 穿射者，古詩所謂「日腳射空金縷直，西望千山萬山赤」也。凡乍

〔註 53〕清・郝懿行：《山海經箋疏》。
〔註 54〕其說參見清・畢沅：《山海經新校正》，頁 9。
〔註 55〕清・郝懿行：《山海經箋疏》。

> 雨乍霽，載霞載陰，雲氣斑駁，日光穿漏其中，必有蛟龍隱見，是
> 則所謂神司反景也。〔註56〕

「反景」，顧名思義指變換天候的景色。在《山海經》神話原型裡是白帝少昊以神力所實現的天象變化。當楊慎面對這則神話時，並未極力地去想盡辦法抹煞神的存在而將之合理化成凡人的行為，反而把它當成文學的想像，去唯美化大自然瑰麗且千變萬化的蒼穹色彩。他除了徵引揚雄〈甘泉賦〉寫到的「曆倒景而絕飛梁兮，浮蠛蠓而撇天」〔註57〕之外，又引述了各式描寫季侯變化前兆的俗諺，如「日沒胭脂紅，無雨必有風」、「日腳射空金縷直，西望千山萬山赤」等等〔註58〕，而這些諺語事實上都收入在楊慎的另一部作品《古今諺》之中，楊慎頗為熟悉，自然以民間文學俗諺來帶入神話的詮釋裡。他將神話中少昊反景的神秘情節，分別以胭脂紅、金縷穿射來連結、轉化成生活經驗裡常見的自然奧妙，讀者更能透過楊慎傳達的文學修辭，去想像、體會，甚至是與之類比現實生活中往往忽視的景象，楊慎以文學詮釋神話，讓神話更貼近於生活。

像這種以文學視域作為詮釋神話，使閱讀者更能容易理解的例子是不少的，如〈北山經〉中的奇獸「天馬」，《山海經》形容地是「其狀如白犬而黑頭，見人則飛」，郭璞注云：「言肉翅飛行自在」〔註59〕。楊慎則認為：「在天為勾陳，在地為天馬。五行家有其目而不知其物也。文人所用『天馬行空』之語，意指此爾。」〔註60〕先批判五行家的說法無法具體理解天馬為何物，再以簡單的成語「天馬行空」的文學意涵，便可讓讀者馬上體會其意。我們可以說，楊氏的文學性詮釋比起郭璞直白的「肉翅飛行自在」的說明，更讓能具有感知的理解，即是所謂的文學「意象」技巧。身為詩人的楊慎，對於創作時詩詞的「意象」掌握是毋庸置疑的，不論是古詩、諺語或是成語，都因他的文學視域，或者是說他個人的豐富「詩性」，為《山海經》神話下了一個個具備美學意象的詮釋歷程。

〔註56〕明‧楊慎：《山海經補注》。
〔註57〕南朝梁‧蕭統編，唐‧李善注：《文選》第 1 冊，頁 326。
〔註58〕明‧楊慎：《古今諺》，《叢書集成新編》第 90 冊（臺北：新文豐出版公司，1985 年 1 月），頁 86。
〔註59〕清‧郝懿行：《山海經箋疏》。
〔註60〕明‧楊慎：《山海經補注》（明嘉靖三十三年周爽刊本）。

第三節　胡應麟對《山海經》神話情節構成之批判

　　明末五子之一的胡應麟（1551～1602），字元瑞，號少室山人，別號石羊生。《明史》記載：「幼能詩。萬曆四年舉於鄉，久不第，築室山中，構書四萬餘卷，手自編次，多所撰著。」〔註61〕胡應麟是明代中後期一位著名的文獻學家，也是當時頗負甚名的藏書家。他善於考據，研究著述甚多，其學術文集《少室山房筆叢》為胡應麟在學術研究上受人讚賞的文集。在文獻學、詩學、史學、小說及戲劇方面都有突出成就，見識廣博、文采並茂，亦是著名的文藝批評學者。胡應麟年少成名，交友廣闊，但在所有交相往來的「文人雅士」中，最讓他敬佩的就是王世貞（1526～1590），我們從《明史》胡應麟的記載是附於王世貞本傳中的方式去另作小傳，便可得知，他的學術理路與觀念在某方面是深受王世貞影響的。《明史・王世貞傳》後附九十字的胡應麟小傳當中，簡短說明他與王世貞的關係：「（應麟）攜詩謁世貞，世貞喜而激賞之，歸益自負。所著《詩藪》二十卷，大抵奉世貞《卮言》為律令……。」〔註62〕又，《四庫全書總目提要》在談及《少室山房筆叢》時亦指出：「（應麟）以依附王世貞得名，故《明史・文苑傳》附載世貞傳中。」〔註63〕不論史傳上對胡應麟的看法褒貶不一，但就其記載可知王世貞極為激賞胡應麟的文思才華，二人彼此於問學上惺惺相惜，對於學術的看法也相近，可以說提供彼此在學術研究或文學批評上諸多的靈感與啟發。

　　在對眾多事物皆秉持著探索的心態之下，《山海經》自然也成為他所感興趣的目標。胡應麟對《山海經》與其所記內容的看法，大多散篇於〈四部正譌〉、〈三墳補逸〉、〈二酉綴遺〉與〈辯十二首〉等諸卷之中。尤以〈四部正譌〉、〈二酉綴遺〉中所探的篇幅為最。是以，我們可以透過他以考證文獻研究視域與其心得闡述，來窺探胡應麟面對《山海經》神話情節的思考與探析。胡應麟針對《山海經》性質的界定與判斷，首先於〈四部正譌・序〉中因談到關於歷代贗書之情狀，而認為《山海經》是「有本無撰人，後人因近似而偽托者，《山海》稱大禹之類是也。」〔註64〕換言之，他雖不否定《山海經》的古

〔註61〕清・張廷玉等奉敕撰：《明史・胡應麟傳》（北京：中華書局，2007 年 12 月），卷 287，頁 7382。

〔註62〕清・張廷玉等奉敕撰：《明史・胡應麟傳》卷 287，頁 7382。

〔註63〕清・永瑢等編纂：《欽定四庫全書總目》第 4 冊，卷 123，頁 2465。

〔註64〕明・胡應麟：〈四部正譌上〉，《少室山房筆叢・丁部》，頁 383。

籍真實性，但由於偽拖者假大禹作之名，使得該書依然存有疑慮之處。除此
之外，他於後文展開針對《山海經》成書背景的考證，提出了「古今語怪之
祖」的觀點，並為其成書背景作一綜述，摘錄於下（全文請見附錄）：

> 《山海經》古今語怪之祖。劉歆謂「夏后伯翳撰」，無論其事，即其
> 文與〈典謨〉、〈禹貢〉迥不類也。余嘗疑戰國好奇之士，本《穆天
> 子傳》之文與事，而侈大博極之，雜傳以《汲塚紀年》之異聞，《周
> 書‧王會》之詭物，《離騷》、《天問》之遐旨，《南華》、《鄭圃》之
> 寓言，以成此書，而其敘述高簡，詞義淳質，名號偉詭絕自成家，
> 故雖本會萃諸書而讀之，反若諸書之取，證乎此者，而實弗然
> 也。……《山海經》本書不言禹、益撰，劉歆校定，以為禹任土作
> 貢，而益等類物善惡，著《山海經》。蓋憶度疑似之言。趙曄《吳越
> 春秋》，因禹登會稽，遂撰為金簡玉字之說。曄東漢人，在劉歆後，
> 其偽無疑。讀者但以禹益治水，不當至海外，而怪誕之詞。聖人所
> 不道以破之，而不據其本書。案《經》稱夏后啟事者三，又言殷王
> 子亥，又言文王墓，凡商周之事，不一而足。晁氏但疑長沙、桂陵、
> 數郡名，及鯀湮息壤等文，夫鯀事固禹益所觀，商周曷從知之
> 哉？……始余讀《山海經》，而疑其本《穆天子傳》，雜錄〈離騷〉、
> 《莊》、《列》，傳會以成者。然以出於先秦，未敢自信。載讀《楚辭
> 辨證》云：「古今說〈天問〉者，皆本《山海經》、《淮南子》。今以
> 文意考之，疑此二書皆緣〈天問〉而作。」則紫陽已先得矣！然《經》
> 所紀山川神鬼，凡〈離騷〉、〈九歌〉、〈遠遊〉、〈二招〉中稍涉奇怪
> 者，悉為說以實之，不獨〈天問〉也。而其文體特類《穆天子傳》。
> 故余斷以為戰國好奇之士，取《穆王傳》，雜錄《莊》、《列》、〈離騷〉、
> 《周書》、《晉乘》以成者。……古人著書，即幻設必有所本。《山海
> 經》之稱禹也，名山大川遐方絕域，固本治水作貢之文。至異禽詭
> 獸，鬼蜮之狀，充斥簡編，雖戰國浮誇之習，乃〈禹貢〉則亡一焉，
> 而胡以傅合也。偶讀《左傳》，王孫滿之對楚子曰：「昔夏之方有德
> 也，遠方圖物，貢金九牧，鑄鼎象物，百物而為之備，使民知神姦。
> 故民入川澤山林，魑魅魍魎，莫能逢之。」不覺灑然擊節曰：「此《山
> 海經》所由作乎！蓋是書也。」……自此書之行，古今學士，但謂
> 非出大禹而已，而未有辯其本於穆滿之文者，尤未有察其本於王孫

之對者，區區名義之末，誠非大體所關。然亦可見古今事理，第殫
精索之。即千載以上，無弗可窮也。作者有靈，其將為余絕倒於九
京也哉。〔註65〕

胡氏以「語怪」稱《山海經》，言下之意不再將之視為地理書類，而是視為文
學型態的小說志怪之類屬，並對其成書提出懷疑，由於原本在《漢書‧藝文
志》中被歸於形法家，而胡氏更大膽地提出自己的見解，認為它只能算是一
部小說作品，當《山海經》成為文學創作之流時，不同前人以「窮神辨物」而
待之，其所記事物將不再受限制地進行更自由且屬於個人化的解讀視野。在
這裡，我們不需探究胡應麟對於《山海經》成書過程的考證是否正確，但文
中以「敘述高簡，詞義淳質」來形容《山海經》的敘述語句精簡樸實，說明該
書讀來頗有先秦諸筆雜纂之感，反而成為群書參考的源頭，是說頗有見地。
此外，他認同朱熹「《山海經》緣〈天問〉而作」之說的立場，並更深化了此
說。他認為，《山海經》不僅緣〈天問〉而作，他更較朱熹全面地調查其他先
秦典籍與《山海經》的關係。該書亦承襲了戰國諸子之書，如《莊子》、《列
子》，甚至是屈原的〈離騷〉，以及各國的史書，如《周書》、《晉乘》所記等等
雜柔而成的，可說是全面反駁了劉歆以來「作者禹益說」，甚至是「禹鼎說」
的看法。

　　然而，必要提醒的是，事實上胡氏此等見解有很大的成分受到王世貞的
影響。身為「後七子」領袖的王世貞，縱橫文壇二十年，〔註66〕他的一言
一行不僅是影響著胡應麟，當時晚明的文壇風氣莫不從王世貞者。因此，
王氏於元代書法家曹善的《山海經》抄本所擬之〈題跋〉中，以「周末文勝
之士為傅會而增飾者耶？」〔註67〕的說法，判定《山海經》絕非禹益所撰，
更非西周以前即存在的書籍。與之相比胡應麟的見解，頗能窺探出他繼承王
氏論調之基本構形所在。胡應麟除了為《山海經》的成書問題作了詳細且堪
稱全面的考證之外，他也從文學文本的立場，來觀察《山海經》神話的敘事
問題。

〔註65〕明‧胡應麟：〈四部正譌下〉，《少室山房筆叢‧丁部》，頁412～414。
〔註66〕據《明史‧王世貞傳》曰：「世貞始與李攀龍狎主文盟，攀龍歿，獨操柄二十
　　　　年。才最高，地望最顯，聲華意氣籠蓋海內。」可見一番。清‧張廷玉等奉
　　　　敕撰：《明史‧王世貞傳》，卷287，頁7381。
〔註67〕清‧張照等編：《欽定石渠寶笈》，《景印文淵閣四庫全書》第824冊（臺北：
　　　　臺灣商務印書館，1986年10月），頁288～289。

在理解詮釋《山海經》神話的過程，不論批判與否，胡應麟習於將相異文本進行比對，而分析出該書或該文最核心的價值。他曾言：「凡變異之談，盛于六朝，然多是傳錄舛訛，未必盡幻設語。」〔註68〕認為志怪的創作方法主要是「傳錄舛訛」，也就是記錄傳聞，不全是虛構之作。胡氏發現到文本內容的虛構與否，只是個表現技巧的問題。言小說內容之怪如此，古本《山海經》內容之怪更是如此。其肇因於胡氏本就將《山海經》視為「小說作品」雜纂各家之說，加以搓揉附會。因此，胡氏以「異文比對」的研究視野下進行理解《山海經》中的所述事物，多能有所新解。例如，當他為「洞庭二女」神話情節進行分析時，曾於《二酉綴遺上》曰：

> 《中山經》云：洞庭之山，帝之二女居之，是在九江之間，出必以飄風暴雨。按二女之辨，歷世紛紛，景純獨謂天帝之女，似為有見第。云湘川不及四瀆，堯女既為舜妻，安得下降小水而為夫人？此又首尾衡決之論。夫堯女舜妻不當下降小水，廼天帝之女不尤貴乎？余意《山海經》第因舜葬九疑，《離騷》、《九歌》有湘君夫人，遂曼衍為說，而出入必以風雨，則後人因始皇事附益之，所言帝之二女實本堯女，而又不指堯女也。
>
> 十二卷「舜妻登比氏，生宵明、燭光，處河大澤，二女之靈，能照此方百里。」則不惟舜妻曰二女，而舜女亦自有二女也。堯二女江神，舜二女為河神，亦豈死於水耶？伏羲女為洛神，何帝王之女皆為水神耶？〔註69〕

胡氏透過異文的相互參照，發現「司水之神」與「帝之女」的關係。當然，此處的「司水」特別是指掌管地表上的河水、江水與湖水等等的河流系統。華夏民族主要部族原居黃河流域一代，而胡應麟此文所言的「四瀆」，黃河便是其一。四瀆之稱首見於《爾雅·釋水》，曰：「江河淮濟為四瀆，四瀆者，發源注海者也。」〔註70〕又，唐人陸德明（約550～630）《釋文》：「案《白虎通》云：『瀆者何？謂瀆中國恬濁發源而注海，其功著大稱瀆也』。」〔註71〕故「四瀆」所指的是中國古代的河，即河（黃河）、淮（淮河）、濟（濟河）、江（沂

〔註68〕明·胡應麟：〈二酉綴遺中〉，《少室山房筆叢·己部》，頁486。
〔註69〕明·胡應麟：〈二酉綴遺〉，《少室山房筆叢·己部》，頁464～465。
〔註70〕晉·郭璞注，宋·邢昺疏：《爾雅注疏·釋水第十二》（上海：上海古籍出版社，2010年10月），頁373。
〔註71〕晉·郭璞注，宋·邢昺疏：《爾雅注疏·釋水第十二》，頁373。

河），此四條本身皆是發源之河流，且最後注入於海的大河。〔註72〕到了唐代，改稱淮河為東瀆，長江為南瀆，黃河為西瀆，濟水為北瀆（由於《山海經》內容最晚不晚於晉代，故因以《爾雅》之說為本），陸德明引《白虎通》之說，說明了「瀆」亦有衍生之意，即「功大者」。這裡提的「湘川不及四瀆」之說，是胡氏引郭璞原意，先談郭氏注《山海經》之「帝之二女」時，以「生為上公，死為貴神」作主論思考〔註73〕，由於湘水地位低於四瀆，而二女為帝舜之后，依循慣例，身份地位顯赫尊貴的帝女，怎可能僅是當個小川小河降小水的神祇呢？故言「安得下降小水而為夫人」，也猜測應是後人附會秦始皇遊歷湘山祠之傳說〔註74〕，遂延伸成「帝之二女」即為「堯之二女（舜之二妃）」之說法。胡應麟一方肯定郭璞之析論，另一方面也藉異文比對的研究對策，更深層地提出一個議題：即是「帝女」與「河水女神」的關係。為何古代神話傳說中的帝女情節裡，帝王之女大多因水而卒，且身後多以幻化為水神呢？

原《山海經·海內北經》言：「舜妻登比氏生宵明、燭光，處河大澤，二女之靈能照此所方百里。一曰登北氏。」〔註75〕胡氏提出此問題意識，雖無多作解釋，卻也歸結出堯女舜妻、湘君湘夫人、舜帝二女間自古及今互相轉注假借的神話轉譯，提供後人思考母性神話與河流文化關係之間的研究新視域。透過異文比對的研究方法，胡應麟也藉此來重新審視歷來文獻上對於「西王母」神話情節的差異：

　　《山海經》稱西王母豹尾虎齒，當與人類殊別。考《穆天子傳》云：

〔註72〕四瀆中，今存黃河、淮河、長江。古濟水發源於今河南，流經山東入渤海，但因黃河曾歷經多次改道，終於清朝咸豐黃河大改道後，黃河由濟水入海，故現今黃河下游就是原來濟水的河道。

〔註73〕清·郝懿行，《山海經箋疏》，《四庫備要·史部》（臺北：臺灣中華書局，據郝氏遺書本校刊）。

〔註74〕據《史記·秦始皇本紀》云：「始皇還，過彭城，齋戒禱祠，欲出周鼎泗水。使千人沒水求之，弗得。乃西南渡淮水，之衡山、南郡。浮江，至湘山祠。逢大風，幾不得渡。上問博士曰：『湘君神？』博士對曰：『聞之，堯女，舜之妻，而葬此。』於是始皇大怒，使刑徒三千人皆伐湘山樹，赭其山。」參照《史記·秦始皇本紀》之說：「浮江，至湘山祠，逢大風，幾不能渡。上問博士曰：『湘君何神？』對曰：『聞之，堯女，舜之妻，葬此。』始皇大怒，使刑徒三千人皆伐湘山樹，赭其山。」蓋為「泗水撈鼎」之說。參見〔日本〕瀧川龜太郎：《史記會注考證》，頁114～115。

〔註75〕清·郝懿行：《山海經箋疏》。

天子賓于西王母，觴于瑤池之上。西王母為天子謠，天子執白圭璧，
及獻錦組百純組三百，西王母再拜受之。則西王母服食語言，絕與
常人無異，並無所謂豹尾虎齒之象也。《山海經》偏好語怪，所記人
物，率禽獸其形，以駭庸俗，獨王母幸免深文。然猶異之以虎齒，
益之以豹尾，甚矣！其無稽也。《竹書紀》虞舜九年，西王母來朝，
獻白玉環玦。則西王母不始見於周時，《莊》、《列》俱言西王母，亦
不言其詭形。惟司馬相如〈大人賦〉有豹尾虎齒之說，蓋據《山海
經》耳，乃《山海經》則何所據哉？因讀《穆天子傳》，漫識此為西
華解嘲，倘大荒之外，果有其人，當命三鳥使，邀不佞閬風之頂，
浮大白三百，賞余知言也。〔註76〕

胡氏將《山海經》、《穆天子傳》、《竹書紀年》、《莊子》、《列子》，與純文學作
品〈大人賦〉進行西王母敘述語境的對比分析。《山海經·西山經》稱西王母
「其狀如人，豹尾虎齒而善嘯，蓬髮戴勝。」〔註77〕而與《穆天子傳》、《竹
書紀年》等書所描述的人的姿態大有異之。胡應麟既言「古人著書，即幻設
必有所本」，如此一來，批《山海經》所言無從無據，必是當然。然而，不只
批評，胡應麟也試圖想要理解這些相異文本的神話敘述，為何有如此大相逕
庭的差異？也因此，胡氏於後文以發興嘆之語進行反論，藉隨筆之說來進行
對西方極地的想像。其實，漢魏文人常借助虛構想像以展現宏大的美學理想
激發創作的元素與能量，通過虛設人物、真假難辯的故事情節、誇大異類、
托有於無、幻境虛構等方式寄託情志翩然於文賦間。言下之意，即暗指古人
往往為創作所需，遂恣意延伸，改寫原典原意，是《山海經》中西王母形象變
革的主要原因。所以，文末胡應麟才會發興嘆之語，自我解嘲一番：「倘若大
荒之地真有西王母，應當派三鳥為使者，來把我這個佞人邀上涼山之頂，喝
三百大杯的酒，讚賞我幫他糾正《山海經》對她扭曲獸化的敘述啊！」從這
裡我們也可以發現，胡氏視《山海經》為一部有意託古，追求神異怪奇效果
的文學作品，頗具有現代「新神話」模式的雛形。

胡應麟的高明之處，在於他抓住了問題的本質。他運用對比的方法加以
比較後作精闢地析論。表面上來看，神話文本是否全然的虛構辨別，實際上
也可等同於探討小說作品虛構的問題。雖然胡應麟一反前人普遍認定《山海

〔註76〕明·胡應麟：〈三墳補逸下〉，《少室山房筆叢·戊部》，頁451。
〔註77〕清·郝懿行：《山海經箋疏》。

經》的「古史」價值，認為是先秦諸書在前，而《山海經》在後，是有人雜湊諸書以欺世人。但我們卻可以藉胡氏之角度，肯定《山海經》在本質上實乃「古今語怪之祖」的觀點，倘若將《山海經》視為完全的虛構作品，那麼它對後世小說中的神怪因素的確起了至關重要的影響。以現今比較神話學研究的觀念來看，縱使不同地區、文化的相異神話仍有著諸多相似之處，在這些流傳極為廣泛且重複出現的主題和情節元素裡，不論是前文所述的「帝女水神」所指何人？抑或是「西王母」的形象差異？胡應麟跳脫以往學者對《山海經》「史實」視域的立場，轉換成文本創作的志怪小說類屬，甚至，更透過「比較文學」的研究，一一詮釋了新的神話理解，這是他對後世極大的貢獻。

　　綜觀明代的學術視野，對《山海經》做整體性的研究，蓋以楊慎與王崇慶二人為最具代表性，其因在於皆有撰寫專書式的《山海經》研究論著。此二人不同於前朝學者對該書內容所記的異物作詳盡的考證，反而以更自由解讀的方式，重新詮釋《山海經》的述異內容。王崇慶因堅守儒學道統的立場，使得其作《山海經釋義》於研究視野上，則將諸多神話情節詮釋成曉喻人世的警世寓言；楊慎的《山海經補注》之研究視野，因採取其為「信史」之一的立場，是以多將志異情節解讀成合理的常民經驗。明人為《山海經》專作注本研究的，也僅存此二書已矣！卻也是自晉人郭璞以來，除卻宋人劉辰翁於《山海經評點》中所作的地理考證的研究性質外，我們可以說，這是《山海經》歷經唐、宋、元幾世朝代後，再次有學者進行全面性的校注本之時代，兼可得證明朝學者對《山海經》的重視自是不在話下了。

　　當然，僅就目前文獻流傳的見存書目中，明代不僅只此二注本的傳世，這時代的學者即使不為該書立疏作注，也亦有作雜談筆錄散篇而論述，如明朝中後期的王世貞、胡應麟等人，他們二人對《山海經》成書年代的看法，打破以往學界總以「禹」劃上等號的觀點，直指為周秦人士所作，更具有劃時代的意義。特別是胡應麟，他考證了《山海經》與其他先秦書籍的內容比對，不論是書籍間文字構成的筆法、所述事例的來源，最後認定該書為「緣先秦戰國書籍」所雜錄而來，甚至從文學作品的角度定義《山海經》為「古今語怪之祖」，直接影響了四庫全書館臣對該書的性質與理解。而胡氏除了為《山海經》的作者與成書流變的問題進行考證之外，他也為特定的某些《山海經》神話提出他個人的理解與詮釋，他關注到「虛構」的文學意義，提出神話給予文人創作的靈感與寄託。整體而言，比起宋人的「疑經」視域，《山海經》

在明代所展現的姿態，更為活潑，明人不受限於時代的學術氛圍，皆憑個人的意志與文思，各自做出完全不同立場下所呈現的神話詮釋結果。至清代，《山海經》研究百花齊放，儼然成顯學之勢，各家說法更是共同交織出璀璨的新局面。